btb

Aus Freude am Lesen

Buch: Eine erfüllte Liebe und ein geglücktes Leben: zu schön, um wahr zu sein? An seinem 20. Geburtstag bringt Jeremy sich um, weil ihn seine große Liebe Victoria nicht erhört. Doch er wacht wieder auf, Victoria weckt ihn zärtlich und gratuliert ihm zu seinem 21. Geburtstag. Jeremy ist glücklich: Zwar kann er sich an das vergangene Jahr nicht erinnern, doch ist er mit der Frau zusammen, die er liebt. Ist das das Paradies? Als er das nächste Mal aufwacht, sind zwei Jahre vergangen, an die er sich nicht erinnern kann. Und er muss feststellen, dass sein anderes Ich, das diese zwei Jahre gelebt hat, anscheinend kein besonders angenehmer Zeitgenosse ist. Jeremy wird in immer größeren Abständen aufwachen. Und er nimmt den Kampf gegen den »bösen« Jeremy auf, der mittlerweile drauf und dran ist, seine Liebe zu Victoria zu zerstören. Er hat für diesen Kampf genau einen Tag Zeit. Immer wieder. Ein ganzes Leben lang. Wird es Jeremy gelingen, wenigstens seinen Traum von einem glücklichen Leben mit Victoria zu retten?

Autor: Thierry Cohen schrieb »Ich hätte es vorgezogen zu leben«, seinen ersten Roman, nachdem sich ein guter Freund von ihm umgebracht hat. Was hätte man dem Freund zurufen, was hätte er wissen müssen, damit er von seiner Tat zurückgehalten worden wäre? Der Roman ist Cohens Versuch einer Antwort. Thierry Cohen lebt mit seiner Frau und drei Kindern in Lyon, wo er eine Werbeagentur leitet.

Thierry Cohen

Ich hätte es vorgezogen zu leben

Roman

Aus dem Französischen
von Karin Ehrhardt

btb

Die Originalausgabe erschien 2007 unter dem Titel
Jáurais préféré vivre bei Éditions Plon, Paris.

Mix
Produktgruppe aus vorbildlich bewirtschafteten
Wäldern und anderen kontrollierten Herkünften
www.fsc.org Zert.-Nr. GFA-COC-001223

FSC

Verlagsgruppe Random House FSC-DEU-0100
Das FSC-zertifizierte Papier *Munken Pocket* für dieses Buch
liefert Arctic Paper Munkedals AB, Schweden.

1. Auflage
Januar 2010

Umschlagfoto: Andreas Reeg / VISUM / buchcover.com
Umschlaggestaltung: semper smile, München
Druck und Einband: CPI – Clausen & Bosse, Leck
MM · Herstellung: SK
Printed in Germany
ISBN 978-3-442-74000-0

www.btb-verlag.de

Eric Haïm Bensaïd, meinem Freund.
Um ihm zu sagen, dass er mir fehlt.

Hélène und Jacques, meinen Eltern.
Um ihnen zu sagen, dass ich sie liebe.

KAPITEL 1

8. Mai 2001

Die Tabletten, der Whisky, das Gras. Hinlegen. Ich weiß, was ich tue. Nur an das Wie denken. Nur an den Vorgang denken. Nur an mich denken, hier, im Wohnzimmer, an die Flasche, an die Tabletten. Nur an mich. Der Flaschenverschluss. Das Tablettenröhrchen. Mund aufmachen, die Tabletten auf die Zunge legen, die Flasche zum Mund führen. Schlucken. Nur an das Wie denken. Nichts anderes. Nicht an Papa, nicht an Mama. Bloß nicht. An meine Demütigung. Allein, hier. Ich und meine Demütigung. Ich weiß, was ich tue. Papa und Mama werden es verstehen. Vielleicht. Ist mir auch egal, ob sie es verstehen! Nein… Nicht daran denken. An niemanden denken.

Heute bin ich es, der entscheidet! Ich will dieses Leben nicht mehr. Es ist eine Tortur, eine Beleidigung. Ich bin es, der entscheidet. Und ich entscheide, es wegzuwerfen. Ich bin Herr der Lage!

Und wenn mir der Mut fehlt, wenn ich kurz davor bin, aufzustehen, alles abzubrechen, werde ich an sie denken. An sie, die mir Leben bedeutet und die mich von sich gestoßen hat. An niemand anderes, nicht an die, die mich lieben, sondern an sie, die mich nicht liebt, die mich nicht lieben will. Es nicht einmal versuchen will. Ihre samtweiche Haut, ihre grünen Augen, ihr Lächeln. Ihr Lächeln! Für mich ist es zur Qual geworden. Nein, alles an ihr hat mich zerstört, mich an den Rand dieses Abgrunds gebracht. Hier: der Abgrund des Todes, dort: die Leere meines Lebens. Gibt es einen Unterschied?

Mein Gott, alles dreht sich. Gott … Aber wozu Gott anrufen? Bist du da? Warst du schon die ganze Zeit da? Hast du mich nicht gehört? Na gut, Gott, dann lass uns abrechnen! Wie hätte ein barmherziger Gott ein solches Wesen in meiner Nähe erschaffen und es mir dann verweigern können? Zu welchem Zweck? Um mich leiden zu sehen? Du hast es geschafft! Ich leide. So sehr, dass ich es nicht mehr will, dieses Leben. Und, bist du jetzt zufrieden? Ich vermache dir meine Zukunft. Gib sie jemand anderem. Du zeigst mir nur den Abgrund, also bitte, ich stürze mich hinein.

Ich habe keine Angst.

Nur an das Wie denken. Die Tüte qualmt noch. Mich noch ein bisschen mehr betäuben. Mich von mir entfernen, um mich von ihr zu trennen. So ist es gut, mein Geist schwebt, mit dem Rauch, dem Alkohol. Gleich die Tabletten. So geht das. Ich schwitze. Keine Angst.

Noch einige Sekunden.

An sie denken.

Ich hatte beschlossen, ihr alles zu sagen. Heute, zu meinem Zwanzigsten. Mich von meinen Zweifeln befreien. Endlich Bescheid wissen. Ich hatte ein paar Worte vorbereitet … War es überhaupt nötig, etwas vorzubereiten? Ich war voll von Worten an sie. Aber sie hörte nicht zu, wollte nicht verstehen. Ich sprach von unserer Liebe aus Kindertagen. Als alles begann.

»Wir waren damals doch erst neun Jahre alt, Jeremy!«, hat sie mit einem Lächeln geantwortet.

Zehn. So jung ist zehn nun auch wieder nicht. Ich war verliebt. Sie mochte mich gut leiden.

Für sie, ein Kinderspiel, ein paar unschuldige Küsse, ein liebevolles Miteinander, eine anmutige Melodie. Eine ferne Erinnerung mit verblassten Farben.

Für mich der Beginn des Lebens. Ein wärmendes Licht, wärmer noch als das des Sommers, der uns wieder trennte.

»Wir sind Freunde geworden. Du warst mein Vertrauter!«

Eine trostlose Rolle, die ich all die Jahre spielen musste, um in ihrer Nähe existieren zu können. Diese kleinen Schaumschläger mit ihrer Schönheit, ihrem blendenden Aussehen angeben zu sehen. Und sie, sie liebte es zu gefallen. Ich bin auf Abstand gegangen. Habe versucht, sie zu vergessen. Vergeblich. Schmerz, Hoffnung. Bis zum Ersticken.

Es musste ein Ende haben. An meinem zwanzigsten Geburtstag. Ein Ultimatum, das man stellt, um das Warten erträglich zu machen.

Ihr meine Liebe gestehen, versuchen sie zu überzeugen. Worte wie Perlen, lange gewachsen aus einer Verletzung heraus.

Ich sah sie zögern, meine Worte ließen sie nicht unberührt.

Einige Sekunden lang gehörte sie mir. Oder war es Einbildung?

Dann kam er und alles war verloren.

»Darf ich dir Hugo vorstellen? Meinen Verlobten.«

Diese Worte ließen meinen Verstand gefrieren. Der Schmerz, mein ständiger Begleiter, der sich irgendwo zwischen Herz und Bauch versteckt gehalten hatte, wachte wieder auf, stärker denn je. Wie zu einem letzten Angriff, tollkühn, das sichere Ende vor Augen.

Nein. Sie gehört mir! Sie gehört mir!

Der Gedanke war so stark, mein Mund schrie die Worte hinaus.

Er schlug mich. Ich ging zu Boden. Ein armseliges Häufchen

Elend. Sie hielt ihn zurück. In ihren Augen Zärtlichkeit, in ihren Worten Mitleid.

»Ich liebe ihn. Und dich liebe ich nicht, Jeremy. Ich habe dich nie geliebt! Ich werde dich nie lieben. Es tut mir leid.«

Worte, die seine Wut besänftigen und meine Liebe töten sollten. Auf mein Herz gespieen.

Dann sind sie gegangen.

Und alles war vorbei.

Ich rauche meinen Joint auf. Ich strecke mich aus, die Tabletten in der einen, die Flasche in der anderen Hand. Der letzte Ausweg.

Bis gleich, Gott! Gleich rechnen wir ab! Du bist mir eine Erklärung schuldig! Ich werde keine Entschuldigungen akzeptieren. Du hättest dir im Hier und Jetzt vergeben lassen können. Was hast du mir wohl im Jenseits bereitet, wenn meine Hölle schon hier war? Ich werde also vor deinem Richterstuhl erscheinen müssen, um mich für meine Sünden zu verantworten? Du duldest keine Selbsttötung, du lehnst Selbstmord ab? Du warst es, der mich in meinem Leben zurückgewiesen hat. Du wirst dich für meine Tat rechtfertigen müssen!

Vereinzelte Bilder flammten in Jeremys Geist auf, letzte Glut eines sterbenden Feuers. Seine Eltern sahen ihn gehen. Seine Mutter hob die Hand zum Abschied und weinte. Sein Vater betrachtete ihn ohne sichtbare Regung. Dann erschien ein kleines Mädchen und schob sich zwischen die beiden. Seine Schwester hatte ihren Platz wieder eingenommen. Er stöhnte auf. Sein Gegner war stark! Er musste schnell reagieren, diesen alten Schmerz neutralisieren oder ihn für seine Sache gewinnen. Sprach er nicht für seine Tat?

Jeremy legte die Tabletten auf die Zunge und spülte sie mit einem Schluck Whisky hinunter.

Ein kalter Hauch glitt unter seine Haut. Kalt und stark genug, zwanzig Jahre seines Lebens auszulöschen. Er glaubte eine Stimme zu hören. Victorias Stimme? Ihre Worte zauberten ein Lächeln auf sein versteinertes Gesicht.

»Alles Gute zum Geburtstag, Jeremy!«

KAPITEL 2

Ein Licht weckte ihn. Eine köstliche Wärme hüllte ihn ein. Er fühlte sich gut.

Bevor er starb, hatte sein letzter Gedanke dem Jenseits gegolten, er hatte gehofft, auf dem Weg zu etwas Besserem zu sein, eine Antwort zu finden.

Ein sanftes Licht umschmeichelte jetzt seine Lider.

›Ich bin tot und dabei, meinen Übergang zu vollenden. Gleich werde ich weiterziehen und das andere Ufer erreichen, und dann werde ich das vollkommene Licht, die Wahrheit sehen. Und vielleicht den Sinn meines Lebens verstehen.‹

Er wartete einen Augenblick, gespannt auf die Bewegung, die ihn zu diesem Licht hinziehen würde. Aber er kam ihm nicht näher.

Er spürte so etwas wie ein Kitzeln auf seinem Bauch und diese Empfindung überraschte ihn. Dann nahm er die schwere Masse seines Körpers wahr und glaubte, seinen Herzschlag zu verspüren.

Ein Gedanke versetzte ihn in Panik: Er war noch nicht tot!

Er machte einen Versuch, die Augen zu öffnen, ein gleißendes Licht blendete ihn.

Verschwommene Sicht, dann eine sich bewegende Gestalt.

Er erschauerte.

Die Konturen, Schatten und Farben wurden klarer: kastanienbraunes Haar, das Gesicht einer Frau.

›Ich träume! Das Delirium kurz vor dem Tod! Dieses Gesicht … Das ist absurd!‹

Das Kinn auf den schlanken Händen abgestützt, betrachtete ihn Victoria mit einem Lächeln.

Jeremy rührte sich nicht.

»Na, wirst du endlich wach?«, sagte sie zärtlich.

›Victorias Gesicht. Victorias Berührung. Und jetzt ihre Stimme.‹

»Komm schon, du Faulpelz! Beweg dich!« Victorias Finger streichelten seinen Brustkorb.

›Sie ist hier, direkt bei mir. Sie schaut mich an, sie spricht mit mir …‹

»Wirst du wohl endlich aufwachen oder soll ich verschwinden?«

Er versuchte eine Bewegung und schaffte es zu seiner Überraschung, seine Hand in Richtung von Victorias Hand zu schieben, er berührte sie.

›Ist es ein Traum, eine Illusion, ein Produkt der Fantasie? Wer ist dessen Schöpfer? Gott? Der Teufel?‹

Er war zwischen Angst und Euphorie hin und her gerissen. Er hätte schreien, weinen, lachen mögen.

Er beschloss, sich dieses Augenblicks zu erfreuen und sich ganz der Halluzination hinzugeben, die ihm der Tod schenkte.

Die junge Frau schmiegte sich an ihn. Er hatte den Eindruck, ihre Haut lege sich wie leichte, in sanften Wellen fallende Seide auf seinen Körper. Ein noch viel schöneres Gefühl als er es sich jemals erträumt hatte. Als Victorias Gesicht nur wenige Zentimeter von seinem entfernt war, schielte er fast, um sich kein Detail entgehen zu lassen. Ihre großen grünen Augen, ihre langen Wimpern und ihr Mund, der sich jetzt seinem näherte.

Er hatte so oft davon geträumt, sie in seinen Armen zu halten.

Sie küsste ihn zärtlich, und er gab sich diesem köstlichen Traum hin.

›Es ist mir egal, ob dieser Moment real ist oder nicht. Ich erlebe ihn!‹

»Sag mal, könntest du nicht ein bisschen überzeugender sein?«, beklagte sie sich. »Nur weil der Herr Geburtstag hat, heißt das noch lange nicht, dass der Herr von vorn bis hinten bedient wird!«

Geburtstag? Er erschrak. Was bedeutete das? Prallten die Zeit und das Nichts im tiefen Abgrund aufeinander, um ihm eine letzte Freude zu gewähren? Er beschloss, diesen Moment zu genießen, dieses Delirium vollends auszukosten, bevor die Reise zu Ende war.

Sie drückte ihren Körper an seinen, und es war ihm, als würde seine Haut mit ihrer verschmelzen.

Jeremy wagte nicht, sich zu bewegen.

»He! Nimm mich endlich in den Arm!«, beschwerte sie sich.

Sie hob den Kopf und schaute ihn schelmisch an.

»Willst du dein Geschenk denn gar nicht?«

Sie legte ihre Lippen auf seinen Mund, und er schmeckte ihren Kuss. Er war wie berauscht, fühlte sich von einem Phantom liebkost.

»Ich mach mal das Licht aus«, flüsterte sie.

›Nein, keine Dunkelheit, nicht jetzt schon! Sie wird uns einhüllen, mir Victoria wegnehmen und mich ans Ende meiner Reise bringen! Und diese wundervolle Zwischenstation wird vorbei sein!‹

Das Licht erlosch, aber Victorias Körper blieb an seinen geschmiegt.

»Jetzt übertreibst du es aber mit dem Drücken. Ich kann mich ja gar nicht mehr bewegen«, sagte sie belustigt.

Victoria war immer noch bei ihm.

Jeremy hielt ihre Hand. Er hatte befürchtet, dass mit dem Ende des Liebesaktes auch das Ende seines Traums käme. So viele andere Träume hatten auf diese Weise geendet. Er rührte sich nicht, weil er befürchtete, der Augenblick sei gekommen, sie verlassen zu müssen und endgültig zu sterben.

Victoria stand auf und sagte im Hinausgehen:

»Weißt du, es ist vielleicht ein wenig idiotisch, aber ich muss die ganze Zeit daran denken, dass du vor genau einem Jahr… sterben wolltest. Meinetwegen.«

Er setzte sich auf und versuchte, ihren Worten einen Sinn zu geben.

›Vor einem Jahr? Mein Geburtstag? Wir leben? Warum erinnere ich mich nicht an dieses Jahr?‹

Sein Verstand kämpfte mit einem Ansturm verrückter Fragen, nicht zu Ende gedachter Gedanken, abwegiger Antworten und Hypothesen.

Er stand auf. Er rieb sich nervös den Nacken und versuchte eine Entscheidung zu treffen.

Er hörte, wie Victoria unter der Dusche *Hymne à l'Amour* trällerte.

Er schaute sich im Zimmer um. Es war ein heller Raum, in Weiß und Beige gehalten, in einem etwas unterkühlten modernen Stil eingerichtet, die sparsame Einrichtung wirkte angenehm. Einiges erkannte er. Den Clubsessel, den ihm seine Eltern geschenkt hatten, die Lampe mit dem roten Schirm, einem jungen Designer abgekauft, zwei Kissen in lebhaften Farben.

Er ging zum Fenster und zog den dicken Vorhang auseinander. Ein Lichtstrahl fiel auf das Bett und machte die Staubpartikel in der Luft sichtbar. Draußen gaben die Passanten, die Autos und die heraufdringenden Geräusche eine gewöhnliche Straßenkulisse ab.

Er betrachtete erneut das Zimmer, diesmal im Tageslicht, und entdeckte einen elektronischen Wandkalender. Er zeigte eine Aufnahme von Essaouira, seiner Geburtsstadt. Weiße und blaue Häuser, Sonnenlicht, windgebeugte Bäume. Er trat näher, um das Datum lesen zu können, das die fluoreszierenden Dioden anzeigten: 8. Mai 2002.

Er hatte sich am 8. Mai 2001 das Leben genommen.

Er ließ sich in den Sessel fallen, die Augen immer noch fassungslos auf den Wandkalender geheftet.

Er zwang sich zur Ruhe. Er musste nachdenken, jede Möglichkeit durchgehen. Wenn er tot war, befand er sich vielleicht in einer Art Paradies, in dem an jedem Tag sein Geburtstag war. Oder aber es war die Hölle, und er war verdammt, diesen Traum immer wieder an diesem Datum zu leben. Und wenn er noch am Leben war, hatte es zu bedeuten, dass sein Selbstmord nicht geklappt hatte und er sein Gedächtnis verloren hatte …

Victoria erschien in der Badezimmertür, im weißen Bademantel, das Handtuch um die Haare gewickelt, mit rosigen Wangen, lächelnd. Die Liebe seines Lebens war bei ihm.

»Was treibst du da vor dem Kalender? Prüfst du das Datum? Ganz recht, heute ist dein Geburtstag! Wieso habe ich mich wohl gerade auf dich geschmissen? Das war dein Geschenk!«.

Sie bemerkte den Ernst in Jeremys Gesicht.

»Was ist denn heute mit dir los? Warum machst du so ein Gesicht? Du bist wirklich seltsam heute Morgen.«

Er beschloss, sie vorsichtig zu befragen.

»Ich …«

Es war das erste Mal seit seinem Erwachen, dass er sprach, und seine Stimme überraschte ihn.

Er unterbrach sich und ließ den fast greifbaren Klang in seinem Geist nachhallen.

»Ja?« Sie neigte den Kopf, neugierig geworden.

Er zögerte. Was sollte er ihr sagen? Wenn das alles hier nur eine Illusion war, wozu sollte es gut sein, ihr von seiner Verwirrung zu erzählen?

Aber er konnte nicht länger stumm und untätig bleiben.

»Ich habe vergessen …«

»Du hast vergessen? Was denn, mein Schatz? Deinen Geburtstag?«, machte sie einen Scherzversuch, ohne zu lächeln.

Er war so ernst, so angespannt.

»Was hast du vergessen, Liebling?«, setzte sie nach.

»Ich hab alles vergessen«, brachte er heraus, überrascht und gerührt durch Victorias liebevolle Ansprache. »Ich kann mich an nichts mehr erinnern. Ich kenne diese Wohnung nicht. Ich erinnere mich nicht an gestern, vorgestern, den Tag davor und auch nicht an den letzten Monat.«

Victoria starrte ihn eine Weile an, völlig perplex, dann zuckte sie mit den Schultern. Sie setzte sich auf das Sofa und fing an, ihre Haare trocken zu rubbeln.

»Victoria.« Er zitterte, als er ihren Namen aussprach. »Ich habe eine Amnesie … glaube ich.«

»Jetzt hör aber auf! Du und deine merkwürdigen Witze!«

Sie rieb weiter an ihren langen Haaren, noch energischer, den Kopf nach unten haltend.

›Wie soll ich es ihr sagen? Und soll ich es ihr überhaupt sagen? Schließlich, wie auch immer die Welt da draußen aussieht – die Gegenwart und die Zukunft, sofern sie existieren, sehen ganz wunderbar aus, denn sie ist bei mir! Warum soll ich mich also mit der Vergangenheit belasten? Zwölf Monate, gemessen an einer ganzen Ewigkeit, was ist das schon?‹

Und doch, Jeremy wusste, dass er nicht ganz er selbst sein konnte, ohne die Erinnerung an diese zwölf Monate wiederzufinden. Er machte einen letzten Versuch.

»Ich fühle mich wirklich nicht gut. Ich habe Kopfschmerzen. Und …«

Bei diesen Worten hob Victoria den Kopf und schaute ihn nachsichtig an.

»Das muss von der gestrigen Feier kommen. Ist auch kein Wunder, bei den Mengen, die du getrunken hast!«

Jeremy erschrak.

›Gestrige Feier? Getrunken? Ich hasse Alkohol. Aber, warum nicht? Ja! Ich habe meinen Geburtstag gefeiert und habe mich so sehr betrunken, dass ich ein ganzes Jahr vergessen habe.‹

Diese Hypothese war ein wenig abwegig, aber dennoch plausibel und tröstlich.

›Wenn das so ist, bin ich wohl doch am Leben! Und sobald die Wirkung meines Katers nachgelassen hat, wird mein Gedächtnis wiederkommen!‹

»Was ist denn passiert?«, fragte er, entzückt über diese Lösung.

Sie hatte inzwischen angefangen, ihre Nägel zu feilen.

»Nun ja, du warst sturzbetrunken. Du kannst dich wirklich nicht mehr erinnern?«, fragte sie mit einem spöttischen Unterton.

»Nein.«

»Völlig verständlich, dass du es verdrängen willst! Du hast fast die Feier zerstört. Du hast schmutzige Witze erzählt, du hast Clotilde deine Liebe gestanden und danach Pierre beinahe eine geschmiert, weil er gesagt hat, dass du die Klappe halten sollst.«

Sie erzählte das alles ohne den Kopf zu heben, mit einem kleinen Lächeln auf den Lippen.

Jeremy war verstört. Wie konnte er sich bloß derart danebenbenommen haben? Er war viel zu schüchtern, um sich so zu verhalten. Konnte er sich innerhalb eines Jahres dermaßen ändern?

»Clotilde meine Liebe gestanden? Pierre?«

»Keine Angst, sie haben es dir nicht übel genommen. Sie wissen, dass du dich wie ein Idiot aufführst, wenn du getrunken hast. Na ja, ich war schon ein bisschen sauer. Aber was soll's, es war dein Geburtstag, der Alkohol, das alles… Wie dem auch sei«, fügte sie lächelnd hinzu, »deine Liebeserklärung an Clotilde war so was von platt im Vergleich zu der, die ich mir anhören durfte, vor genau einem Jahr.«

»Du sprichst von meiner Liebeserklärung im Park? Aber… Seitdem habe ich bestimmt… Seitdem habe ich doch andere gemacht…«

Sie lächelte nachsichtig.

»Ja, natürlich. Nette Worte. Einige Aufmerksamkeiten. Aber keine echte Liebeserklärung mehr. Keine von denen, die einem die Tränen in die Augen schießen lassen…«

Sie hielt einen Augenblick inne, sie wollte sich noch einmal erinnern.

»Deine Worte haben mich so aufgewühlt, dass ich imstande war, Knall auf Fall den Mann zu verlassen, der mir kurz zuvor einen Antrag gemacht hatte, um mich anschließend in deine Arme zu werfen!«

Dieses Geständnis verstörte Jeremy. Er stand auf und ging zu ihr hin. Er nahm ihre Hände und legte sie an seine Wangen.

»Weißt du, ich kann dir jeden Tag noch viel schönere Dinge sagen.«

»Was kannst du aber auch ernst sein! Habe ich dich verärgert, mein Schatz?«, fragte sie mit gekräuselter Stirn.

»Nein, nein, es ist bloß, weil ... ich furchtbare Kopfschmerzen habe.«

Sie legte ihre Hand auf seine Stirn.

»Ja, wirklich, du siehst irgendwie verändert aus. Und du bist leichenblass.«

Bei diesen Worten fuhr Jeremy zusammen.

Er entschied sich zu reden. Nur sie konnte ihm helfen.

»Ich fühle mich überhaupt nicht gut. Ich kann mich an gar nichts vom gestrigen Tag erinnern ... aber auch an nichts vom ganzen letzten Jahr. Null, niente.«

Er stand auf und fing an, hin und her zu laufen, aufgewühlt von seinem Geständnis.

»Ich weiß, es klingt unglaublich, aber ... ich habe wohl eine Amnesie. Eine seltsame Amnesie, weil ich nur dieses eine Jahr vergessen habe! Ich erinnere mich an die zwanzig Jahre vorher. Und sogar an die wenigen Minuten vor ... vor meinem ...«

Victoria stand wie erstarrt im Zimmer und betrachtete ihn beunruhigt.

»Ist das dein Ernst?«

»Mein voller Ernst.«

Victoria machte ein nachdenkliches Gesicht.

»Der Alkohol vielleicht?«, sagte sie ohne rechte Überzeugung.

»Vielleicht.«

Sie schauten einander einige lange Sekunden an.

»Ich hab's! Das war der Schlag!«, rief Victoria aus. »Gestern, als ich versucht habe, dich ins Bett zu bringen, hast du um dich geschlagen und dann bist du hingefallen! Mit dem Kopf vor den Bettpfosten. Du sagtest zwar, es sei nichts passiert, aber du hattest eine Riesenbeule. Du bist eingeschlafen, und da habe ich mir gesagt, es wird schon nicht so schlimm gewesen sein, aber der Schlag war wohl doch ziemlich heftig. Ich hätte dich ins Krankenhaus bringen sollen!«

Jeremy fuhr sich mit der Hand durch das Haar und fühlte tatsächlich eine Beule auf der rechten Kopfseite. Eine körperliche Ursache, ein Schlag…

Victoria nahm seinen Arm und führte ihn zum Bettrand, wo sie ihn wie einen alten Mann vorsichtig hinsetzen ließ. Sie so zu sehen, verstört, ängstlich, bestärkte ihn in dem Gedanken, am Leben zu sein. Am Leben, aber krank. Und Victoria war bei ihm und liebte ihn.

Von seiner Angst befreit, hätte Jeremy am liebsten vor Freude geschrien.

»Woran genau erinnerst du dich?«, fragte Victoria.

»An rein gar nichts.«

»An unser erstes Mal?«, fragte sie mit einem schelmischen Gesichtsausdruck nach.

»Für mich war es vor wenigen Augenblicken.«

Sie riss staunend die Augen auf.

»Und diese Wohnung?«, fragte sie weiter.

»Ich bin dabei, sie gerade zu erkunden.«

»Das alles kommt mir so verrückt vor!«

Dann wurde ihre Stimme sanfter, und sie sprach ihn wie einen Kranken an.

»Streng dich bitte an. Was ist mit deinem Erwachen im Krankenhaus nach dem…? Und deine Genesung bei mir?«

»Nichts. Ich erinnere mich nur an meinen Selbstmord und dann an dich und mich, heute Morgen. Dazwischen nichts.«

»Unglaublich! Willst du damit sagen, dass du mich gerade erst neu entdeckst? Es ist, als ob du gerade erfahren hättest, dass du und ich…«

»Genau.«

»Das ist verrückt!«, rief sie aus.

Sie zog die Luft tief ein und stand auf, offenbar einen Entschluss fassend.

»Gut, keine Panik. Diese Amnesie ist bestimmt nur vorübergehend.«

»Vorübergehend?«

»Was wissen wir schon über Amnesie?«, sagte sie auf dem Weg zum Telefon. »Ich rufe Pierre an, er soll uns ins Krankenhaus begleiten. Es wird dir guttun, deinen besten Freund um dich zu haben.«

Sie standen an seinem Bett. Jeremy hatte Pierre schon mal gesehen. Er gehörte zu Victorias Freunden aus der Schulzeit. Jeremy kannte sie damals alle und hatte sie nach dem Grad der Gefährlichkeit kategorisiert. Die blendend aussehenden und gleichzeitig charmanten hasste er. Dann gab es welche, die nicht besonders gut aussahen, deren Persönlichkeit aber eine Gefahr darstellte. Victoria war sensibel genug, um einem starken, außergewöhnlichen Charakter zu erliegen. Andere gehörten zu ihrem Hofstaat, weil sie humorvoll oder besonders nett waren. Pierre war zwischen Kategorie zwei und drei angesiedelt. Er war so eine Art Woody Allen. Ein netter Typ, hochbegabt, kluge Augen, spärliches Haar und gewöhnliche Gesichtszüge. Jeremy sah seine zarte, ein wenig gebeugte Gestalt vor sich, wie er Victoria bei ihren Ausgängen begleitete.

Jeremy fragte sich, wann und wie Pierre zu seinem Freund geworden war. Dass er da war, erstaunte ihn. Dass er so zuvorkommend und beunruhigt war, war ihm unangenehm.

Pierre beugte sich über Jeremy.

»He, Kumpel, ich weiß, dass du nicht gern darüber redest, aber diesmal ist es für einen guten Zweck.«

Victoria betrachtete ihn besorgt und kaute nervös auf ihrer Unterlippe.

»Erinnerst du dich an dieses Krankenhaus? Victoria hat dich vor einem Jahr hierher begleitet. Es ging dir wirklich dreckig. Eine Flasche Whisky und eine Menge Tabletten … Du warst im Koma.«

»Ich hab doch schon gesagt, ich erinnere mich nicht«, antwortete Jeremy genervt.

»So ein Mist«, meinte Pierre. »Okay, woran erinnerst du dich als Letztes?«

»Die Flasche, die Joints, die Tabletten, mein Zimmer …«

»Und vorher? Erinnerst du dich an dein Leben vor deinem …?«

»Ja, an alles.«

»Und seitdem nichts?«

»Nichts. Ich hab's dir schon mindestens zehn Mal gesagt.«

»Schon gut, schon gut«.

Pierre setzte sich auf den Bettrand.

»Halten wir fest, was wir haben: Die Untersuchungen haben nichts Beunruhigendes ergeben. Der Arzt lehnt sich natürlich nicht aus dem Fenster. Für ihn sind es ›wahrscheinliche psychosomatische Ursachen‹. Dein Suizidversuch sei des Pudels Kern. Und ich habe immer gedacht, dass es nie ein Problem für dich war. Du hast nie darüber gesprochen.«

Pierre hielt kurz inne.

»Da fällt mir gerade ein … Du kennst mich ja gar nicht.«

»Nur vom Sehen, aus der Schulzeit.«

»Vom Sehen!«, wiederholte er. »Mich, deinen besten Freund! Ich habe mich um dich gekümmert, als es mit dir wieder bergauf ging. Ich habe dich nach jedem deiner Abstürze heil nach Hause gebracht … und du kennst mich nur vom Sehen!«

»Tut mir leid …«

Pierres Anwesenheit irritierte Jeremy. Seine Fragen, seine Sympathie regten ihn auf. Er wollte jetzt mit Victoria allein sein, mit ihr sprechen, sie in den Arm nehmen.

»Pierre, könntest du uns jetzt bitte allein lassen?«, sagte Jeremy mit einem leicht abweisenden Unterton.

Pierre hob überrascht den Kopf.

»Na klar«, antwortete er und versuchte, seine Enttäuschung zu verbergen.

Dann wandte er sich an Victoria.

»Ruf mich auf jeden Fall an. Sobald es etwas Neues gibt, möchte ich es wissen.«

Sein letzter Satz berührte Jeremy. Er reichte ihm die Hand. Pierre drückte sie, beugte sich zu ihm und küsste ihn auf die Wange.

»Normalerweise verabschieden wir uns so.«

Jeremy, dem diese Intimität unangenehm war, drückte Pierres Hand noch etwas fester.

Als Pierre hinausgegangen war, setzte sich Victoria zu Jeremy und streichelte sein Gesicht.

»Also erinnert sich der Herr nicht an mich?«

»Dafür müsste ich schon die ersten zwanzig Jahre meines Lebens vergessen. Aber, was unser gemeinsames Leben betrifft, habe ich nicht die geringste Erinnerung. Dich hier zu sehen, an meiner Seite, ist… fast irreal. Vielleicht hilft es mir weiter, wenn du mir erzählst, was letztes Jahr alles passiert ist.«

»Es kommt mir total verrückt vor, dir zu erzählen, was WIR vor gar nicht so langer Zeit erlebt haben. Aber, warum nicht, ich versuch es.«

Sie streckte sich neben ihm aus, nahm seine Hand und schaute gegen die Decke.

»Unterbrich mich, wenn dir irgendetwas bekannt vorkommen sollte«, murmelte sie. »Alles begann mit dem Streit mit Hugo, meinem damaligen … Verlobten, nachdem du mir eröffnet hattest, dass du mich liebst. Du lagst am Boden, und er tobte vor Wut. Er brüllte dich an, beleidigte dich, verhöhnte dich, und da begann ich, dich zu verteidigen. Seine Brutalität dir gegenüber brachte mich auf. Unser Disput wurde heftiger, und er fing an, Unsinn zu erzählen. Er hat mir sogar vorgeworfen, dich ermutigt zu haben. Du musst wissen, er war sehr impulsiv. Seine Gemütsschwankungen waren mir vorher schon sauer aufgestoßen. Ich habe ihm gesagt, dass mich deine Liebeserklärung sehr berührt hatte.«

Sie lachte.

»Er wurde wütend und ließ eine Beleidigung nach der anderen vom Stapel. In diesem Augenblick begriff ich, dass ich niemals mit einem derart … primitiven Menschen zusammenleben könnte. Ich war nicht wirklich verliebt gewesen. Er war ein ziemlich gut aussehender Typ. Die Sorte Mann, auf die alle Mädchen stehen. Ich war einfach nur sehr stolz gewesen, dass er mich ausgewählt hatte. So war ich halt damals …«

Ihre Stimme wurde leiser, wie um ihre Verlegenheit zu verbergen.

»Ich habe Hugo den Laufpass gegeben und bin nach Hause gegangen. Ich habe über alles noch mal nachgedacht. Ich dachte an dich. An deine Worte. An deine bedingungslose Liebe. An uns, als Kinder. Es stimmte, dass du nicht wirklich mein Typ warst. Du warst ein verflossener Verehrer, ein Freund. Ich wusste, dass du eine Schwäche für mich hattest, und ich fand das süß. Ich stand auf die gut gebauten Jungs, auf die Sportskanonen, auch wenn ich bei denen lange auf ein paar zärtliche Worte warten konnte. Und dann kam deine Liebeserklärung … so schön … deine unbedingte Liebe, deine Empfindsamkeit. Es war, als hätte jemand den Schalter umgelegt. Ich musste dich sofort sehen, ohne wirklich zu wissen warum. Heute glaube ich, dass es so etwas wie eine Vorahnung war. Ich kannte deine Adresse. Ich hatte dich oft gesehen, wie du mich vom Balkon aus beobachtet hast. Die Tür war nicht abgeschlossen. Ich rief nach dir. Du hast mir nicht geantwortet, also bin ich ins Wohnzimmer gegangen. Und da sah ich dich, dort, auf dem Sofa, eine Flasche Whisky neben dir, die Tabletten … Ich wusste sofort Bescheid. Ich rief den Notarzt.«

Sie unterbrach sich, durch die Bilder aufgewühlt, die ihr eigener Bericht wieder aufleben ließ.

Jeremy drückte ihre Hand. Victoria erzählte ihm ihre gemeinsame Geschichte, Tatsachen, die bewiesen, dass er lebte und sich mitten in einer unglaublich schönen Realität befand.

»Als der Rettungswagen eintraf, warst du klinisch tot. Du warst sehr bleich und sehr schön. Auf deinen Zügen lag so etwas wie Entschlossenheit. Ich war verzweifelt. Ich weinte. Ich rief deinen Namen. Ich schrie ›ich liebe dich‹ und dachte, diese Worte würden dir vielleicht folgen, wo immer du auch warst. Ich flehte Gott an, dich ins Leben zurückkehren zu lassen, ich, die sich immer für ungläubig gehalten hatte! Und es sieht so aus, als hätte er mich erhört, denn der Arzt brachte dein Herz wieder zum Schlagen. Aber du bliebst bis zum Abend im Koma. Ich war da, als du aufgewacht bist. Pierre auch. Er wunderte sich, mich so fürsorglich, so aufmerksam dir gegenüber zu sehen. Ich war nicht in der Lage, ihm meine Beweggründe zu erklären. Ich sprach von Verantwortung, aber ich wusste, dass es etwas anderes war. Als du aufgewacht bist, hast du lange gebraucht, um zu verstehen, was passiert war. Und du hast es abgelehnt, über deine Tat zu sprechen. Du hast übrigens fast eine ganze Woche lang kein Wort gesagt. Ich habe dich jeden Tag besucht. Pierre auch. Und eines Tages habe ich dich geküsst, hier im Krankenhaus. Erinnerst du dich an unseren ersten Kuss?«

Sie hatte die Frage in einem betont leichten Ton gestellt.

»Nein … ich …«

›Wie konnte ich diesen Kuss vergessen? Ich hatte ihn mir doch so sehr gewünscht!‹

»Es fällt mir so schwer, zu glauben, dass du das alles vergessen hast«, sagte Victoria traurig.

Jeremy nahm es sich übel, dass er sie traurig gemacht hatte, und versuchte, sie ein wenig aufzumuntern.

»Erzähl mir mehr von diesem Kuss. Ich hatte mich so danach gesehnt!«

Sie lächelte wieder.

»Wir haben viel geredet, während du langsam wieder zu Kräften kamst. Na ja, hauptsächlich habe ich geredet. Du warst sehr schweigsam. Ich hatte fast den Eindruck, als würdest du mich nicht kennen oder als wärst du böse auf mich.«

»Wie meinst du das?«

Sie strich über seine Wange.

»Es ist schon merkwürdig, wir haben noch nie so offen über diese Zeit gesprochen, und jetzt, wo du in diesem Zustand bist, habe ich das Gefühl, dir alles sagen zu können … Du warst kühl mir gegenüber, fast abweisend. Es war, als sei deine Liebe gestorben und ein Teil von dir hätte sich in Luft aufgelöst. Ich wollte es wissen und habe dich angebaggert. Ich wollte dich wieder verliebt sehen. Und du hast meinem Charme nicht widerstehen können!«

Sie lachte.

»Einmal bat ich dich um eine weitere Liebeserklärung. Du sagtest mir ein paar nette Worte. Gut, nicht so schön wie damals im Park, aber trotzdem … Wir haben uns hier im Krankenhaus geküsst. Wir haben uns sogar in deinem Zimmer, Nummer 66, glaube ich, geliebt. Ganz schön abgefahren fürs erste Mal!«

Seltsamerweise war Jeremy auf dieses andere Ich, das Victoria geküsst hatte und das mit ihr diese magischen Momente erlebt hatte, eifersüchtig.

»Und dann?«, fragte er.

»Als du so weit warst, aus dem Krankenhaus entlassen werden zu können, habe ich es so hinbekommen, dass du mit zu mir kamst. Die Ärzte hatten ja gesagt, dass man dich nicht allein lassen sollte. Also habe ich ihnen angeboten, mich um dich zu kümmern!«

Sie wurde rot und drehte ihm ihr verschmitztes Gesicht zu. Er lächelte sie an.

»Einen Monat später hast du deine Wohnung aufgegeben und bist in meine Zweizimmerwohnung gezogen. Du warst so enthusiastisch! Du hattest gerade einen Job gefunden …«

»Was für einen?«

»Fällt dir da nichts ein?«

»Ich hatte Graphikdesign studiert … Zeichner? Graphiker?«

»Nein, nein! Du hast nie wieder einen Stift in die Hand nehmen wollen. Du bist Außendienstler.«

»Bitte?«

Jeremy hatte es fast geschrien.

»Ja, und sogar ein richtig guter! Mit großer Zukunft, von deinen Vorgesetzten hochgeschätzt. Du verkaufst Industriekleber.«

»Verkäufer? Das ist überhaupt nicht mein Ding! Ich habe noch nie über Geld reden können!«

»Dann müssen wir wohl annehmen, dass dich die Liebe verändert hat, mein Schatz, denn du stehst kurz vor einer Beförderung. Und das nach nur wenigen Monaten: ein echter Rekord in deiner Firma.«

»Das ist verrückt …«

Diese neue Enthüllung verwirrte Jeremy.

›Außendienstler! Aber das ist unmöglich! Ich bin viel zu zurückhaltend für so was! Ich wollte Graphiker werden! Ich liebte es und war sogar richtig gut!‹

»Ich glaube, ich höre jetzt besser auf, weiter zu erzählen. Du schwitzt und siehst mir etwas müde aus.«

»Ich möchte wissen, ob ...«

Besorgt unterbrach sie ihn.

»Schluss! Ich sage nichts mehr! Es regt dich zu sehr auf. Und in deinem Zustand ist es bestimmt nicht gut für dich, dich aufzuregen.«

Er wollte widersprechen, aber sie legte ihre Lippen auf seine. Es war ein langer Kuss. Dann löste sie sich von ihm und stand auf. Er hielt immer noch ihre Hand fest. Er hatte noch so viele Fragen. Er wünschte, sie würde von seinen Eltern erzählen. Was hatten sie zu seinem Selbstmordversuch gesagt? Waren sie deshalb böse auf ihn?

»Ich lass dich jetzt ausruhen. Es ist schon spät. Man hat mir nicht erlaubt, über Nacht hierzubleiben. Schließlich bin ich nicht deine Frau!«

»Du wirst es bald sein«, antwortete er mit schwacher Stimme.

»Psst ... Ich wünsche mir einen etwas romantischeren Antrag und einen etwas ... netteren Rahmen. Bloß weil wir uns das erste Mal in einem Krankenzimmer geliebt haben, heißt das nicht, dass wir hier alle unsere großen Momente erleben müssen!«

Sie lachte, beugte sich zu ihm und umarmte ihn.

»Morgen früh bin ich wieder da. Ich hoffe, dass du über Nacht wieder gesund wirst«, sagte sie leise.

Als sie das Zimmer verließ, wurde ihm bewusst, wie dunkel es schon geworden war. Eine Welle von Kälte überrollte ihn und dennoch schwitzte er. Er wollte sich aufrichten, musste aber feststellen, dass er seine Glieder nicht mehr unter Kontrolle hatte. Sein Atem ging schwer.

›Eine Panikattacke‹, dachte er. Er versuchte vergeblich, einen klaren Gedanken zu fassen. Er sah die Szenen vor sich, die Victoria ihm beschrieben hatte, und meinte den Whisky zu schmecken. Schweißtropfen bildeten sich auf seinem Gesicht. Er wollte rufen, aber kein Laut drang aus seiner Kehle, er suchte nach dem Alarmknopf, konnte ihn aber nicht finden. Sein Blick trübte sich. Er riss die Augen weit auf, aus Angst, sie würden sich für immer schließen. Er schob den Gedanken an seinen Tod von sich. Nicht jetzt! Nicht jetzt, wo er einen Grund zum Leben hatte!

Er hörte eine seltsame, tiefe Stimme auf der linken Seite seines Bettes. Er blickte hin und sah, direkt neben sich, einen alten Mann. Er hatte einen weißen Bart und trug einen dunklen Anzug. Seine Augen waren geschlossen, und sein Oberkörper machte schnelle, schaukelnde Bewegungen. Er betete. Er sprach das Kaddisch, das Trauergebet der Juden, das die Unwandelbarkeit ihres Glaubens bekräftigt. Ein Gebet für die Toten, das die Schönheit des Lebens preist. »Sein großer Name sei geheiligt, in der Welt, die er nach seinem Willen erschaffen hat …«

Der alte Mann krümmte sich wieder und wieder, artikulierte jedes Wort mit Nachdruck, als wollte er eine unsichtbare Macht überzeugen. Seine Stimme war ein schmerzliches Wehklagen. Jeremy beobachtete ihn voller Furcht. Er dachte an seine Eltern und wünschte, sie wären bei ihm. Er wurde wieder zu dem kleinen Jungen, den ein Albtraum vor Angst erstarren ließ. Wie in allen Nächten nach dem plötzlichen Tod seiner kleinen Schwester. Wo waren sie? Vielleicht nach seinem Selbstmord vor Kummer gestorben? Sie liebten ihn doch so sehr! Wie konnte er ihnen so etwas antun? Er schrie »Mama!«, aber aus seinem zugeschnürten Hals drang nur ein stummes Röcheln.

Der Alte beendete sein Gebet und trat näher. Er betrachtete ihn mit einem wilden Schmerz. Sein Gesicht war ganz nahe. Jeremy konnte nicht umhin, in seine traurigen Augen zu starren. Seine Haut war zerfurcht, von Falten durchzogen und dünn wie Papier. Sein Mund formte unhörbare Worte. Dann beugte sich der alte Mann noch weiter vor und jetzt verstand Jeremy ihn.

»Das war nicht richtig!«, sagte er und seine Worte waren wie eine Klage. »Nein, das war nicht richtig! Leben, Leben, Leben.«

Er begann zu weinen und wiederholte das Wort immer lauter mit einer herzzerreißenden Stimme. LEBEN, LEBEN, LEBEN …

Und Jeremy sah eine Träne über das Gesicht des alten Mannes fließen und fühlte, wie sie auf seine Hand fiel und sich dort einbrannte.

Dieser Schmerz war das Letzte, was er fühlte.

KAPITEL 3

Jeremy musste lange geschlafen haben. Er fühlte sich wohl, angenehm träge. Bald hatten ihn die Erinnerungen des Vorabends eingeholt: seine Atemnot, seine Versuche, sich zu bewegen, das Erscheinen des alten Mannes, seine Worte und Tränen. Er meinte sogar, den Schmerz der Verbrennung auf seiner Hand zu fühlen.

Er vernahm eine Art Klage neben sich. Plötzliche Angst drang in sein Bewusstsein und mit weit aufgerissenen Augen suchte er nach dem Alten. Er richtete sich schnell auf und Lichtblitze zuckten durch seinen schwankenden Geist.

Er war nicht mehr im Krankenhaus, sondern in demselben Zimmer, in dem er zuvor aufgewacht war.

Das Geräusch brach ab.

Er schaute an sich hinab, versuchte seine Anwesenheit in diesem Bett zu verstehen und erstarrte. An seinem linken Ringfinger glänzte ein Ehering, der das Morgenlicht zurückwarf.

›Was hat das zu bedeuten? Wo ist Victoria?‹

Er rief nach ihr mit schwacher Stimme.

Er rief noch einmal, lauter diesmal. Eine Sekunde lang herrschte vollkommene Stille. Dann ließ ihn ein gellender Schrei, der von seiner rechten Seite kam, zusammenfahren. Nur einige Zentimeter von ihm entfernt, in einem Weidenkörbchen, spannte ein Baby seinen Körper an, um markerschütternde Schreie auszustoßen. Tiefrot angelaufen, brüllte es, solange die Luft reichte, zog dann mit einem kurzen Schnappen neue Luft ein und setzte das Gebrüll fort. Starr vor Staunen hatte Jeremy den Eindruck, zugleich Darsteller und Zuschauer des Schauspiels zu sein.

›Wo kommt denn dieses Baby her?‹

Ein Klingeln unterbrach den regelmäßigen Weinrhythmus. Jeremy versuchte das Telefon zu lokalisieren, indem er sich in der Sekunde, in der das Baby Atem holte, auf das Geräusch konzentrierte. Das Telefon hatte schon vier oder fünf Mal geläutet, als er es endlich fand.

»Jeremy?«. Es war Victorias Stimme. »Ja, was ist denn da los? Wieso weint er? Es ist doch noch gar nicht seine Zeit!«

»Keine Ahnung«, stammelte Jeremy. »Wo bist du?«

»Bitte?«

»Wo bist du?« Er schrie es beinahe, um sich verständlich zu machen, und auch das Baby verstärkte sein Gebrüll.

»Schrei doch nicht so, du machst ihm Angst!«, wies ihn Victoria zurecht. »Ich bin im Fitness-Studio, weißt du doch, bin gerade mit meinem Programm durch. O je! Es wird Zeit, dass sich der kleine Racker wieder einkriegt. Leg mal den Hörer an sein Ohr.«

Jeremy gehorchte, ohne nach dem Warum zu fragen. Er hörte nicht, was Victoria sagte, aber das Baby beruhigte sich allmählich. Seine Augen schienen nach der Quelle der Stimme zu suchen. Schließlich hörte es auf zu weinen, zog nur noch in kleinen trockenen Schluchzern die Luft ein und sein Gesicht nahm wieder eine normale Farbe an.

Jeremy nahm den Hörer wieder an sich.

»Geschafft!«, rief Victoria befriedigt aus. »Mamas Stimme hat ihn beruhigt. Wenn er wieder anfangen sollte, nimm ihn in den Arm. Ich bin in zehn Minuten wieder da. Alles Liebe zum Geburtstag, mein Schatz.«

Jeremy glaubte verrückt zu werden. Er stand da, die Beine noch steif, und starrte den Hörer an.

›Der gleiche Albtraum. Ich wache an meinem Geburtstag auf und ein Teil meines Lebens ist mir völlig unbekannt. Diesmal bin ich verheiratet, ich habe ein Kind. Das ist ein schlechter Scherz!‹

Das Weinen setzte wieder ein und riss ihn aus seinen Gedanken. Das Gebrüll irritierte ihn. Es hinderte ihn daran, gründlich über diese neue Katastrophe nachzudenken. Er hatte keine Lust, das Baby in den Arm zu nehmen.

»Was hab ich denn mit diesem Blag zu schaffen!«, grollte er laut.

Sofort bereute er seine Aggressivität.

»Ich weiß doch gar nicht, wie man ein Baby hält.«

Er nahm das Kind auf. Der kleine Kopf sackte nach hinten. Empfehlungen, die er früher mal gehört hatte, fielen ihm ein, und er stützte mit einer Hand den Nacken des Kindes. Dann legte er es an seine Schulter und fühlte unter seinen Fingern, wie sich der kleine Körper bei jedem Schrei anspannte. Mit zögernden Schritten lief er zwischen Bett und Badezimmer hin und her. Das Baby beruhigte sich. Jeremy fiel der elektronische Wandkalender ein und er ging zu der Wand, an der er angebracht war. Die Aufnahme von Essaouira hatte einer Ansicht der steilen Straßen von Croix-Rousse in Lyon Platz gemacht. Dort hatte er die ersten Jahre seines Lebens verbracht, nachdem seine Eltern Marokko verlassen hatten. Der Tag und der Monat waren gleich geblieben, aber das Jahr war ein anderes. 8. Mai 2004.

›Zwei Jahre! Zwei Jahre seit meinem Aufenthalt im Krankenhaus! Zwei Jahre, an die ich mich nicht erinnern kann! Zwei weitere Jahre in nichts aufgelöst!‹

Tränen flossen seine Wangen hinunter. Sie kamen von allein, als ob sie den dicken Kloß in seinem Bauch wegschwemmen wollten. In dem Moment drehte sich der Schlüssel in der Eingangstür. Victoria trat ein. Sie hatte sich verändert. Ihre Haare waren kürzer, zu einem kantigen Bob geschnitten, ihre Gesichtszüge waren verändert. Jeremy fand sie blühender als vorher, weiblicher. Noch schöner.

Sie rief fröhlich »Hallo, ihr Süßen!«. Jeremy drehte sich weg und trocknete seine Augen an dem Babyhemdchen.

Victoria trat zu ihm und gab dem Baby einen Kuss auf die Stirn.

»Was hast du? Man könnte meinen, du hättest geweint!«

Sollte er ihr von seiner neuen Krise erzählen? Es schien ihm vernünftiger abzuwarten, versuchen zu verstehen, was mit ihm passierte.

Er zwang sich zu einem Lächeln.

»Ich weine nicht. Das ist … der Kleine. Seine Tränen haben mein Gesicht nass gemacht.«

Ihre Verwunderung machte sich in ihren leicht geschürzten Lippen bemerkbar. Ein Blick auf das Kind veränderte ihren Gesichtsausdruck.

»Du hast also nach deiner Mama gerufen, mein kleiner Schatz?«

Sie nahm das Baby in den Arm und drückte es zärtlich an sich.

»Wünscht man denn so seinem Papa einen schönen Geburtstag?«

Sie drehte sich zu Jeremy um und gab ihm einen Kuss.

»Alles Gute zum Geburtstag, Liebling.«

Dann hätschelte sie ihr Baby sofort weiter.

Jeremy war bewegt. Victoria war eine so wunderschöne Mutter. Und seine Frau. Sie hatten ein Kind miteinander. Einen Jungen. Er war kein liebestrunkener Jugendlicher mehr, sondern Vater und Ehemann. Es war schwierig für ihn, diese Situation zu erfassen, aber er mochte diese Realität.

›Wenn ich krank bin, werde ich bestimmt wieder gesund‹, versuchte er sich selbst zu überzeugen.

»Papa gibt dir dein Fläschchen. Und ich mache Essen für unsere Gäste.«

Wie selbstverständlich legte sie ihm das Baby in den Arm und reichte ihm das Fläschchen. Die Zerbrechlichkeit dieses kleinen Wesens rührte ihn. Es war so leicht, so verletzlich. Der Kontakt mit diesem Körper tat ihm gut. Er führte den Sauger an den Mund des Kleinen.

»Du kannst dich aber auch anstellen, Jeremy!«, sagte sie, während sie die Haltung seiner Hand korrigierte. »Neige das Fläschchen ein bisschen mehr und drehe auf Position zwei, sonst wird er noch dran ersticken. Man könnte meinen, du machst es zum ersten Mal! Findest du nicht, dass er dir immer ähnlicher sieht?«, sagte sie noch, bevor sie wieder in die Küche ging.

Jeremy betrachtete das Baby, das seine Milch gierig verschlang: die hellen Augen, das schön geschnittene Gesicht, die feine Nase. Es kam mehr nach Victoria.

Der Gedanke, einen Sohn zu haben, war für ihn sehr verwirrend. Er fühlte sich noch so jung. Einige Tage zuvor war er selbst nur der Sohn von …

Er dachte an seine Eltern. Er hat sie seit … Er hat sie so lange nicht mehr gesehen.

Victoria unterbrach seine Gedanken und rief aus der Küche:

»Ist er fertig?«

Das Baby hatte sein Fläschchen leergetrunken und döste nun satt vor sich hin.

Da Jeremy nicht geantwortet hatte, erschien Victoria in der Wohnzimmertür.

»Gib ihn mir, ich werde ihn jetzt hinlegen.«

Sie drückte ihm viele kleine Küsschen auf die Stirn, legte ihn in sein Körbchen und deckte ihn zu.

»Ich gehe wieder in die Küche. Hilfst du mir?«

Er folgte ihr, neugierig.

»Wenn du deinen Kaffee ausgetrunken hast, kannst du mir beim Gemüseschälen helfen. Ich mache nur die Vorspeise, den Rest habe ich bestellt.«

»Ja, sicher«, antwortete er.

Die Schlichtheit dieser Szene berührte ihn. Er ließ sich von dem Alltag einnehmen, in dem er einen Platz hatte, eine Rolle, eine Frau und ein Kind. Er war glücklich, in dieser Küche zu sein, in dieser Zweisamkeit, mit den Gerüchen nach Essen und Kaffee. Er betrachtete das Gemüse auf dem Tisch, seine dampfende Kaffeetasse, das angebrochene Brot, das ausgewickelte Butterstück. Ein mächtiges Hungergefühl überkam ihn. Eine enorme Leere, ein Unwohlsein, eine Fiebrigkeit gingen von seinem Bauch aus und setzten sich in Hitzewellen und kleinen Beben in seinem ganzen Körper fort. Er erinnerte sich, dieses Gefühl gekannt zu haben, als er noch ein Kind war. Ein Gefühl von Ungleichgewicht, von Kontrollverlust, gepaart mit Vorfreude, die sich einstellte, wenn er sicher sein konnte, dass dieses Unwohlsein der puren Lust weichen würde, die ihm der Genuss von gutem, heißem und süßem Essen bereitete.

Er griff nach dem Brot, schnitt ein Stück ab, strich großzügig Butter darüber und biss gierig hinein. Dann trank er einen großen Schluck heißen süßen Kaffees.

Victoria lachte auf.

»Da hat aber jemand Hunger! Man könnte glauben, du hättest wer weiß wie lange nicht mehr gegessen …«

›Zwei Jahre‹, hätte er beinahe gesagt, aber er verkniff es sich und biss stattdessen wieder in sein Brot.

Als sein Hunger gestillt war, beschloss er, etwas mehr zu erfahren.

»Wer kommt denn heute Mittag?«

»Hast du das schon wieder vergessen?«

Er erschrak.

›Spielt sie auf meine Krankheit an? Kommt es oft vor, dass ich etwas vergesse?‹

»Na ja, Pierre und Clotilde kommen zum Mittagessen. Dann, natürlich erst zum Kaffee, dein Chef, der direkt vom Golfplatz kommt, weil Monsieur ja Golf spielen muss. Du hast darauf bestanden, ihn einzuladen, und da es dein Geburtstag ist … Und heute Abend, was hältst du von einem kuscheligen Dinner zu zweit?«

»Ja … natürlich … gute Idee«, stammelte Jeremy.

»Ich würde ja gern ausgehen, ins Restaurant oder so, aber ich bin noch nicht so weit, Thomas irgendeiner Fremden anzuvertrauen. Wir werden schon noch andere Gelegenheiten finden, uns zu amüsieren. Bis dahin lass uns als verantwortungsbewusste Eltern glänzen!«, sagte sie mit einem scherzhaften Unterton.

Er nutzte das Stichwort und stellte die Frage, die ihn schon die ganze Zeit beschäftigte.

»Und meine Eltern, kommen die nicht?«

Sie hielt in ihrer Bewegung inne und schaute ihn verdutzt an.

»Du machst Witze?!«

Ihre Reaktion ließ ihn erstarren. War es denn so erstaunlich, seine Eltern zum Geburtstag einzuladen? Er hatte vorhin an sie gedacht und brannte darauf, sie zu sehen. Er führte den Kaffee zum Mund, um ein wenig Zeit zu gewinnen. Das Erste, was ihm einfiel, war, dass Victoria mit ihnen nicht auskam. Der zweite Gedanke lähmte ihn. Waren sie …?

Victoria starrte ihn immer noch an und wartete auf eine Antwort.

»Und warum sollten sie nicht kommen?«, sagte er schließlich und hatte Angst vor dem, was Victoria antworten würde.

»Warum?«, griff sie erstaunt seine Frage auf. »Du sprichst seit drei Jahren nicht mehr mit ihnen und wunderst dich heute plötzlich, dass sie nicht eingeladen sind?«

Er atmete erleichtert auf. Sie waren nicht tot! Aber was hatte es mit den drei Jahren auf sich?

›Wir sprechen nicht miteinander? Seit drei Jahren? Das ist unmöglich! Wir haben uns früher doch nie gestritten!‹

Seine Eltern hatten ein Bistro gekauft, zwei Monate nach Jeremys Geburt. Ein kleines Bistro an der Ecke, das ihnen nur wenig freie Zeit übrig ließ. Seine Mutter arbeitete nur so lange, bis er aus der Schule kam. Aber sein Vater war nur selten da. Sein Geschäft nahm ihn ganz in Beschlag. Und wenn er abends nach Hause kam, völlig geschafft, setzte er sich vor den Fernseher, um zu vergessen, dass der folgende Tag genauso aussehen würde, wie der, der eben zur Neige ging, und wie alle weiteren auch. Jeremy hätte gern öfter mit ihm geredet, hätte sich gern auf seinen Schoß gesetzt, aber das Verhalten seines Vaters lud nicht dazu ein. Überhaupt redete man wenig zu Hause, man zog die einfache Kommunikation vor, die aus Blicken und Lächeln bestand. Mitten in dieser Stille meinte Jeremy manchmal den Atem seiner kleinen Schwester zu hören. Sie war immer da, versteckt im Schatten ihrer Leben. Sie hieß Anna und war ein Jahr nach ihm zur Welt gekommen. Sie war vier Monate alt, als ihre Mutter sie reglos in ihrem Bettchen fand, und

Jeremy neben ihr, in Tränen aufgelöst. Sie hatte die Kinder einige Minuten allein gelassen, um eine Besorgung zu machen. »Plötzlicher Kindstod«, hatte der Arzt gesagt und gab dem Mysterium einen Namen, wo er ihm schon keine Erklärung geben konnte. Danach hatte Jeremy nur noch einmal mit seiner Mutter darüber gesprochen. Er war acht. Seine Lehrerin, die wegen des ihrer Meinung nach zu ruhigen und zu stillen Kindes besorgt war, hatte Frau Delègue empfohlen, einen Psychologen aufzusuchen. Und nach diesem Besuch hatte sie ihm mit Tränen in den Augen diese Szene geschildert. »Ich erinnere mich daran, Mama«, hatte er gemurmelt. Als seine Mutter ihn völlig entsetzt gebeten hatte, ihr mehr zu sagen, wusste er nicht, was er ihr sagen sollte. Er wusste Bescheid, das war alles.

»Es war nicht deine Schuld. Du warst nur da, du hast nur mitangesehen, was passiert ist, mehr nicht«, beeilte sie sich, ihm zu erklären.

Manchmal meinte er in der Zärtlichkeit seiner Mutter und der Schweigsamkeit seines Vaters einen Vorwurf herauszufühlen. Aber die Liebe, mit der sie ihn umgaben, stillte seine Ängste. Und letztendlich verband seine Mutter und ihn diese Abwesenheit, dieser erstickte Schmerz, die Tränen, die jedes Jahr am gleichen Tag vergossen wurden.

Wie konnte er sich also heute weigern, mit ihnen zu sprechen? Dieser Gedanke brachte ihn auf.

»Ich will sie sehen!«

Victoria taxierte ihn staunend.

»Du wolltest sie nie besuchen, nicht einmal auf ihre Anrufe reagieren, Thomas wolltest du ihnen nicht vorstellen, und heute Morgen stehst du auf und sagst, dass du sie zu deinem Geburtstag einladen willst?«

Victorias lakonische Bemerkung traf ihn ins Innerste. Jetzt, wo er gerade begonnen hatte, sich einzureden, im wirklichen

Leben zu sein, zurückgekehrt von seiner Reise ins Nirgends, fand er wieder Gründe, an seinem Leben zu zweifeln.

»Wie soll ich es dir erklären … Doch, ich möchte wirklich. Hast du etwas dagegen?«, sagte er trotzig.

Victoria lachte höhnisch auf.

»Dreh hier nicht den Spieß um! Ich habe mir immer gewünscht, mit ihnen gut auszukommen, aber du wolltest nichts davon wissen. Ich habe einige Male den Versuch unternommen, dich zu überzeugen. Ich wollte immer wieder mit dir darüber reden, ich habe dir sogar zu diesem Thema geschrieben …«

Jeremy wollte keinen Streit aufkommen lassen.

»Du hattest recht«, stammelte er … »Es sind meine Eltern, und es war falsch von mir, mich so zu verhalten und … ich möchte sie wirklich sehen.«

»Du bist wirklich seltsam heute. Aber, um so besser! Warte mal, ich werde sie am besten sofort anrufen … bevor du deine Meinung änderst!«, sagte sie im Hinausgehen.

Er blieb in der Küche zurück und hörte sie telefonieren.

Er fühlte sich erbärmlich. Wie konnte er sich fast drei Jahre lang weigern, mit seinen Eltern zu sprechen? War sein Selbstmord nicht schon schmerzlich genug für sie? Welche Undankbarkeit! An jenem Tag hatte er nur an sich selbst gedacht. Er hatte gemeint, das Leben gehörte ausschließlich ihm, er sei ein im kalten Universum verlorener Planet. Und als ihm seine Eltern im Delirium erschienen, um ihm die Ungeheuerlichkeit seiner Entscheidung aufzuzeigen, hatte er sie verscheucht, um nicht schwach zu werden.

Bis zu diesem Zeitpunkt hatte er seinen Selbstmordversuch mit Wohlwollen betrachtet. Hatte er es nicht ermöglicht, Victorias Herz zu gewinnen? Feige hatte er alle Gedanken an das Grauenhafte seiner Tat verdrängt. Ja, er hatte ohne jeden Zweifel egoistisch, dumm und niederträchtig gehandelt.

Sein Verstand verzweifelte, und nur das Telefongespräch, das im Gange war, hinderte ihn daran, den Boden unter den Füßen zu verlieren.

Victoria betrat das Zimmer.

»So! Deine Mutter hat sich noch mehr gewundert als ich! Ich glaube sogar, dass sie geweint hat. Sie kommt zum Mittagessen. Du kannst sie dann Clotilde und Pierre vorstellen, sie kennen sie noch nicht.«

»Sie? Und was ist mit meinem Vater?«

Victoria schürzte die Lippen.

»Sie sagte, es sei ein bisschen zu schnell für ihn. Sie wird versuchen, ihn zu überreden, aber rechne nicht damit.«

Victoria ging für ein paar Besorgungen aus dem Haus. Das Baby schlief. Jeremy beschloss, die Gelegenheit zu nutzen, die Wohnung nach Hinweisen auf seine Vergangenheit zu durchsuchen.

Er öffnete den großen weißen Kleiderschrank gegenüber vom Bett. Er enthielt eine beachtliche Menge von Anzügen, Krawatten und Hemden. Ausschließlich Markenklamotten. Sein Blick fiel auf eine Aktentasche neben dem Stuhl am Eingang. Sie trug seine Initialen, J. D. In ihrem Innern fand er einen Terminkalender, einige Akten, einen Parkausweis und Rechnungen. Im Terminkalender, sein Wochenplan: Meetings mit der Direktion, mit dem Team, Verabredungen in Paris und Umgebung. Am Dienstag hatte er mit Pierre zu Mittag gegessen. Am Donnerstag auch. Mit Pierre, seinem besten Freund. Es waren auch andere Namen zu den Mittagszeiten eingetragen, manchmal auch zu den Abendessen, aber sie sagten ihm alle nichts. Ein Ordner enthielt seine Bestellungen. Auf einer Visitenkarte stand: *Jeremy Delègue, Außendienstmitarbeiter Ile-de-France.*

Er blätterte in einer Broschüre, die das Unternehmen vorstellte, für das er arbeitete, und die Produkte, die es herstellte: Klebstoffe zu Zwecken, von denen er nicht das Geringste verstand.

Das alles half ihm nicht weiter. Ganz im Gegenteil, er verspürte ein seltsames Schuldgefühl. Er hatte den Eindruck, in die Privatsphäre eines anderen einzudringen.

›Ich muss Fotos finden! Sie werden mir von den verflogenen Jahren erzählen, vielleicht ein paar Hinweise liefern!‹

Schnell fand er drei Alben, die auf einem Regalbrett standen.

Er nahm das erste heraus. Das Jahr 2001 war mit Goldlettern auf dem Kunstledereinband geschrieben.

Es waren Fotos, die im Laufe des ersten Jahres mit Victoria aufgenommen worden waren. Jedes war mit ihrer eleganten Schrift kommentiert. Die erste Aufnahme überraschte ihn. Er sah darauf erschöpft aus, hatte angespannte Züge und einen abwesenden Blick. Victoria saß auf seinem Schoß und umarmte ihn. Sie lächelte und sah glücklich aus. Er war fahl und elend. Der Kontrast hätte nicht größer sein können. Dem Datum nach war es ein Foto, das einige Tage nach seiner Entlassung aus dem Krankenhaus entstanden war.

Er blätterte weiter. Je weiter er kam, desto mehr sah er sich an Kraft, an Farbe zunehmen. Die Kommentare halfen ihm, sich zurechtzufinden. »Monastir, unser erster Urlaub«, »Lubéron, Wochenende«, »Mein Geburtstag«, »Silvester«… Er sah viele Personen, denen er offenbar sehr nahestand und die ihm dennoch unbekannt waren.

Er blieb an einem Porträt hängen, auf dem er allein zu sehen war, wie verloren. Sein Blick war seltsam. Je länger er ihn erforschte, desto leerer fand er ihn und ganz anders als auf den anderen Fotos. Er blätterte zurück, um es nachzuprüfen, stellte aber zu seiner Überraschung fest, dass sein Blick auf allen Fotos, sogar auf solchen, wo er ein fröhliches Gesicht machte, immer gleich blieb. Wie zwei auf das Gesicht eines Stofftiers genähte schwarze Knöpfe. Dann sagte er sich, dass alle, die über längere Zeit ihr eigenes Foto anstarren, dieses Gefühl der Fremdheit bekommen. Er erinnerte sich, einmal sein Spiegelbild intensiv angeschaut und dabei seinen Vornamen immer wieder rhythmisch wiederholt zu haben. Nach einiger Zeit wurde sein Gesicht zu dem eines anderen, ein Amalgam fremden Fleisches, unbekannter Gesichtszüge, und sein Name wurde zu einer Reihe bedeutungsloser Silben, dann Laute.

Das zweite Album betraf, wie schon sein Titel verriet, seine Hochzeit.

Victoria und er auf dem Standesamt. Sie trug ein wundervolles weißes Kleid, traditionell und elegant. Er hatte einen grauen Anzug an, ein weißes Hemd und eine anthrazitfarbene Krawatte. Beide strahlten, offensichtlich glücklich, die geladenen Gäste an, umarmten sie, lachten. Er konnte seine Eltern nicht entdecken und sein Herz zog sich schmerzlich zusammen. Er suchte nach Aufnahmen der kirchlichen Trauung, konnte aber keine finden. Anscheinend haben sie nur standesamtlich geheiratet.

Das dritte Album trug den Titel »Unsere Familie«.

Es begann mit einigen Porträts der schwangeren Victoria. Sie war rundlich, und es stand ihr gut. Die Welt veränderte sich, die Menschen, die er liebte, veränderten sich, sein Universum war in ständiger Bewegung, nur er blieb wie er war.

Dann kamen die Fotos von der Geburt. Das erste war das des Säuglings, gerade zur Welt gekommen, das sich in dem zu weiten blauen Babyhemd verlor. Die Unterschrift sagte »Mein Prinz Thomas«. Die weiteren zeigten ihn in unterschiedlichen Situationen und Aufmachungen. Auf einigen war Jeremy in seiner Rolle als Vater zu sehen, mit dem Baby auf dem Arm oder mit einem Fläschchen in der Hand.

Er schloss das Album, wie benommen. Nicht eines der Fotos hatte Erinnerungen in ihm wachgerufen. Er hatte sie mit der gleichen Neugierde und der gleichen Angst angeschaut, als wenn er in den intimen Sachen eines Zwillingsbruders, den er nicht kannte, gewühlt hätte. Dieses Leben gehörte ihm nicht.

»Was soll ich tun? Mit Victoria über diese wiederholte Amnesie sprechen? Abwarten und auf Genesung hoffen? Schließlich scheine ich seit meiner letzten Krise normal gelebt zu haben.«

Er hatte nicht gehört, dass Victoria hereingekommen war.

»Was machst du denn noch in Unterwäsche? Zieh dich an! Es ist schon fast Mittag, und die Gäste kommen gleich.«

Gehorsam ging Jeremy ins Bad.

Clotilde war eins dieser wirklich hübschen und absolut nervtötenden Mädchen. Eine kühle Schönheit, sehr selbstsicher. Jeremy mochte sie nicht. Sie war affektiert und aufdringlich. Ihre eigenen Gefühle und Meinungen hatten Vorrang vor denen anderer Leute, denen sie nur mit einem halben Ohr zuhörte. Mit Pierre schien sie eine Art Interessengemeinschaft zu verbinden. Im Austausch für ihre Schönheit erlaubte ihr Pierre, eine Intellektuelle zu spielen. Manchmal ließ eine von Clotildes Äußerungen oder Meinungen Pierres Lächeln eintrüben, als sei es ihm peinlich, doch dann fing er sich sofort wieder und schaute sie verliebt an.

Jeremy war erstaunt, dass Victoria Clotilde anscheinend als eine Freundin betrachtete. Sie waren so verschieden.

Sie saßen nun seit zwanzig Minuten auf dem Sofa. Victoria hatte die Appetithäppchen serviert und Jeremy keinen Widerspruch duldend ein Whiskyglas in die Hand gedrückt.

Pierre hatte ihn beim Hereinkommen herzlich umarmt. »Herzlichen Glückwunsch zum Geburtstag, Alter!« Er reichte ihm eine Flasche Wein. »Dein Lieblingswein.« Clotilde hatte ihm ihre Wangen zum Küssen hingehalten, ohne ein weiteres Wort hinzuzufügen.

Das Gespräch drehte sich nun um Geburtstage und andere Feiern. Clotilde erklärte unter Zuhilfenahme extrem konventioneller Argumente, sie sähe diese Gelegenheiten als bloße Aufforderungen zum Konsum.

Jeremy hätte gern die Unbeschwertheit dieses Augenblicks genossen, aber die offenen Fragen hörten nicht auf, ihn zu bedrängen.

Victoria sprach ihn an:

»Liebling, könntest du bitte Thomas holen? Er müsste jetzt wach sein. Bring ihn zu Pierre und Clotilde.«

»O ja«, sagte Pierre. »Sein Patenonkel wird ihm schon bestimmt gefehlt haben!«

Thomas zuckte leicht zusammen, als er Jeremy über seiner Wiege sah. Vater und Sohn schauten einander mit der gleichen Neugierde an. Jeder schien den anderen in einem stillen Gespräch zu befragen. Jeremy beobachtete aufmerksam die Mimik des Kindes, seine Gesichtszüge, seinen hellwachen Blick, der ihn zu bitten schien, ihn in den Arm zu nehmen. Jeremy versuchte über diese neu entstehende Bindung einen Zugang zur Realität zu finden. »Er gehört zu mir. Er ist mein Sohn.«

Er nahm ihn ungeschickt hoch und hatte Angst, ihn zu verletzen. Er drückte den kleinen Körper an sich. Wie beim ersten Mal tat ihm diese Berührung wohl.

»Ah, da sind sie ja!«, rief Victoria aus. »Sind sie nicht wundervoll?«

»Thomas ist wundervoll! Von Jeremy würde ich das nicht unbedingt sagen«, sagte Pierre lachend.

Er streckte seine Arme aus.

»Guckt mal, er sucht seinen Patenonkel. Er erkennt mich wieder!«

Jeremy schaute zu, wie Victoria und Pierre sich abmühten, das Baby mit übertriebener Mimik und Gezwitscher zu unterhalten. Clotilde begnügte sich damit, ein der Situation angemessenes Lächeln aufzusetzen. Er entdeckte sogar ein wenig Ungeduld mit den infantilen Äußerungen ihres Verlobten. Sie fing den Blick von Jeremy auf und hielt ihm lange genug stand, um ihn zum Wegschauen zu bewegen.

›Wieso starrt sie mich so an?‹ Ihre kalte und nassforsche Art missfiel ihm. Er wollte sie zwingen, die Augen zu senken, also drehte er sich plötzlich zu ihr hin und fragte:

»Willst du ihn mal auf den Arm nehmen?«

Überrascht stammelte sie:

»Ähm, nein danke …«

Zufrieden, sie aus dem Konzept gebracht zu haben, legte Jeremy nach:

»Du scheinst Babys ja nicht besonders zu mögen!«, sagte er provozierend.

Eine peinliche Stille trat ein. Victoria schaute Jeremy fassungslos an. Er begriff, dass er einen Fehler gemacht hatte. Pierre, der zuerst die Reaktion seiner Verlobten beobachtet hatte, versuchte seine Verlegenheit zu kaschieren, indem er das herumstrampelnde Baby anlächelte. Clotilde biss die Zähne aufeinander und starrte Jeremy mit mühsam unterdrückter Wut an.

Alle schienen auf seine Entschuldigung zu warten.

»Es tut mir leid. Ich bin erschöpft«, sagte er schließlich ohne rechte Überzeugung.

Victoria fing sich wieder und erklärte, dass sie das Essen vorbereiten müsse. Beim Aufstehen schaute sie zu Jeremy hin und legte in ihren Blick den ganzen Ärger, den sie ihm am liebsten laut ins Gesicht gesagt hätte.

»Clotilde, komm bitte mit, ich brauche deine Hilfe in der Küche.«

Clotilde folgte ihr.

Pierre hielt den Kopf immer noch gesenkt.

»Warum hast du das gesagt, Jeremy?«

Jeremy war durch die Frage ebenso verwirrt wie durch Pierres zerknirschte Miene. Er war tief verletzt. Aber wodurch genau?

»Ich weiß nicht. Ich bin einfach sehr erschöpft, das ist alles.«

»Du weißt genau, welche Mühe wir uns geben, ein Kind zu bekommen, und dann haust du ihr so was vor den Latz!«

In seiner Stimme war keine Aggressivität, sondern nur der verzweifelte Wunsch zu verstehen.

Jeremy war beschämt.

»Es tut mir leid … Ich bin ein Idiot …«

»Ja, du bist ein Idiot. Aber das gibt dir nicht das Recht, dich so zu verhalten.«

Es klingelte an der Eingangstür. Clotilde und Victoria kamen wieder herein. Victoria wartete auf Jeremys Reaktion. Aber da er wie versteinert schien, ging sie selbst zur Tür.

»Es wird deine Mutter sein.«

Pierre reichte Jeremy das Baby.

Von seinem Platz aus konnte Jeremy die Tür nicht sehen. Er hörte Bruchstücke einer Unterhaltung und zog Thomas näher an sich. Als seine Mutter im Flur erschien, allein, fühlte Jeremy, wie sich sein Herz zusammenkrampfte. Sie stellte ihre Tasche ab und musterte ihn, unbewegt.

Er fand, dass sie müde aussah, gealtert, und das schmerzte ihn. Er hatte den Eindruck, sie erst vor ein paar Tagen noch schön, kraftvoll und liebend zurückgelassen zu haben, und fand sie nun schwach und abweisend wieder. Sie trug ein kurzes braunes Kostüm und eine cremefarbene Bluse, in denen er ihre Vorliebe für elegante und diskrete Kleidung wiedererkannte.

»Darf ich Ihnen Clotilde und ihren Verlobten Pierre vorstellen?«, sprang Victoria ein. »Enge Freunde von uns. Und das ist Jeremys Mutter, Frau Delègue.«

»Nennen Sie mich Myriam.«

Pierre und Clotilde traten näher, um ihr die Hand zu reichen. Myriam lächelte ihnen höflich zu und wandte sich erneut ihrem Sohn zu.

Jeder bemühte sich, einen entspannten Eindruck zu machen, aber die darauf verwendete Mühe machte die Atmosphäre schwer erträglich.

»Wir werden euch jetzt allein lassen«, fuhr Victoria fort. »Pierre, Clotilde, ich brauche euch beide zum Tischdecken.« Sie näherte sich Jeremy, um ihm das Baby abzunehmen.

Mit einer Geste lehnte er ab. Er hatte das Gefühl, dass der Kleine eine wichtige Rolle in den folgenden Minuten spielen könnte.

»Guten Tag, Mutter«, sagte er leise.

»Guten Tag, Jeremy.« Ihre Stimme war ruhig, gesetzt, dennoch war darin beherrschte Erregung herauszuhören.

»Papa … ist nicht gekommen«, stellte Jeremy fest.

»Es ist noch zu früh für ihn.«

»Ich verstehe. Und du …?«

»Ich?«

In ihrem Lächeln war eine Mischung aus Bitterkeit und Müdigkeit. Beider Blicke versuchten alle Gefühle auszudrücken, die diese Trennungsjahre aufgestaut hatten. Sie hätte sich gewünscht, sich noch einige Augenblicke länger abweisend oder zumindest reserviert zeigen zu können, aber der Damm ihrer Verbitterung begann unter dem Ansturm ihrer Gefühle bereits zu bröckeln.

›Sie ist böse auf mich. Sie möchte mir den Schmerz begreiflich machen, den ich ihr zugefügt habe.‹

Thomas strampelte mit seinen kleinen Armen und Beinen, dann machte er einen Versuch, sich dem Neuankömmling zuzuwenden.

Als sie der Blick des kleinen Kindes traf, beendete sie das stumme Gespräch und ihr Verhalten veränderte sich schlagartig. Ihr Gesicht wurde sanft und ein unendlich liebevolles Lächeln erschien auf ihren gekräuselten Lippen.

»Siehst du, ich glaube, er weiß, wer du bist. Die Familienbande …«

»Die Familienbande? Wie seltsam! Manchmal überspringen die positiven Eigenschaften eine ganze Generation«, warf sie traurig lächelnd hin.

Die Bemerkung tat ihm weh. Doch er begriff, dass sie nicht weiter gehen würde. Es war ein Angriff, der dazu bestimmt war, ihre Selbstachtung nach einer allzu schnellen Kapitulation zu retten.

»Er ist so niedlich. Vorsichtig, du hältst ihn nicht richtig. Er wird sich am Nacken weh tun.«

Sie trat näher.

»Komm, setz dich zu mir und nimm du ihn auf den Arm.«

Seine Mutter streckte schon ihre Arme aus, um das Baby entgegenzunehmen.

Sie setzte sich neben Jeremy. Sie hielt Thomas so, dass sie ihn anschauen konnte und lächelte, offenbar glücklich.

Jeremy konnte ihr Parfum riechen. Das Parfum seiner Kindheit. Eine Mischung aus Kölnisch Wasser mit Lavendelnote und Weichspüler. Ein Duft nach Ehrlichkeit und Tugend.

Am liebsten hätte er sich vor ihr auf die Knie geworfen, sie um Vergebung angefleht, sie umarmt.

»Mama... es tut mir... ich verstehe nicht, wie ich euch so...«

Aber was konnte er schon sagen? Die Worte in seinem Mund drängten hinaus.

»Ich liebe dich, Mama.«

Sie versteifte sich und tat, als hätte sie nichts gehört und lächelte weiter das Baby an.

»Er ist wirklich süß. Ich hatte mir so sehr gewünscht, ihn kennen zu lernen. Ich bin schließlich seine Großmutter.«

Ihre Stimme war brüchig. Tränen erschienen in ihren Augen. Sie zog das Baby an sich heran und küsste es, als wollte sie sich dahinter verstecken.

Jeremy war verzweifelt.

»Es tut mir so leid, dass ich Papa und dir so weh getan habe. Das war nicht ich! Ich erkenne mich darin nicht wieder. Ich liebe euch beide so sehr.«

Sie hob ihre tränennassen Augen zu ihm auf, ohne aufzuhören, die Stirn von Thomas weiter mit sanften Küssen zu bedecken.

»Wir haben immer nur das Beste gewollt, glaube mir, Jeremy.«

»Euch trifft keine Schuld. Wie konnte ich bloß zulassen, dass ihr euch solche Vorwürfe macht? Ihr könnt nichts dafür, Mama! Ich war ein verwirrter junger Mann. Ich war in Victoria verliebt. Wahnsinnig verliebt. Sie interessierte sich nicht für mich. Und ein Leben ohne sie wollte ich nicht. Ich weiß, es hört sich grotesk an, wenn man das so sagt. Aber ein Selbstmord ist immer grotesk, außer in dem Augenblick, in dem er passiert. Es gibt ihn nur in den Sekunden, in den Minuten davor. Und in diesen Momenten ist er verheerend. Ihr konntet nichts dafür.

Was die Zeit danach betrifft, weiß ich nicht, was ich sagen soll. Ich glaube, dass der Wahnsinn noch fortwirkte. Oder vielleicht schämte ich mich vor mir selbst. Ich kann es nicht wirklich erklären.«

»Und wieso wolltest du uns ausgerechnet heute sehen? …«

»Keine Ahnung! Ich habe irgendwie den Eindruck, wieder zu mir selbst gefunden zu haben.«

Die Merkwürdigkeit seiner Erklärung fiel ihm selbst auf.

»Ich war so glücklich, als Victoria angerufen hat«, sagte sie lächelnd, die Augen noch voller Tränen.

»Und ich war so glücklich, dass du zugesagt hast. Schade nur, dass Papa …«

Sie unterbrach ihn sanft.

»Er braucht Zeit. Eine Mutter verzeiht schneller.«

Er legte seinen Arm um ihre Schultern und drückte sie an sich. Thomas war dabei, einzuschlafen.

»Ich sehe jetzt schon, ich werde verrückt nach ihm sein«, sagte sie, während sie zuschaute wie seine Augen zufielen.

Victoria erschien im Türrahmen. Als sie die beiden so eng nebeneinander sah, wagte sie sich herein.

»Ich bin so glücklich, euch so zu sehen.«

Sie zwinkerte Jeremy zu.

»So ihr beiden, wir wollen jetzt essen«, sagte sie betont fröhlich.

Jeremy stand auf, ergriff die Hand seiner Mutter und half ihr, sich aufzurichten. Er zog sie zu sich und drückte sie ganz fest. Er legte sein Gesicht in ihr Haar und atmete ihren Duft ein.

Ehrlichkeit, Tugend.

Das Mittagessen fand in einer nur scheinbar entspannten Atmosphäre statt. Clotilde schien immer noch verärgert zu sein. Jeremy und seine Mutter warfen sich immer wieder schnelle

Blicke zu, und zeigten damit ihre Freude, zusammen zu sein. Jeremy fiel es schwer, sich dafür zu interessieren, was seine Freunde und seine Frau zu sagen hatten. Ihre häufigen Anspielungen auf gemeinsame Erlebnisse machten ihre Gespräche für ihn unverständlich.

Nach dem Essen gingen sie ins Wohnzimmer. Thomas war das Hauptthema. Im Laufe des Nachmittags klagte Clotilde über Kopfschmerzen und wollte nach Hause. Pierre bot an, sie zu begleiten, aber sie lehnte ab.

»Bleib hier! Es ist schließlich der Geburtstag deines besten Freundes«, fügte sie sarkastisch hinzu.

Sie entschuldigte sich bei Victoria und bei Frau Delègue, verabschiedete sich von Jeremy mit einem abweisenden Küsschen auf die Wange und ging.

Auch Frau Delègue kündigte nun ihrerseits an, gehen zu müssen.

»Dein Vater wird schon ungeduldig auf mich warten, wird wissen wollen … Aber ich komme wieder. Jetzt, wo ich meinen Sohn wiedergefunden habe … Und meinen Enkelsohn.«

»Ihr werdet uns immer willkommen sein, Papa und du.«

Er umarmte sie. Sie lehnte sich zurück, um besser in sein Gesicht blicken zu können, streichelte seine Wange und küsste ihn darauf. Dann drehte sie sich zu Victoria um.

»Danke … Danke für alles.«

Sie umarmten sich herzlich.

»Kann ich ein Foto von dem Kleinen bekommen?«, fragte Frau Delègue schüchtern. »Mein Mann würde sich sicher darüber freuen. Ich werde es auf der Anrichte im Wohnzimmer aufstellen. So machen es schließlich alle Großmütter, nicht wahr?«

Als sie gegangen war, ging Victoria zu Jeremy.

»Bist du glücklich?«, fragte sie und umschlang ihn mit den Armen.

»Ja, ich habe mir so sehr gewünscht, sie wiederzusehen«, antwortete er und lächelte zärtlich.

»Es ist kaum zu fassen!«, rief Victoria in Pierres Richtung.

Er saß auf dem Sofa und machte ein nachdenkliches Gesicht.

»Seit heute Morgen bist du echt merkwürdig. Zuerst willst du deine Eltern sehen und wunderst dich, dass sie nicht eingeladen sind. Dann hackst du auf Clotilde herum, auf eine wirklich gemeine und dumme Art. Und schließlich sagst du während des gesamten Essens keinen Ton.«

Jeremy setzte sich in den Sessel und legte den Kopf zwischen die Hände.

»Ich habe wieder mein Gedächtnis verloren.«

Sie schauten ihn verblüfft an.

»Das ist nicht dein Ernst!«, rief Victoria.

»Ich erinnere mich an nichts.«

»Was heißt das, an nichts?«, fragte Pierre.

»Es ist wie beim letzten Mal.«

Er hob den Kopf und sah wie sie ihn anstarrten.

»Und wann war das für dich, das letzte Mal?«, befragte ihn Pierre.

»Wenn ich es richtig sehe, vor zwei Jahren.«

»Woran erinnerst du dich seit damals?«

»An gar nichts. Überhaupt nichts.«

»Und vorher?«

»Ich erinnere mich an alles vor meinem Selbstmordversuch, dann an den Tag, an dem ich meine erste … Krise hatte. Nichts dazwischen, nichts seitdem.«

Victoria ließ sich aufs Sofa fallen, neben Pierre.

»Meinst du das im Ernst? Erzähl uns keine Geschichten, nur um dein Verhalten zu entschuldigen!«

»Nein. Ich tappe vollkommen im Dunkeln. Ich habe keine Ahnung, warum ich mit meinen Eltern verkracht bin. Ich weiß nichts über das Leben von Clotilde und Pierre. Ich verstehe kein Wort von euren Gesprächen. Heute Morgen, als ich aufwachte, habe ich mich gefragt, was das für ein Baby ist. Mein Sohn! Und ich kann mich noch nicht mal an unsere Hochzeit erinnern, Victoria. Ich fühle mich leer, total leer…«

Jeremy lehnte sich im Sessel zurück.

»Scheiße!«, rief Pierre und sprang auf. »Das darf doch nicht wahr sein! Geht das schon wieder los? Die Ärzte sagten doch…«

Victoria fiel ihm ins Wort.

»Sie haben gar nichts gesagt. Sie haben es selbst nicht verstanden. Ein »emotionaler Schock«. Mehr war ihnen nicht eingefallen.«

»Was ist passiert, am Tag nach meiner Einweisung?«, fragte Jeremy. »Ich erinnere mich, dass ich im Krankenbett eingeschlafen bin. Es ging mir sehr schlecht, ich fantasierte.«

»Am nächsten Tag kam dein Gedächtnis wieder«, antwortete ihm Pierre. »Bis auf die Ereignisse des Vortags. Eine Art selektive Amnesie, nur in die andere Richtung. Die Ärzte wollten dich zur Beobachtung dabehalten, aber du wolltest nicht. Du hast deine Arbeit wieder aufgenommen und nie wieder darüber gesprochen.«

»Sie wollten, dass du dich weiter behandeln lässt«, sprach Victoria weiter, »aber du bist nie zu den Terminen gegangen, die ich für dich bei Fachärzten gemacht hatte. Und da das Problem nicht wieder aufgetreten ist, habe ich nicht weiter darauf bestanden.«

»Und mein Geburtstag letztes Jahr?«

Victoria zuckte mit den Schultern.

»Du warst normal. Wir haben einen Rückfall befürchtet. Die Ärzte haben uns geraten, dich am Vorabend schonend zu behandeln, dich nicht allein zu lassen, dir keinen Alkohol zu geben. Und alles ging gut.«

Eine gespannte und ängstliche Stille trat ein.

»Wir müssen wieder ins Krankenhaus«, schlug Victoria vor. »Das ist die einzige Lösung.«

»Nein, ich will nicht. Wenn sie schon beim ersten Mal keine Ahnung hatten, warum sollte es heute anders sein?«

»Er hat Recht«, meinte Pierre. »Die sind alle unfähig. Sie würden ihn nur als Versuchskaninchen benutzen, nichts weiter.«

»Habt ihr vielleicht eine bessere Idee?« Victoria wirkte erschöpft.

»Vielleicht könnten wir dir von Dingen erzählen, die für dich von Bedeutung waren, mit dir Orte aufsuchen, wo du immer hingehst?«, schlug Pierre vor.

»Ich glaube nicht, dass das funktionieren wird. Wenn schon der Besuch meiner Mutter keine Erinnerungen wachgerufen hat …«

»Da magst du Recht haben«, stimmte Pierre zu, »aber bei diesen Sachen gibt es keine Regeln. Vielleicht reicht schon ein winziges Detail, um eine Reaktion hervorzurufen …«

»Lasst uns doch schon mal die Termine für heute Nachmittag absagen«, schlug Jeremy vor. »Ich fühle mich nicht in der Lage, weiter so zu tun als ob.«

»Du hast Recht«, stimmte Pierre zu. »Stell dir vor, dein Chef sieht dich in diesem … erinnerungstechnisch vagabundierenden Zustand. Es könnte ihn auf die Idee bringen, du seiest nicht zurechnungsfähig. Und das ausgerechnet jetzt, wo die Beförderung winkt …«

»Was soll ich ihm denn sagen?«, fragte Victoria.

»Sag ihm einfach, Jeremy hätte einen Magendarmvirus. Magendarm, das ist radikal. Damit erübrigt sich jede Erklärung und alle bleiben weg.«

Victoria ging, um zu telefonieren.

Pierre setzte sich neben Jeremy und klopfte ihm freundschaftlich auf den Oberschenkel.

»Hör mal, das ist nicht so schlimm. Wenn es so abläuft, wie das letzte Mal, dann hast du morgen dein Gedächtnis wieder und ... alles wird vergessen sein.«

»Sehr witzig.«

»Du musst dir sagen, dass es eine Frage der Zeit ist. Das ist wie in einem schlechten Traum. Morgen wachst du auf und alles ist vorbei. Alles wird gut.«

»Nur dass ich diese Unterhaltung vergessen haben werde und dass meine Krankheit immer wieder ausbrechen kann.«

»Man muss endlich rauskriegen, was das eigentlich für eine Krankheit ist.«

»Es ist wirklich schwer, in diesem Zustand aufzuwachen. Ich habe den roten Faden in meiner Geschichte verloren. Es ist, als hätte man mich in Stücke geschnitten und diese überall verstreut. Ich erkenne einige Puzzleteile, aber sie passen nicht zu dem Bild, das man mir vorhält, um mir auf die Sprünge zu helfen.«

»Verstehe ich nicht.«

»Ich erkenne mich in dem Mann, den ihr mir beschreibt, mit dem ihr jeden Tag zusammen seid, nicht wieder. Ich liebe meine Eltern, ich bin nicht gemein, höchstens ein wenig neben der Spur. Ich bin kein Verkaufstalent, ich bin eher ein Künstler. Ich mag keinen Alkohol ... Wie soll ich mein Gedächtnis wiederherstellen, wenn man mir Bruchstücke anbietet, die mir gar nicht ähnlich sind? Übrigens, wie würdest du mich eigentlich beschreiben?«

Pierre lachte, etwas verlegen.

»Du bist ein Mistkerl erster Güte! Oder auch: ein Säufer, ein nerviger Saftsack, ein notorischer Nörgler, und so weiter und so fort …«

Er legte die Hand auf seine Schulter.

»Aber du bist in Ordnung. Du bist mein Freund.«

»Das ist jetzt aber ein Argument, dass mich nicht sehr überzeugt«, sagte Jeremy scherzhaft. »Sag mir ernsthaft, wie du mich siehst, so im Alltagsleben.«

»Spielen wir jetzt Lüge oder Wahrheit?«, fragte Pierre augenzwinkernd. »Also gut, du bist ein entschlossener Mensch, sehr eigensinnig. Ein Genießer. Du liebst das Leben und verstehst es, davon zu profitieren wie kein Zweiter. Du magst gute Restaurants, edlen Wein, zwölf Jahre alten Whisky, angeregte Gespräche, Politik, deinen Job, Fußball, Abende mit Freunden, Urlaub, schöne Autos … Was du nicht magst, sind Langweiler, Schwätzer, deine Arbeitskollegen, Gesellschaftsspiele, vegetarische Küche, Religion, Religionen überhaupt, im Grunde alles, was dir den Eindruck vermittelt, deine Zeit zu verschwenden oder dich daran hindert, dein Leben zu genießen.«

»Ich erkenne mich darin nicht wieder«, sagte Jeremy betroffen. »Und Victoria?«

»Victoria? Sie ist diejenige, die dich jeden Tag rettet. Sie ist dein Schutzengel, dein Brückengeländer.«

»Aber … wie verhalte ich mich ihr gegenüber? Liebe ich sie?«

Diese Frage überraschte Pierre. Er kratzte sich am Kopf, kräuselte die Stirn.

»Das fragst du mich? Schwer zu sagen! Sie ist dein fester Grund. Du weißt es und bist ihr dafür dankbar.«

»Das ist nicht die Antwort, die ich erwartet habe.«

In dem Augenblick kam Victoria herein.

»Erledigt. Ich hatte den Eindruck, dass es ihm ganz recht war. Er meint, du sollst dir reichlich Zeit nehmen, gesund zu werden. Worüber habt ihr gesprochen?«

»Über Jeremy. Über seine Persönlichkeit. Und über dich. Über seine Art, dich zu lieben«, antwortete Pierre lachend. »Ich rede mit einem Wahnsinnigen!«

»Also, wie sieht's aus, liebst du mich?«, fragte sie und setzte sich auf seine Knie.

»Wahnsinnig, das ist es ja.«

Seine Blicke erforschten Victorias Gesicht, das dicht vor seinem war, und sein Glück wurde ihm plötzlich bewusst.

Sie drückte seine Hand.

»Jeremy, ich glaube, wir sollten einen Spezialisten suchen. Ich mache mir Sorgen um dich.«

»Brauchst du nicht. Pierre hat Recht. Morgen werde ich mein Gedächtnis sicher wieder haben. Wenn nicht, verspreche ich dir, ins Krankenhaus zu gehen.«

»Es sei denn, du hast dein Versprechen vom Vortag vergessen«, sagte Pierre und grinste.

»Du bist ja da, um mich daran zu erinnern.«

»Wie wär's mit einem kleinen Schläfchen?«, schlug Pierre vor. »Es wird dir sicher guttun.«

Bei dem Gedanken, schlafen zu gehen, fühlte Jeremy diffuse Angst in sich aufsteigen. Er flachste herum, um die Bilder zu verscheuchen, die seinen Geist bedrängten.

»Ich würde mich schon gern hinlegen und mich ausruhen, aber auf keinen Fall schlafen. Stellt euch vor, ich mache wieder einen Sprung in die Zukunft! Fünf Jahre, zehn Jahre, fünfzig Jahre! Ich mache die Augen auf, und sehe ein Gebiss im Glas und eine sabbernde Victoria an meiner Seite!«

»Wie nett!«, lachte Victoria.

»Ich mach mich jetzt auf den Weg«, sagte Pierre und stand auf. »Ich sehe mal nach, wie es Clotilde geht.«

»Bitte sag ihr, dass es mir leidtut«, murmelte Jeremy zerknirscht.

»Kein Problem. Ich erkläre es ihr, sie wird es verstehen.«

Als Pierre fort war, streckte sich Jeremy auf dem Sofa aus. Victoria verschwand für ein paar Augenblicke, um gleich wieder mit einer Flasche Champagner und zwei Gläsern zu erscheinen.

»Wir könnten deinen Geburtstag trotzdem ein bisschen feiern, zu zweit…«

Sie reichte ihm das Champagnerglas.

»Denkst du gerade an deine Amnesie?«

»Ich denke an nichts anderes.« Dann, seine Ungeschicklichkeit bemerkend, korrigierte er sich: »Obwohl ich jetzt, in diesem Moment, glücklich mit dir bin.«

Sie lächelte.

»Sag mir, was dich beschäftigt.«

»Ich frage mich, was aus unserer Liebe würde, wenn ich morgen mein Gedächtnis nicht zurückbekommen sollte.«

»Aber letztes Mal…«

»Ja, letztes Mal! Aber dieses Mal?«

»Jetzt mach dir mal keine Sorgen. Sollte es anders kommen, werden wir die besten Spezialisten konsultieren. Nichts wird unser Glück zerstören können!«

»Ja, wir haben uns aufgemacht, eine wundersame Geschichte zu erleben«, rief er ironisch aus. »Ist es nicht fantastisch? Ich werde an jedem Geburtstag aufwachen und eine Überraschung nach der anderen erleben. Ich werde wie ein Kind am ersten Weihnachtstag aus dem Bett steigen und durch alle Zimmer laufen, um unsere Kinder zu zählen. Und stell dir nur das Vergnügen vor, neue, mir absolut unbekannte Freunde auf unserem Sofa hingelümmelt zu entdecken!«

»Jetzt hör aber auf! Obwohl, wenn ich es recht bedenke, ist es besser, wenn du es mit Humor nimmst.«

Sie streichelte über sein Gesicht.

»Lass es uns positiv sehen«, sprach er weiter, »diese Amnesie erlaubt es uns, unser Leben mit ein wenig Abstand zu betrachten und es umso mehr zu genießen.«

Victoria nahm einen verschmitzten Gesichtsausdruck an.

»Das ist wahr. Übrigens, ich finde, wir sollten ernsthaft über ein zweites Baby nachdenken.«

Jeremy warf ihr einen erstaunten Blick zu.

»Wirklich? Ich hab doch gerade erst das erste kennen gelernt.«

Sie tat, als hätte sie es nicht gehört.

»Ich finde, Kinder sollten nicht mehr als zwei Jahre auseinander sein. Und jetzt sind wir auch mit den Fläschchen so schön in Übung …«

Sie legte sich zu Jeremy. Er fühlte sich durch die Situation ein wenig eingeschüchtert. Die Intimität überraschte ihn, machte ihn aber auch glücklich.

»Lass uns einen kleinen Bruder für Jeremy machen. Jetzt gleich«, flüsterte sie ihm ins Ohr.

Jeremy konnte sich nicht ganz fallen lassen. Er hatte die Szene mehr beobachtet als erlebt.

Sie hatten die Champagnerflasche geleert, und Jeremy fiel es in seinem benebelten Zustand schwer, seine Gedanken zusammenzuhalten. Victoria reichte ihm ein kleines Geschenkpaket. Er nahm es entgegen und versuchte zu lächeln, aber es gelang ihm nur, sein erstarrtes Gesicht zu einer bedeutungslosen Grimasse zu verziehen.

»He!«, rief sie lachend. »Du siehst aus, als hättest du einen in der Krone! Ich habe dich noch nie in einem solchen Zustand nach nur ein paar Gläsern gesehen!«

»Ja, ich bin etwas angeschlagen und sehr müde, glaube ich.«

Er riss das Paket auf und entdeckte eine Art Reliquie aus massivem ziseliertem Silber. Er begriff nicht sofort, um was es sich handelte, und drehte den Gegenstand in seinen Händen in alle Richtungen.

»Du hast dieses Ding im Schaufenster eines Ladens in der Rue des Rosiers entdeckt. In dem silbernen Kästchen ist ein Psalter. Als ich sah, wie du darauf reagiertest, war ich verblüfft. Du warst wie … hypnotisiert. Du, der sich nichts aus Religion macht. Und dann sagte ich mir, dass es für dich irgendwas bedeuten musste.«

»Danke«, brachte er heraus, über die Skurrilität dieses Geschenks verwundert.

Er öffnete das Kästchen und holte das kleine, auf Pergamentpapier gedruckte Buch heraus. Er musste sich anstrengen, die Worte auf dem Umschlag zu entziffern: »Buch der Psalmen Hebräisch-Französisch«.

»Gefällt es dir nicht?«

»Doch … Es ist sehr schön … ich bin nur … na ja, der Alkohol. Ich werde mich besser ein bisschen ausruhen.«

»Gut, ich räume inzwischen ab.«

Sie stand auf, stellte die Gläser und die Flasche auf ein Tablett und ging damit in die Küche.

Er blieb liegen und merkte nun, wie der Schweiß von seinen Schläfen perlte. Ein eisiger Hauch packte seine Glieder, seinen Bauch, seinen Rücken. Er öffnete das Büchlein und blätterte darin, nur unter Anstrengung atmend. Er hielt es zunächst mit ausgestreckten Armen von seinen Augen entfernt, dann zog er es wieder näher heran.

Der du die Menschen lässest sterben und sprichst: »Kommt wieder, Menschenkinder!« Denn tausend Jahre sind vor dir wie der Tag, der gestern vergangen ist, und wie eine Nachtwache. Du lässest sie dahinfahren wie einen Strom; sie sind wie ein Schlaf, wie ein Gras, das am Morgen noch sprosst, das am Morgen blüht und sprosst und des Abends welkt und verdorrt.

Er spürte, wie ein Brennen sein Inneres verzehrte. War es das Lesen dieser Verse, das bei ihm das Unwohlsein verursachte? Er wollte aufstehen, aber seine Glieder verweigerten ihm den Gehorsam.

»Die gleichen Symptome wie im Krankenhaus.« Seine Lider wurden schwer. Er war so müde, er musste sich ausstrecken.

Er hatte Angst einzuschlafen. Was würde geschehen, wenn er wieder aufwachte? Er las weiter.

Unser Leben währet siebzig Jahre, und wenn's hoch kommt, so sind's achtzig Jahre, und was daran köstlich scheint, ist doch nur vergebliche Mühe; denn es fähret schnell dahin, als flögen wir davon. Wer glaubt's aber, dass du so sehr zürnest, und wer fürchtet sich vor dir in deinem Grimm? Lehre uns bedenken, dass wir sterben müssen, auf dass wir klug werden. Herr, kehre dich doch endlich wieder zu uns und sei deinen Knechten gnädig!

Der Psalter fiel ihm aus den Händen, und es gelang ihm nicht, ihn wieder aufzuheben. Seine Glieder waren erstarrt. Er hörte Victoria in der Küche. Er versuchte sie zu rufen, aber kein Ton drang aus seinem Mund. Er vernahm ein Murmeln und sah einen Lichtschein in Fensternähe, konnte seinen Kopf jedoch nicht dahin wenden. Er war jetzt komplett bewegungsunfähig und schweißgebadet. Nur seine Augen konnte er noch bewegen. Er schnappte nach Luft und kämpfte, um noch einige Sekunden länger wach zu bleiben. Dann sah er den alten Mann vor dem Fenster. Er rezitierte das gleiche Gebet, das Gebet für die Toten. Was machte er hier? Wer war er? Er musste Victoria warnen, ihr sagen, dass ein Irrer in der Wohnung war!

SIE WARNEN! SIE WARNEN! Er versuchte sie zu rufen, aber die Luft ging ihm aus. Einige Sekunden kämpfte er noch gegen das Ersticken, bevor es dunkel um ihn wurde.

KAPITEL 4

»Papa, Papa!«

Die Stimme des Kindes war sanft, aber bestimmt.

»Papa, wach auf!«

Jeremy hob langsam den Kopf. Neben ihm auf dem Bett saß ein kleiner Junge im Schneidersitz und schaute ihn mit riesigen schwarzen Augen an. Er hatte sein Kinn in seinen offenen Handflächen abgestützt, lange schwarze Haare fielen ihm in den Nacken und seine Lippen formten einen vorwurfsvollen Schmollmund.

»Komm schon, Papa, steh auf, es ist doch schon hell!«

Jeremy ließ seinen Kopf wieder aufs Kissen fallen.

Er versuchte sich zu konzentrieren, um den Sinn dieser Szene zu verstehen. Doch die einzigen Bilder, die ihm ins Gedächtnis kamen, waren sein dreiundzwanzigster Geburtstag, sein schöner gemeinsamer Abend mit Victoria, sein Rausch, der Psalter und der alte Mann. Entsetzen gepaart mit großer Müdigkeit übermannte ihn.

›Nicht schon wieder. Ich kann nicht mehr.‹

»Ich habe Hunger. Ich will meine Milch«, forderte die kleine Stimme.

Jeremy seufzte verzweifelt auf. Er war unfähig einen klaren Gedanken zu fassen.

Des Wartens überdrüssig, stand das Kind auf und ging hinaus.

Jeremy blieb liegen. Er legte den Unterarm über die Augen, weniger um sich vor Licht zu schützen, sondern um sich der Realität zu entziehen.

Als er das Geräusch von splitterndem Glas hörte, setzte er sich blitzartig auf.

Die Bewegung war zu plötzlich. Ihm wurde schwindlig. Er stand auf, aber seine Beine schienen unfähig, das Gewicht seines Körpers zu tragen. Mit halb geschlossenen Augen, sich an den Möbeln entlanghangelnd, arbeitete er sich zu dem Raum vor, aus dem das Geräusch gekommen war.

Er fand das Kind in der Küche. Es stand auf einem Hocker und wühlte im Küchenschrank. Es schmollte und machte sich nicht die Mühe, sich umzudrehen.

»Ich will meine Milch«, sagte es entschieden.

Jeremy fragte sich, was wohl von ihm erwartet wurde. Er war wie benommen und fühlte sich, als hätte man ihn seiner Identität beraubt, seiner Fähigkeit zu handeln und zu denken. Der Tag hielt zweifellos noch weitere Überraschungen für ihn bereit. Er beschloss dennoch, sich der Gegenwart zu stellen und seine Rolle als Vater anzunehmen.

Thomas hatte inzwischen sein Gleichgewicht auf dem Rand des Küchenhockers gefunden.

»Bleib da, ich mach das schon.«

Das Kind hatte ein Marmeladenglas auf den Boden fallen lassen. Die Glasscherben lagen bedrohlich glänzend auf den kalten Fliesen verstreut.

»Komm her, du tust dir sonst noch weh.«

Er nahm den Jungen auf den Arm und setzte ihn auf den Küchentisch.

Er handelte automatisch. Am liebsten hätte er dieses Kind

sich selbst überlassen und wäre ins Bett zurückgekehrt, er hatte keine Lust auf dieses Spiel.

Jeremy suchte nach Pantoffeln. Im Flureingang fand er nur ein Paar Mokassins aus schwarzem Leder und schlüpfte hinein. Unter Zuhilfenahme von Küchenpapier schob er die Scherben mit dem Fuß in eine Ecke. Danach nahm er sich den Küchenschrank vor, in dem das Kind herumgewühlt hatte, und holte eine Tasse hervor.

»Nein, ich will mein Fläschchen«, sagte das Kind.

»Dein Fläschchen?« Das Kind schien Jeremy zu groß fürs Fläschchen, aber er hatte keine Lust, darüber nachzudenken. Er griff nach dem Fläschchen, das ihm das Kind mit dem Finger zeigte, und holte Milch aus dem Kühlschrank.

Langsam zog ihn die Gegenwart in ihren Bann und zwang seinen trägen Geist, sich auf die geforderten Handgriffe zu konzentrieren.

»Du hast den Kakao vergessen.«

»Richtig, den Kakao! Wo ist er?«

Mit beleidigtem Gesichtsausdruck zeigte das Kind auf ein Schrankfach. Jeremy fand die Dose mit dem Schokoladenpulver. Er machte die Mikrowelle auf, stellte das Fläschchen hinein und studierte die Bedienungsknöpfe.

»Den großen Knopf«, sagte das Kind.

Jeremy gehorchte.

»Und diese Zahl«, sagte sein Sohn und zeigte mit dem Finger auf die Zwei.

Während die Milch erhitzt wurde, schaute er sich in der Küche um. Es war nicht die gleiche Wohnung wie bei seinem letzten Erwachen.

Er wollte Victoria sehen, mit ihr sprechen. Wo war sie?

Er betrachtete das Kind. Es war sehr hübsch. Seine großen Augen zogen erneut seine Aufmerksamkeit auf sich. Es schien ihm, als hätte er sie irgendwo schon mal gesehen. Doch kaum hatte er das gedacht, als er schon seine eigenen Augen erkannte. Das Kind sah ihm ähnlich. »Weil es meins ist.« Und diese Offensichtlichkeit gab ihm ein wenig Rückhalt.

Das Kind schaute ihn neugierig an.

»Alles klar, Thomas?«

Das Kind zog die Augenbrauen hoch.

»Ich bin nicht Thomas. Ich bin Simon.«

Jeremy nahm diese Information mit einer Gelassenheit zur Kenntnis, die ihn selbst überraschte.

›Zwei Kinder? Warum nicht? Jetzt kann mich nichts mehr erschüttern. Wie viele Jahre habe ich wohl diesmal vergessen?‹

»Simon? Ja… Entschuldige bitte, ich bin noch nicht ganz wach… Und wo ist Thomas?«

»Spielt in seinem Zimmer.«

Die Mikrowelle stoppte. Jeremy nahm das Fläschchen heraus, reichte es Simon und ging in den Wohnbereich. Er öffnete eine Tür und sein Blick fiel auf einen Schreibtisch. Auf einer anderen Tür hing ein Schild mit Disney-Motiven, auf dem »Thomas und Simon« stand. Er ging hinein. Ein größeres Kind saß vor dem Fernsehbildschirm. Es hielt einen Joystick in der Hand, den es geschickt bediente, um eine kleine Gestalt über den bunten Bildschirm zu lenken. Das Kind hatte Jeremy nicht bemerkt, es war auf sein Spiel konzentriert.

Jeremy kam näher und fühlte sein Herz schneller schlagen.

»Thomas?«

Das Kind antwortete nicht.

»Thomas!«, sagte er mit fester Stimme.

Das Kind hob den Kopf immer noch nicht.

»Er wird vier oder fünf Jahre alt sein. Sechs vielleicht. Simon ist ungefähr ein Jahr jünger.«

»Würdest du bitte kurz aufhören?«

Das Kind drückte den Pausen-Knopf und verschränkte die Arme, drehte sich aber nicht um.

»Thomas!«

»Was?«, sagte der Junge genervt.

›Das ist er wirklich. Unglaublich, das Baby, das ich noch gestern in den Armen gehalten habe. Das ist verrückt!‹

»Hast du schon gefrühstückt?«, improvisierte er.

Das Kind zuckte mit den Schultern.

Offenbar schmollte es. Vielleicht nur, weil er es beim Spiel gestört hatte.

Er trat näher und ging vor ihm in die Hocke. Das Kind senkte den Blick.

»Schau mich an.«

Thomas schaute seinen Vater mit einem harten Blick an.

Er kommt nach seiner Mutter, stellte Jeremy fest, er ist ihr genaues Abbild. Er hat die Feinheit ihrer Züge, ihre grünen Augen, ihren Mund.

Er war zugleich gerührt und verwirrt, diesem kleinen Unbekannten mit wohlbekannten Gesichtszügen zu begegnen, den er zuletzt, vor kurzem noch, als Baby gesehen hatte.

»Wo ist deine Mama?«, fragte Jeremy.

Die Frage überraschte Thomas, mehr noch, sie schien ihn zu verärgern. Er schaute seinen Vater trotzig an.

»Als ob du das nicht wüsstest!«, antwortete er kurz angebunden.

Was hatte das zu bedeuten? Jeremy fühlte sich unwohl in Thomas' Gegenwart. Er hätte ihn gerne in den Arm genommen, aber die ablehnende Haltung des Kindes hielt ihn davon ab.

»Na gut, ich lass dich weiterspielen.«

Er verließ Thomas, der sofort sein Spiel wieder aufnahm,

und ging wieder ins Arbeitszimmer. Er ließ sich in den Bürosessel sinken.

»Ich habe zwei Kinder.«

Er machte eine Drehung in dem Sessel und sah sich dem elektronischen Wandkalender gegenüber. Das Bild zeigte eine Schule, die seiner Schule aus Kindertagen ähnlich sah. Er las das Datum. 2010. 8. Mai 2010. »Das ist Irrsinn! Meine letzte Erinnerung stammt von vor sechs Jahren! Mein Geburtstag! Hört das denn nie auf!«

Er versuchte ein paar Fixpunkte zu setzen. ›Thomas ist sechs, vielleicht sogar ein bisschen älter. Simon ist unser zweiter Sohn. Er wird ein oder zwei Jahre jünger sein. Wir sind umgezogen. Ich bin neunundzwanzig.‹

Er seufzte resigniert. ›Ist das alles? Was ist ein Mensch, der so wenig über sich selbst weiß?‹

Er kam auf die Idee, sich im Spiegel zu betrachten. Er verließ das Büro und machte sich auf die Suche nach dem Badezimmer.

Im Spiegel konnte er die Spuren begutachten, die die Jahre in seinem Gesicht hinterlassen haben. Die Haut war stumpf. Die Haare hatten einige Millimeter an Terrain verloren, einige kleine Fältchen erschienen in den Augenwinkeln, er hatte Augenringe. Sein Leben war ihm gestohlen worden. Er alterte rasend schnell, ruckartig. Die Zeit verpasste ihm brutale Ohrfeigen und jeder Schlag ließ Jeremy das Bewusstsein verlieren, das er erst mit der nächsten Ohrfeige wiedererlangte. ›Ja, das ist es, mein Leben ist eine Reihe von schallenden Ohrfeigen, welche die Klammern um einige kurze Augenblicke der Vernunft setzen. Lichtblitze in einem dunklen Gang. Und ich werde älter und älter.‹

Er fühlte krampfartige Bauchschmerzen. Er hatte Hunger. Den gleichen Hunger wie beim letzten Mal. Ein Anzeichen von Vitalität, das seinen Tatendrang weckte. Er würde essen, um seine Kräfte, seinen Scharfsinn wiederzuerlangen. Er wollte kämpfen. Gegen was? Mit wem? Wie? Er wusste es noch nicht. Er wollte nicht einfach aufgeben.

Im Kühlschrank fand er ein Stück Hähnchen, eine Flasche Fruchtsaft und Wurstaufschnitt. Er aß und trank schnell. Er schmeckte nicht wirklich, was er zu sich nahm, genoss aber doch den Kontakt der Lebensmittel mit seinem Gaumen. Thomas kam herein, und Jeremy war es peinlich, einen so erbärmlichen Anblick zu bieten.

»Möchtest du etwas mit mir zusammen essen?«, fragte er ihn.

Thomas antwortete nicht. Er steuerte ein Küchenfach an, öffnete es und schnappte sich zwei Schokoriegel.

»Du solltest jetzt eigentlich nichts Süßes essen. Wenn du noch nicht gefrühstückt hast …«

Aber Thomas ging hinaus, ohne das Ende des Satzes abzuwarten.

Jeremy fühlte sich wie ein Idiot. »Wer bin ich, um ihm Vorschriften machen zu können?« Er fühlte sich nicht wohl in dieser Vaterrolle, die er soeben erst für sich entdeckte und in der er nur improvisierte.

Er hörte das Klingeln des Telefons.

In der Annahme, es sei Victoria oder seine Mutter, stürzte er ins Wohnzimmer.

Thomas war schon drangegangen. Er sprach mit einer zarten traurigen Stimme.

»Ja … Müsli und einen Schokoriegel … er hatte seine Milch …«

Er sprach mit Victoria.

»Wann kommst du wieder?«, fragte das Kind. »Warum bist du weggegangen?«

Seine Stimme stockte. Er weinte fast.

»Ich will hier nicht bleiben. Du musst kommen und uns holen … Ja … Ja, gut … Ich dich auch … Ich gebe ihn dir.«

Jeremy kam näher, um den Hörer zu nehmen, aber das Kind rief seinen kleinen Bruder. Simon kam gelaufen und griff nach dem Hörer. Jetzt erst sah Thomas seinen Vater im Wohnzimmer stehen. Ohne ein Wort zu sagen, wischte er eine Träne aus dem Augenwinkel und verschwand in seinem Zimmer.

Jeremy hätte ihn gern festgehalten, ihn getröstet. Aber er konnte es nicht. Er war der Grund für seinen Kummer. Hilflos hörte er Simon mit Victoria reden.

»Mama?« Simons Stimme klang fröhlich. »Ja, Milch … Wo bist du? … Kommst du wieder? …«

Das Kind hörte aufmerksam zu und nickte immer wieder. Er verhielt sich wie ein Erwachsener bei einem wichtigen Gespräch.

»Ich hab dich lieb, Mami … Ganz ganz doll … Ja, gut … Versprochen … Ich dich auch …«

Er wollte wieder auflegen, aber Jeremy machte einen Satz und riss ihm den Hörer aus der Hand. Simon schaute ihn überrascht und fragend an.

»Victoria?« Jeremy hatte es fast geschrien.

Pause.

»Ja?«

»Victoria! Wo bist du?«

»Bei meinen Eltern. Auf dem Land.«

»Aber wieso?«

»Wieso? Um mich zu entspannen.« Victorias Stimme war ironisch und kalt.

»Kommst … kommst du wieder?«

»Nicht heute, Jeremy. Ich habe jetzt keine Lust mit dir darüber zu reden. Ich bin gegangen, um ein wenig Abstand zu gewinnen. Und du kannst es mir glauben, es fällt mir wirklich schwer, die Kinder nicht bei mir zu haben. Ich hoffe, du kümmerst dich um Thomas. Im Moment ist er sehr durcheinander. Versuch mit ihm zu reden. Versuch endlich, ein Vater zu sein!«

»Ich verstehe nicht …«

»Ich auch nicht, ich verstehe es auch nicht. Du weißt genau, dass ich deswegen weggegangen bin. Wir werden heute Abend darüber reden. Ich werde noch mal vor zwanzig Uhr anrufen. Vergiss ihr Bad nicht. Und sie müssen spätestens halb acht im Bett sein.«

»Warte, ich wollte dir sagen …«

»Nein, heute Abend, Jeremy, heute Abend. Ach ja, alles Gute zum Geburtstag.«

Jeremy lief im Wohnzimmer hin und her, analysierte Victorias Worte und suchte nach Erklärungen.

Sie war wütend auf ihn. So sehr, dass sie ihn allein mit den Kindern zurückließ. Sicher hatten sie sich gestritten. Er fühlte sich schuldig. Victoria hatte bestimmt nichts falsch gemacht.

›Was habe ich ihr angetan? Was für ein Mensch ist aus mir geworden?‹

Sie hatte ihm sein Verhalten den Kindern gegenüber vorgeworfen. Er war kein guter Vater. Und kein guter Ehemann.

›Wir stecken bestimmt in irgendeiner banalen Beziehungskrise.‹

Jeremy fand in dieser Hypothese einen schwachen Trost: Diese Art von Problem müsste lösbar sein. Für ihn. Aber was war mit dem anderen Jeremy? Er fühlte einen Hass auf dieses andere Ich in sich aufsteigen, auf diesen Doppelgänger, der sein

Leben ruinierte. Wie konnte er dieses Risiko eingehen, alles zu verlieren? Wie konnte er Victoria weh tun?

Er ließ sich in den Sessel fallen.

›Ich werde schizophren. Ich verliere den Verstand, wenn ich nicht ich selbst bleiben darf, der Mann, der sie liebt, der dieses Geschenk des Lebens zu schätzen weiß und dafür dankbar ist.‹

Er wollte Victoria anrufen, um sich bei ihr für alles zu entschuldigen, was er getan und gesagt hatte. Aber wozu? Er wusste nicht, was vorgefallen war und zu dieser Situation geführt hat. Dann beschloss er, Pierre anzurufen, um mit ihm zu sprechen, um ihm zu erklären, dass er wieder einer neuen Krise zum Opfer gefallen war.

Auf dem Display des Telefons ließ er die gespeicherten Nummern Revue passieren und fand die Nummer von Pierre.

Eine Frauenstimme meldete sich.

»Clotilde?«

»Ja? Wer ist da?«

»Jeremy.«

»Jeremy? Ich hatte dich nicht erkannt.«

»Kannst du mir Pierre geben?«

»Danke der Nachfrage, es geht mir gut«, sagte sie sarkastisch. »Ich gebe ihn dir.«

Sie rief Pierre.

»Jeremy?«

»Ja. Ich rufe wegen …«

»Wegen Victoria an?«

Pierre wusste also Bescheid.

»Ich habe mit ihr gestern Abend telefoniert. Sie hat mir von eurem Streit erzählt, und heute Morgen hat sie mich noch einmal angerufen, um mir zu sagen, dass sie für zwei Tage zu ihren Eltern fährt. Es sieht gar nicht gut aus, im Moment …«

»Ich weiß nicht, was los ist, ich verstehe es nicht.«

»Jeremy, jetzt übertreib mal nicht. Du wirst hier wohl nicht den Ahnungslosen spielen wollen?«

»Pierre, ich verstehe es wirklich nicht... ich hatte wieder einen Gedächtnisausfall...«

»O bitte! Nicht schon wieder!«, rief Pierre entnervt.

Jeremy war verwirrt. Er hatte Mitgefühl oder wenigstens Erstaunen erwartet.

»Halte mich nicht für einen Idioten, Jeremy. Erzähl mir nichts von deinen bescheuerten Krisen, wenn du ein Minimum an Respekt für mich übrig hast.«

»Du glaubst mir nicht?«

»Oh, bitte«, sagte er mit müder Stimme.

»Aber es ist die Wahrheit, Pierre! Es ist wie das letzte Mal vor sechs Jahren und das Mal davor, vor acht Jahren, und...«

»Und wie all die andern Male!«, donnerte Pierre.

Jeremy fuhr zusammen. Was wollte er damit sagen? Gab es andere Gedächtniskrisen, an die er sich nicht erinnerte?

»Du benutzt diesen Vorwand jedes Mal, wenn du eine Dummheit machst! Das letzte Mal war es, weil du nicht zum Geburtstag deiner Schwiegermutter gehen wolltest, das Mal davor, um dich vor den Folgen deiner Scheiß-Affären zu drücken... Du nervst, Jeremy!«

»Ich weiß nicht, wovon du sprichst. Glaubst du, ich simuliere?«

»Ja, und dass du mich für bescheuert hältst! Ich will dir etwas sagen, Jeremy, weil du mein Freund bist: Hör auf, dich wie ein egozentrisches Arschloch zu benehmen! Hör auf, uns für dumm verkaufen zu wollen. Es wird immer schwerer, dich zu ertragen. Ich bin es so leid, Jeremy!«

Sein Ton wurde immer lauter und drückte zuletzt nur noch Ärger aus.

Jeremy hätte gern länger über Pierres Worte nachgedacht, aber er musste antworten, reagieren, argumentieren. Er konnte es nicht und blieb stumm. Pierre musste sein Schweigen für ein Eingeständnis seiner Schuld gehalten haben und ergriff wieder das Wort.

»Okay. Ich lege jetzt auf. Was Victoria betrifft, tu erst mal so, als wärst du tot. Und rede morgen offen mit ihr. Tut mir leid, dass ich etwas brutal zu dir war, aber ich glaube, dass das mal nötig war. Also denn, tschüss.«

Niedergeschlagen legte Jeremy auf.

›Das bin ich also. Manipulierend, untreu, respektlos ... Deshalb ist Victoria gegangen. Es ist ein Albtraum!‹

Auf der Suche nach Hinweisen fielen ihm die Fotoalben wieder ein. Er fand sie in einem Bücherregal.

Die ersten drei kannte er schon. Das vierte war Simon gewidmet. Jeremy war immer seltener auf den Fotos zu sehen. Er blätterte schnell durch die Seiten und zuckte zusammen als er eine Aufnahme entdeckte, auf der sein Vater und seine Mutter zu sehen waren, die stolz mit ihren Enkelkindern auf den Knien posierten. Seit ihrer Versöhnung war seine Mutter merklich älter geworden. Sie war ein wenig gebeugter, blasser, zerbrechlicher. Aber es war der Anblick des Vaters, der ihm das Herz zerriss. Was war aus diesem beeindruckenden Mann geworden? Wo war der Held, der in seinen Kinderträumen seine Familie vor der gruseligsten Monstern rettete? Er war schmal geworden. Sein Oberkörper schien wie unter einer Last müde zusammengesunken zu sein. Seine Gesundheit schien die aufgeschobene Erholung einzufordern, für die er sich nie Zeit genommen hatte.

Hatte er sich also mit seinem Vater versöhnt? Hatten sie sich getroffen? Hatte ihm sein Vater vergeben?

Das Foto legte es nahe. Und doch, Jeremy war nicht darauf.

›Vielleicht mache ich auch gerade das Foto‹, sagte er sich zur eigenen Beruhigung.

Er wollte nicht noch weiter grübeln. Ihre Beziehung hatte sich verbessert! Das Foto war der Beweis. Das genügte!

Er wandte seine Aufmerksamkeit einer anderen Aufnahme zu. Pierre und Clotilde auf der Terrasse eines Cafés. Pierre hatte Thomas und Simon auf den Knien. Thomas lachte. Pierre machte den Clown. Und Clotilde schaute in eine andere Richtung. ›Was für eine merkwürdige Frau. Sieht sie denn nie glücklich aus?‹

Er klappte das Album zu und betrachtete den Schreibtisch. Er war tadellos aufgeräumt. Er zog die erste Schublade auf und fand darin Kontoauszüge, Gehaltsabrechnungen, seine letzte Steuererklärung. Er war inzwischen Verkaufsdirektor geworden. Er verdiente gutes Geld. Seine Scheckkartenabrechnungen zeigten, dass er viel ausgab und sich gern etwas gönnte: Anzüge, Schuhe, Friseur, Restaurants …

Die unterste Schublade war abgeschlossen, was seine Neugierde weckte. Die bisherigen Informationen halfen ihm nicht besonders, seine gegenwärtige Lage zu verstehen. Wenn er sich die Mühe gemacht hatte, Dokumente oder Gegenstände in seinem Schreibtisch zu verstecken, bedeutete das wohl, dass sie irgendwie von Bedeutung waren. Er suchte den Schlüssel zuerst auf dem Schreibtisch, dann im ganzen Zimmer. Er öffnete die Schränke, hob die Pullover- und Hemdenstapel an, durchsuchte alle Anzugtaschen, vergeblich.

Er bemerkte eine kleine Truhe, die auf einer Kommode in der Nähe der Schlafzimmertür stand. Er ging hin, hob sie an und suchte nach dem Schloss. Die Truhe, die aus Metall und Verbundwerkstoff bestand, schien hermetisch abgeschlossen zu sein. Eine Vertiefung zeigte die Spur eines Fingerabdrucks. Er legte seinen Zeigefinger darauf. Ein Klickgeräusch ließ sich vernehmen und der Deckel sprang auf.

Ein Schlüsselbund lag drin. Außerdem eine Brieftasche mit einer American Express und einer Visakarte, beide auf seinen Namen lautend, sowie ein Bündel Geldscheine. Er nahm die Schlüssel, ging zum Schreibtisch und öffnete die Schublade.

Sie enthielt einige ordentlich eingeräumte Gegenstände. Er entdeckte ein gerahmtes Schwarzweißfoto und wurde von Gefühlen übermannt. Es war eins der wenigen Fotos aus seiner Kindheit. Er stand zwischen seinen Eltern. Die Mienen zeigten Stolz und ein wenig Verlegenheit als Familie zu posieren. Jeremy war sechs Jahre alt.

Wieso hatte er es da drin versteckt? Es verdiente einen Platz im Wohnzimmer oder auf dem Schreibtisch!

Er erkannte auch das kleine silberne Kästchen mit dem Psalter wieder, das ihm Victoria geschenkt hatte. Er griff ängstlich danach. Das letzte Mal, als er es in den Händen gehalten hatte, war er gegen qualvolle Empfindungen und seltsame Visionen kämpfend eingeschlafen. Er öffnete das mattglänzende Kästchen, holte den Psalter heraus und bemerkte, dass mehrere Seiten brutal herausgerissen worden waren. Anhand der verbliebenen Psalmen stellte er fest, welche fehlten: 30, 77 und 90. Hatte er das getan? Er wusste, dass er dazu eigentlich nicht fähig war. Auch wenn er sich noch nie an religiöse Regeln gebunden gefühlt hatte, war ihm doch ein gewisser Respekt vor kultischen Gegenständen geblieben. Er fand auch einige mit einem roten Band verschnürte Briefe. Er nahm es ab und ließ die Blätter in seine Hand gleiten. Sie waren von Victoria. Der erste Brief war auf den 14. Mai 2001 datiert, das heißt, er war einige Tage nach seinem Selbstmordversuch geschrieben worden.

Jeremy,

mein Brief wird dich sicher überraschen. Schließlich verbringen wir viel Zeit miteinander und ich rede viel mit dir (zu viel?). Da du aber schweigst, erzähle ich nur dummes Zeug oder spreche über Belanglosigkeiten. Die Situation, in der wir uns befinden, ist alles andere als gewöhnlich. Ich kümmere mich um einen Mann, der für mich sterben wollte und der jetzt kein Wort an mich richtet. Du redest nur, wenn du schläfst. Du sagst bizarre Dinge. Du diskutierst sogar leidenschaftlich mit unsichtbaren Personen.

Die Ärzte sagen, dass du einen gewaltigen psychischen Schock erlitten hast, von dem du dich nur langsam erholen würdest. Also warte ich.

Denn du bist es mir wert.

Mit dir teilte ich mein erstes Lachen, meine ersten Träume. Wir waren Kinder, und du hattest dich auf meine Spinnereien, auf meine Prinzessinnen-Geschichten eingelassen. Wenn wir gewusst hätten, wie man sich küsst, wie man sich umarmt, hätten wir es sicher getan. Aber damals reichte es schon, so zu tun, als sei man verliebt und Händchen zu halten. Wir waren unschuldig und naiv. Dann wurde ich älter. Und hatte Lust, mir ein neues Publikum zu suchen, ein nicht ganz so einfaches. Ich habe mich von dir entfernt und dir nurmehr einen Statistenplatz zugestanden. Ich wusste, dass du in mich verliebt warst, und es gefiel mir, weil ich eine dumme Pute war, die danach gierte, von anderen angebetet zu werden. Ich vergaß dich. Du gehörtest zu meiner Kindheit, und ich wollte kein Kind mehr sein. Ich wollte eine Frau sein, die über ihre Freuden, ihre Liebschaften, ihr Leben entscheidet. Ich liebte das Leben, Jeremy. Ich liebte es wahnsinnig.

Natürlich könntest du heute auf die Idee kommen, dass mich

deine Tat beeindruckt hat, weil sie so extrem war, und dass mir – mal wieder – ein Liebesbeweis geschmeichelt hat, der jeden anderen in den Schatten gestellt hatte. Aber du irrst dich. Es war die Intensität deiner Worte, die mich für dich gewonnen hat. Nach deiner Liebeserklärung bin ich zu dir gegangen, weil du mir gesagt hast, was ich schon immer hören wollte. Die Umstände und die Konsequenzen waren dir egal gewesen, du hast mir deine Liebe gestanden, weil du es tun musstest. Als ginge es um Leben oder Tod. Ich habe dir das Leben verweigert, also hast du den Tod gewählt. Ich fand deine Tat nicht heroisch. Im Gegenteil, ich fand sie lächerlich. Nur das Leben führt zur Liebe. Ich verstehe deine Tat nicht. Ich werde sie nie verstehen. Sie ist übertrieben, maßlos. Sie macht mir Angst. Du machst mir Angst. Deine Liebe nicht. Deine Liebe macht mir keine Angst.
Ich möchte mit dir zusammen sein, dich gesund werden und lächeln sehen. Du hast mich aufgeweckt. Du hast mich aus dem Traum des Lebens herausgeholt, ins Leben hinein.
Auch ohne einen Kuss auf meinen Mund …

Victoria

Jeremy sah Bilder vor sich. Bilder seiner Kindheit, der in Erwartung von Victorias Liebe vorüberziehenden Jahre. Er ließ sich von Nostalgie überwältigen und einige Momente lang sanft wiegen. Um sich gut zu fühlen. Oder wenigstens, um Gefühle wieder aufleben zu lassen, die ihn seine Fragen, seine Zweifel, seine Ängste vergessen ließen.

Das zweite Blatt war eine ausgedruckte E-Mail vom 17. Januar 2002.

Mein Liebster,

ich liebe dich (aber ich glaube, das habe ich dir schon gesagt). Du fehlst mir. Mama sagte, dass ich dich hätte mitbringen können. Ich bin mir da nicht so sicher. Ich muss Rücksicht auf meinen Vater nehmen, er hat die Auflösung der Verlobung mit Hugo noch nicht ganz verarbeitet.
Ich wollte dir nur sagen, dass ich während der Zugfahrt über uns nachgedacht habe. Lange. Und ich bin zu dem Schluss gekommen, dass wir ein perfektes Paar sind. Schon mal beruhigend, oder?
Denk dran, die Wasserhähne abzudrehen, das Licht auszumachen und das Gas abzustellen (ich liebe es, so was zu sagen… hört sich nach einem alten Ehepaar an!).
Bis morgen, mein König.

Victoria

Er fand auch viele kleine Notizen mit Liebesbekundungen. Von der Art, wie man sie einer geliebten Person nach dem Aufwachen morgens auf dem Nachttisch hinterlässt, an den Badezimmerspiegel heftet oder in die Anzugtasche steckt. Dann noch ein Brief vom 1. November 2003.

Jeremy,

du willst nicht darüber reden? Du willst mir nicht zuhören? Dann hoffe ich wenigstens, dass du dies hier lesen wirst.
Wie ich es dir schon gestern zu erzählen versucht habe, bevor du dich so aufgeregt hast, hat mich deine Mutter letzte Woche angerufen. Sie wollte sich mit mir treffen. Zuerst habe ich abgelehnt. Du hast nie viel über deine Eltern erzählt, aber das Wenige, was du gesagt hattest, hat gereicht, um mir alle Lust zu

nehmen, sie kennen zu lernen. Aber da ich mir gern meine eigene Meinung bilde, habe ich schließlich eingewilligt. Übrigens nicht nur deshalb, sondern weil mir dein Verhalten deinen Eltern gegenüber schon immer sehr seltsam vorgekommen ist. Wir haben uns im Café Le Néo getroffen. Ich brauche dir nicht zu sagen, dass das der neue Name des Bistros ist, das dein Vater mehr als dreißig Jahre lang geführt hat.

Deine Mutter ist eine liebe, zurückhaltende, intelligente Frau. Nicht im Entferntesten der Rabenmutter ähnlich, die du mir beschrieben hattest! Wie hätte diese zarte, sanfte Person so gemein zu ihrem Sohn sein können?

Hier ist ihre Version:

Du warst ein liebenswürdiger, trotz der finanziellen Sorgen deiner Eltern verhätschelter und nach Strich und Faden verwöhnter kleiner Junge. Das Bistro warf wenig ab. Sie mussten früh öffnen und spät schließen, um genug einzunehmen, den kleinen König (sieh mal einer an, damals schon!) zu ernähren und einzukleiden. Aber ihr wart glücklich. Bis zum Tod deiner kleinen Schwester. Du hast dich danach in deine kleine Welt zurückgezogen, du sprachst und lachtest weniger. Deine Mutter befürchtete, du könntest dich schuldig fühlen. Das Leben im Haus hat sich um dich herum organisiert. Zu deiner Mutter hattest du ein besonders enges Verhältnis. Du wusstest, dass sie dir nichts abschlagen konnte, und du nutztest es aus. Älter geworden, wurdest du immer mehr zu einem Einzelgänger. Du gingst selten aus. Du bliebst auf dem Zimmer oder unternahmst einsame Streifzüge. Sie hatte bald herausgefunden, dass du verliebt warst. Wie alle besorgten Mütter hat sie deine Sachen durchsucht und Gedichte voller Verzweiflung und no future entdeckt. Als du beschlossen hast, wegzuziehen, haben deine Eltern befürchtet, du würdest dich komplett einkapseln. Du warst das halbe Jahr vor deiner Tat sehr seltsam. Du hast nicht mehr gegessen, nicht mehr gelernt, kaum geschlafen. Sie haben dich gebeten, zu einem Psychiater zu gehen, aber du hast abgelehnt. Das letzte Mal, als du sie besucht hast, war zwei Tage vor deinem Selbstmordversuch. Du wirktest verloren, aber reden wolltest du nicht. Sie waren krank vor Sorge. Am Vorabend deines Geburtstags hat deine Mutter angerufen und dich eingeladen, bei ihnen deine Geburtstagskerzen auszupusten. Du hast dich bei ihr bedankt. Du schienst ihr positiver, fast schon fröhlich zu sein. Du sagtest, das würde ein großer Tag werden…

Als sie von deinem Selbstmordversuch erfuhren, waren sie am Boden zerstört. Als sie im Krankenhaus ankamen, warst du bewusstlos. Wieder bei Bewusstsein, wollest du sie nicht sehen. Sie dachten, dass du dich deiner Tat schämst und noch nicht bereit bist, ihre Blicke zu ertragen.

Kurz vor deiner Entlassung aus dem Krankenhaus haben sie dich noch einmal besucht. Du hast kein einziges Wort gesagt. Ich erinnere mich daran, ich war bei dir. Deine Mutter sprach mit dir, aber du warst gleichgültig, abwesend. Dann hat sich dein Vater aufgeregt. Sie verstanden nichts mehr. Deine Mutter weinte tagelang.

Den Rest habe ich selbst miterlebt. Du hast allen Kontakt zu ihnen abgebrochen. Dein Vater wurde allmählich depressiv. Er hat sich eingeredet, er habe seinen Sohn verloren. Er hat deiner Mutter verboten, zu Hause deinen Namen zu nennen.

Da erst wollte mich deine Mutter treffen. Sie dachte, dass deine Veränderung meine Schuld sei. Deine Sicht der Dinge habe ich ihnen gar nicht erst erzählt. Wie hätten sie es auch verstehen sollen? Ich selbst kann es auch nicht. Wieso diese ganzen Geschichten, Jeremy? Was wirfst du deinen Eltern vor? Woher kommt dieser gefährliche Charakterzug an dir, der manchmal an die Oberfläche dringen will und dich grausam macht. Denn es ist Grausamkeit, seine Eltern so zu behandeln!

Wie immer wirst du sicher nicht darüber sprechen wollen. Aber werden wir auch weiterhin diese Wahrheit voreinander verstecken können und so tun, als sei alles in Ordnung? Ich halte dich dazu für fähig.

Ich wünsche mir nur, dass wir heute Abend, wenn ich heimkomme, darüber sprechen könnten. Es liegt bei dir.

Victoria, die dich trotzdem liebt.

Jeremy hatte den Brief nur mit Mühe zu Ende gelesen. Seine Augen waren voller Tränen. Wie war das bloß möglich? War er denn wirklich so ein Mistkerl?

Wieso wurde er an den Tagen, an denen er aufwachte und einen großen Teil seiner Vergangenheit vergessen hatte, wieder zu einem vernünftigen Menschen, zu einem liebenden Sohn und Vater?

Ein letzter Brief lag noch auf dem Schreibtisch. Er nahm ihn voller böser Vorahnungen. Was würde er diesmal erfahren? Konnte er noch mehr ertragen?

Er war nicht datiert. Die Schrift war weniger gleichmäßig. Manche Wörter waren nervös durchgestrichen worden.

Jeremy,

ich weiß, du magst es nicht, wenn ich dir schreibe. Aber ich weiß nicht, wie ich dir sonst meine Gefühle mitteilen soll. Ich weiß nicht mehr weiter, Jeremy.

Denn der Mann, den ich liebte, liebt mich nicht mehr. Er liebt sein Leben, seine Familie, sein Zuhause nicht mehr. Du bist mit mir nicht mehr glücklich. Unsere Beziehung ist nur noch Fassade, die du aufrechterhältst, um mir nicht weh zu tun oder um dir Theater zu ersparen. Du drückst dich vor der Realität, wenn sie dir nicht passt. Zu Hause blendest du dich aus. Dein Geist

scheint sich mit anderen Dingen zu beschäftigen. Mit welchen? Ich bin sicher, dass unsere Söhne und ich dabei nicht vorkommen. Thomas spricht nicht mehr mit dir. Er hat auf deine Liebe verzichtet. Du bist so selten da, entweder auf Reisen oder, wenn du doch zu Hause bist, erschöpft, nicht verfügbar. Ist dir bewusst, dass Thomas in der Schule große Probleme hat? Er verweigert jede Mitarbeit. Dabei ist er wirklich hochintelligent. Die Psychologin hat gesagt, es sei seine Art, uns zu bestrafen. Dich für deine Abwesenheiten, mich für meine Unfähigkeit, dich zu Hause zu halten. Weißt du überhaupt, dass er jede Woche zu einer Psychologin geht? Und Simon? Bekommst du mit, wie er sich entwickelt? Interessiert es dich überhaupt? Es ist nicht dein Job, der uns deine Liebe nimmt. Er ist nur ein Vorwand, um vor uns zu fliehen. Wir reichen dir nicht mehr. Es ist, als würde dir unser Familienleben nicht mehr das Vergnügen bereiten, nach dem du pausenlos strebst. Vielleicht hast du auch eine andere Frau kennen gelernt. Vielleicht erlebst du jetzt mit ihr, was wir miteinander geteilt haben. Das Problem ist nicht, zu erfahren, ob du ein Verhältnis hast, sondern zu verstehen, wie es dazu kommen konnte. Zuerst habe ich mir selbst für das langsame Zerbrechen unserer Liebe die Schuld gegeben. Dann habe ich mich geweigert, mich schuldig zu fühlen. Das Einzige, was sich verändert hat, bis du. Deine frei erfundenen Kindheitserinnerungen, deine Lügen, deine unkontrollierten Ängste, deine opportunen Amnesien … Das Problem liegt in dem, was du verleugnest. Ich kann nichts daran ändern, wenn du mir nicht erlaubst, Teil dieser anderen Welt, in die du dich zurückziehst, zu werden.
Trotz allem glaube ich daran, dass wir unsere Ehe noch retten können.

Victoria

Er überflog noch einmal mit erschrocken aufgerissenen Augen den Brief und suchte zwischen den Worten und den Zeilen nach einem Anlass zur Hoffnung. Ein Schmerz schnürte ihm die Brust zu. Victoria, sein Grund zu leben, sein Grund zu sterben, drohte ihn zu verlassen.

Plötzlich hörte er einen Knall, dann einen Schrei, der aus der Küche kam. Er reagierte nicht sofort. Aber Thomas kam panisch ins Arbeitszimmer gestürmt.

»Komm! Komm schnell!«

Es war Angst in seinen Augen. Und Hass.

Jeremy sprang auf. In der Küche lag Simon, bewusstlos. Blut floss aus seinem Arm.

»Er ist ausgerutscht und hat sich geschnitten. Er ist mit dem Kopf auf den Boden gefallen. Ganz fest.«

Thomas' Stimme zitterte. Er schaute Jeremy an und wartete auf beruhigende Worte. Jeremy beugte sich zu Simon hinunter. Er war auf die Glasscherben gefallen, die sein Vater einige Minuten zuvor in die Ecke geschoben hatte. Sein Unterarm war an mehreren Stellen tief aufgeschlitzt. Er atmete langsam.

Jeremy klopfte Simon einige Male leicht auf die Wangen. Er öffnete die Augen.

»So ist's gut, Simon. Es ist alles in Ordnung. Es blutet zwar sehr, aber es ist nicht so schlimm. Wir rufen einen Krankenwagen. Aber zuerst mache ich dir einen Verband.«

Er wickelte ein Geschirrtuch um die Wunde, nicht sicher, ob diese Maßnahme sinnvoll war.

»Papa, es tut weh«, hauchte Simon.

Der kleine Junge schaute ihn ängstlich an.

»Das wird schon wieder.«

Mit Thomas auf den Fersen nahm er Simon auf den Arm und trug ihn ins Wohnzimmer. Er legte ihn aufs Sofa und griff zum

Telefon. Thomas beobachtete ihn und hielt die Hand seines kleinen Bruders fest. Der lächelte ihm zu.

»Es ist nicht so schlimm. Hat der Papa gesagt.«

»Nein, es ist nicht so schlimm«, sagte auch der Große.

Jeremy wählte die Notrufnummer, sehr besorgt. Das Kind hatte viel Blut verloren, und wenn der Verband auch das Strömen verlangsamt hatte, so perlte das Blut immer noch aus dem Stoff heraus.

»Es ist ein Notfall, es geht um … meinen Sohn«, erklärte Jeremy der professionellen Stimme, die ihn begrüßt hatte. »Er hat sich am Handgelenk geschnitten. Er hat stark geblutet und ist ohnmächtig gewesen. Ich habe ihm eine Art Druckverband gemacht. Meine Adresse? …«

Er stammelte:

»Ja, sofort … ich bin ein bisschen durcheinander … Ich … Meine Adresse, ja …«

Jeremy, der die Antwort nicht wusste, fühlte sich lächerlich und schwach zugleich.

»Rue des Récollets, Nummer 9, zehntes Arrondissement«, warf Thomas verwundert und ungeduldig ein.

Jeremy wiederholte die Adresse für seine Gesprächspartnerin und legte auf.

»Ich hab … ich hab es vergessen … Sie kommen in ein paar Minuten«, erklärte Jeremy verlegen.

»Papa, mir geht's nicht gut.« Simons Gesicht war jetzt weiß. Der Schweiß klebte seine braunen Locken an die Stirn.

»Der Doktor kommt gleich. Es wird alles wieder gut.«

»Wir müssen Mama anrufen«, sagte Thomas.

»Ja, du hast Recht. Aber nicht jetzt. Lass uns warten, bis der Arzt kommt. Wir rufen sie an, sobald wir mehr wissen.«

Sie warteten schweigend. Thomas hielt immer noch die Hand seines kleinen Bruders fest. Jeremy streichelte ihm übers

Gesicht. Wieder einmal hatte ihn die Gegenwart eingeholt, brutaler noch. Die Dringlichkeit, die Angst, die Not hatten ihn völlig in Beschlag genommen. Und nun das Schuldgefühl.

›Ich bin ein verantwortungsloser Ehemann. Ich bin ein verantwortungsloser Vater. Wenn ich eine meiner Gedächtniskrisen habe, bin ich eine Gefahr für meine Familie. Und wenn es mir gut geht, bin ich ein erbärmlicher Vater.‹

Die Ankunft des Krankenwagens riss ihn aus seinen finsteren Gedanken. Unter den unruhigen Blicken von Thomas wurde Simon vom Arzt untersucht.

»Er hat gar nicht so viel Blut verloren. Aber die Sehne ist vielleicht in Mitleidenschaft gezogen. Wir müssen ihn für den Eingriff ins Krankenhaus bringen. Wollen sie ihn begleiten?«

»Ja, natürlich. Thomas und ich kommen mit.«

»Wo gehen wir hin?«, fragte Simon mit schwacher Stimme.

»Ins Krankenhaus. Und wir kommen mit.«

»Ich darf mit dem Krankenwagen fahren?«

»Ja.«

»Mit Sirene?«

»Wenn du möchtest«, antwortete der Arzt und zwinkerte ihm zu.

»Cool.«

Der Eingriff war beendet. Der Arzt hatte Jeremy beruhigt. Thomas war auf der Bank sitzen geblieben, mit angezogenen Knien, den Kopf zwischen den verschränkten Armen. Er strahlte Ablehnung und Kälte aus.

Jeremy setzte sich neben ihn.

›Thomas lässt mich spüren, dass er mich nicht mag. Er bewertet mich, er verurteilt mich. Alles was ich tue, enttäuscht ihn. Und doch scheint er mich nicht zu verabscheuen. Er braucht einen Vater und hat die Hoffnung noch nicht verloren, dass ich diese Rolle übernehme. Aber was kann ich tun? Ist es möglich, sein Vertrauen wiederzuerlangen? Und werde ich morgen wieder zu dem Vater, den er fürchtet?‹

Thomas hob fragend den Kopf.

»Es geht ihm gut. Er wurde mit ein paar Stichen genäht.«

»Hat es ihm weh getan?«, fragte er schwach.

»Nein. Jetzt schläft er.«

Jeremy nahm seine Hand und wollte ihn zu sich ziehen, aber Thomas widerstand und brach in Tränen aus. Jeremy fasste ihn an den Schultern, fühlte immer noch einen schwachen Widerstand. Doch er ließ nicht los, und schließlich gab Thomas nach.

»Alles wird gut. Du bist ein richtiger kleiner Mann. Du warst so tapfer! Obwohl du Angst hattest, nicht wahr?«

Thomas schniefte und antwortete mit einem Kopfnicken.

»Aber du hast es nicht gezeigt. Um ihn nicht zu erschrecken. Ich bin stolz auf dich, mein Junge.«

Bei diesen Worten löste Thomas seinen Kopf von der Schulter des Vaters und schaute ihn verwundert an.

»Ja, wirklich, ich bin sehr sehr stolz auf dich.«

Sie blieben eng aneinandergelehnt.

›Das sollte meine Aufgabe sein: ihn zu lieben, ihn zu beschützen, ihn zu trösten. Aber ich fühle mich doch noch so jung, viel zu unreif für eine solche Verantwortung.‹

Es klingelte. Thomas richtete sich auf. Er wühlte in seiner Tasche und holte ein Handy heraus.

»Das ist Mama. Sagst du es ihr?«

Jeremy nahm das Telefon.

»Victoria?«

»Jeremy? Wo ist Thomas? Ich hatte ihm mein Handy dagelassen.«

»Er ist bei mir.«

»Ach ja? Und wo seid ihr?«

»Reg dich jetzt nicht auf, aber… wir sind im Krankenhaus.«

»Was? Was ist passiert?« Sie hatte es fast geschrien.

»Wegen Simon. Er hat sich geschnitten.«

»Er hat sich geschnitten? Wie denn? Oh, mein Gott!«

Victoria drehte fast durch.

»Beruhige dich, Victoria. Alles ist in Ordnung, wirklich. Simon geht es gut. Die Ärzte haben seine Wunde genäht. Und jetzt ruht er sich aus.«

»Sie haben ihn genäht?… Wovon sprichst du überhaupt? Was ist passiert?«

»Er hatte ein Glas kaputtgemacht und fiel in die Scherben. Er hat einen fiesen Schnitt am Unterarm, aber nichts wirklich Ernstes, ehrlich.«

»Stimmt das auch?«

»Ja, natürlich.«

Er schwieg einen Augenblick.

»Ich fühle mich schuldig, Victoria…«

»Das interessiert mich nicht! Was sagen die Ärzte?«

»Ich weiß noch nicht viel. Wir warten noch auf den Arzt, der ihn versorgt hat. Du brauchst keine Angst zu haben.«

»Ich brauche keine Angst zu haben? Merkst du noch was? Ich bin erst einige Stunden weg und mein Sohn findet sich im Krankenhaus wieder!«

Sie dachte laut nach.

»Was kann ich tun? Ich kann nicht sofort kommen. Ich bin dreihundert Kilometer weg und habe kein Auto.«

»Finde einen Weg. Simon wird dich sicher brauchen.«

Als er es sagte, dachte er nur an sich und fühlte sich augenblicklich schuldig, von der Situation profitieren zu wollen.

»Vor morgen früh geht kein Zug mehr. Ich … ich weiß nicht, was ich tun soll.«

›Morgen? Verdammtes Morgen! Ich werde sie nicht wiedersehen! Ich werde sie schon wieder verlieren.‹

Er wollte sie anflehen zu kommen, aber Victorias Angst zwang ihn zu schweigen. Was würde sie von ihm denken, wenn er sich beklagte?

»Mein Kind ist im Krankenhaus, und ich bin nicht bei ihm! Simon wird mich sehen wollen!«, klagte sie.

»Nein, er wird schlafen. Wenn er aufwacht, werde ich ihm sagen, dass du bald wiederkommst.«

Sie schwieg eine Weile. Jeremy hörte sie seufzen. Weinte sie vielleicht? Dann fasste sie sich wieder.

»Und Thomas? Wie hat er es aufgenommen?«

»Er war sehr tapfer.«

»Gib ihn mir.«

Er reichte seinem Sohn das Telefon.

Jeremy war glücklich, mit Victoria gesprochen zu haben. Aber auch furchtbar enttäuscht, sie heute nicht sehen zu können.

Bevor er das Gespräch beendete, schaute Thomas zu seinem Vater hinüber.

»Weißt du, Mama, es ist nicht Papas Schuld. Es war ein Unfall. Papa hat sich super um uns gekümmert … Willst du ihn noch mal sprechen?«

In dem enttäuschten Blick, den Thomas ihm zuwarf, konnte Jeremy lesen, dass Victoria es nicht wollte.

Thomas legte auf. Er drehte sich zu Jeremy und zuckte mit den Schultern, um seine Ohnmacht auszudrücken.

»Sie kommt morgen wieder«, sagte er noch, wie um ihn zu trösten.

»Sie ist böse auf mich, nicht wahr?«

Thomas senkte den Blick.

»Ich war wohl in der letzten Zeit nicht sehr nett zu ihr?«

Das Kind antwortete nicht.

»Hilf mir Thomas, hilf mir bitte. Was denkst du denn darüber?«

»Du bist nicht sehr nett und … du bist oft nicht da.«

»Ich arbeite zuviel?«

Thomas nickte.

»Du bist nie da. Und Mama sagt, dass du dich nicht mehr um sie kümmerst.«

»Glaubst du, dass sie Recht hat?«

»Ja, hat sie. Und um uns kümmerst du dich auch nicht mehr.«

»Und deswegen bist du sauer auf mich.«

Das Kind nickte wieder.

»Weißt du, ich werde versuchen mich zu ändern. Ich verspreche es dir.«

Kaum hatte er den Satz ausgesprochen, bereute er ihn schon.

›Es ist idiotisch von mir, ihm solche Hoffnungen zu machen! Der Mann, der ich bin, scheint es als seine einzige Aufgabe zu betrachten, Unglück um sich herum zu verbreiten. Meine Kinder, meine Frau, mein Vater, meine Mutter …‹

»Wir müssen Oma und Opa anrufen«, sagte er zu Thomas. »Hast du ihre Nummer?«

Das Kind warf ihm einen erstaunten Blick zu.

»Ja, hab ich. Aber …«

Als er den verwunderten Gesichtsausdruck von Thomas sah, wusste Jeremy, dass er sich auf weitere schlechte Nachrichten gefasst machen musste.

»Aber, was?«

»Nichts … Ich rufe sie an.«

Das Kind hielt den Kopf gesenkt.

»Oma? Hier ist Thomas … Ich bin im Krankenhaus … Nein, nein, ich gebe dir Papa, er wird es dir erklären.«

Er reichte das Handy an Jeremy weiter.

»Mutter?«

»Was gibt's? Ist etwas passiert?«

Beim Klang ihrer Stimme fühlte Jeremy wie sein Herz stockte.

Er erzählte ihr von dem Unfall und beruhigte sie hinsichtlich Simons Zustand.

»Warum rufst du an und nicht Victoria?«, fragte sie mit festerer Stimme.

»Sie ist nicht da. Sie ist bei ihren Eltern.«

»Und sie hat dir die Kinder dagelassen?«, fragte sie sarkastisch.

»Wir haben uns ein wenig gestritten, glaube ich …«

»Glaubst du?«

»Aber wir kriegen das wieder hin. Und du? Wie geht es dir?«

»Wie es mir geht? Es interessiert dich? Hast du heute deine schwachen fünf Minuten? Vielleicht weil du um deinen Sohn gebangt hast? Der Krankenwagen, das Krankenhaus, die Angst, die einen von innen zerfrisst … ganz schön beängstigend, nicht wahr? Und auf einmal erinnerst du dich wieder an deine Eltern, die du vergessen hast. Deine Eltern, bei denen du dich seit sechs Jahren nicht wieder gemeldet hast.«

Jeremy war am Boden zerstört. Er konnte es kaum ertragen, dass seine Mutter mit einer solchen Härte zu ihm sprach.

»Kommt Victoria zurück?«

»Ja, morgen.«

»Dann sag ihr, dass sie mich anrufen soll.«

»Mama, ich möchte …«

Aber sie hatte schon aufgelegt. Das klickende Geräusch des Hörers traf ihn wie eine Ohrfeige.

Er schloss die Augen, kurz davor, in Tränen auszubrechen.

»Sie ist böse auf dich, nicht wahr?«, sagte Thomas.

Jeremy, verstört und zu einer Antwort nicht imstande, zuckte mit den Schultern.

»Mama sagt, dass man sich seiner Fehler immer bewusst ist, aber dass man sie lieber manchmal vor sich selbst versteckt.«

»Ja, sogar so sehr, dass man sie komplett vergisst. Aber, du, du könntest mir sagen, was du so denkst. Du kannst mir alles sagen.«

Thomas zögerte einen Augenblick, dann antwortete er mit einem betrübten Gesichtsausdruck.

»Du besuchst Oma und Opa nie. Du willst nicht mit ihnen am Telefon sprechen. Wenn wir zu ihnen gehen, kommst du nie mit. Manchmal weint Oma, wenn wir über dich reden. Und Opa sagt, dass er keinen Sohn mehr hat. Er hat alle Fotos von dir weggepackt. Er will nicht, dass wir über dich reden, wenn er dabei ist. Also, wenn du dich wieder mit ihm vertragen willst, wird es ganz schön schwer. Aber es ist bestimmt möglich. Guck mal, wir beide … heute Morgen habe ich dich überhaupt nicht gemocht und jetzt … jetzt geht es schon ein bisschen besser.«

Jedes dieser Worte, die sein Sohn mit aller Ehrlichkeit vorbrachte, erschütterte ihn, und er brach in Tränen aus.

Thomas legte seine kleinen Arme um ihn und drückte ihn an sich.

»Es wird schon wieder, Papa, es wird wieder gut.«

Als der Chirurg wiederkam, waren beide fast eingeschlafen. Er sah aus wie einer dieser Filmärzte. Ein fester Blick, energische Bewegungen, offener Kittel, hochgekrempelte Ärmel. Sein Verhalten machte deutlich, dass er ein Mensch war, der keine

Zeit zu verlieren hatte. Ein Mann, der mit den Patienten entschlossen und hart umsprang.

»Herr Delègue?«

Jeremy erhob sich.

»Es geht ihm gut. Einer der Schnitte war nicht ungefährlich, aber er wird davon nur eine kleine Narbe zurückbehalten. Er muss zur Beobachtung hierbleiben. Wo ist seine Mutter? Er hat nach ihr gefragt.«

»Sie wird morgen auf jeden Fall kommen. Aber warum muss er denn hierbleiben?«

»Wegen der Gehirnerschütterung. Immerhin hatte er das Bewusstsein verloren.«

Jeremy schaute auf Thomas nieder, betrachtete ihn aufmerksam. Er wartete auf ein Wort des Trostes für das Kind, aber der Chirurg blieb stumm.

»Können wir hier bei ihm bleiben?«, fragte der Junge.

»Das ist leider unmöglich.«

»Können wir ihn jetzt sehen?«, bohrte Thomas weiter mit einem entschlossenen Tonfall.

»Ja, aber nicht allzu lange. Er muss sich ausruhen«, warf der Arzt schon im Weggehen hin.

»So ein Blödmann!«, sagte Thomas, als er dem Chirurgen nachschaute.

»He! So was sagt man nicht!«, korrigierte ihn Jeremy.

»Ich rede wie du. Manchmal sagst du noch viel schlimmere Sachen!«

Im Krankenzimmer dämmerte Simon vor sich hin. Als sie eintraten, machte er die Augen auf und lächelte ihnen zu.

»Thomas! Wo warst du?«

»Gleich nebenan«, antwortete Jeremy für Thomas. »Also, wie geht es meinem Jungen?«

»Guck mal Papa, ich hab Tesa auf dem Arm!«

»Das ist kein Tesa, das ist ein Verband«, verbesserte ihn Thomas und lächelte.

»Gar nicht!«

Seine Stimme war schwach. Er hatte Lust zu streiten, zu diskutieren, aber die Müdigkeit war stärker.

»Tut dir was weh?«, fragte Thomas.

»Nein, nicht mehr. Wo ist denn Mama?«

»Sie kommt gleich«, versicherte Jeremy und hoffte, dass das Kind eingeschlafen war, bevor es bemerkte, dass er gelogen hatte.

»Und wann gehen wir nach Hause?«

»Na ja, du wirst hier bis morgen bleiben müssen«, antwortete Jeremy und nahm dabei seine Hand.

»Ganz allein?«

»Nein, wir warten, bis du eingeschlafen bist, und bevor du morgen aufgewacht bist, sind wir wieder da.«

»Versprochen?«

»Versprochen«, sagte Jeremy und hielt ihm seine Faust entgegen.

Simon schaute ihn fragend an.

»Guck mal! So machen es richtige Freunde, wenn sie sich die Treue schwören.«

Er nahm die Hand von Simon, schloss sie zu einer Faust und schlug sie gegen seine Faust.

Simon lächelte. Thomas kam näher und wiederholte die Geste. Sie tauschten einen verschwörerischen Blick.

»Sind wir jetzt wie Freunde, Papa?«, fragte Simon.

»Ja, und sogar mehr als das.«

Jeremy fühlte, wie eine tröstliche Wärme über ihn kam. Sie war der Ausdruck des starken unsichtbaren Bandes, das ihn eng mit seinen Söhnen verband und das, ungeachtet aller Taten und Worte, ihre Geschicke zusammenhielt. Die Kinder brauchten ihn, um erwachsen zu werden. Sie wollten ihren Platz in den Augen ihres Vaters, in seinem Herzen finden. Und Jeremy wusste, dass seine Geschichte sich nun nicht mehr auf die Beziehung zu Victoria beschränkte. Er hatte eine Familie. Er war für sie verantwortlich.

Es machte ihn wahnsinnig, wenn er daran dachte, dass er nicht sicher sein konnte, diese Verantwortung in den kommenden Tagen, Monaten, Jahren übernehmen zu können.

Einige Minuten später war Simon eingeschlafen. Thomas und Jeremy blieben noch ein Weilchen bei ihm. Dann legte sich Thomas neben seinen Bruder aufs Bett und schloss die Augen, sich einer mit vielen Gefühlen beladenen Müdigkeit hingebend. Jeremy stand da und schaute zu, wie sie schliefen, ruhig, dicht nebeneinander.

›Es sind meine Kinder. Es sind meine Söhne, und ich liebe sie. Aber, welche Liebe ist es eigentlich? Ich erinnere mich, dass ein Geistlicher einmal sagte, dass ein Mann dreimal die Chance bekommt, an sich zu arbeiten. Zuerst mit Hilfe der Liebe der Eltern. Wenn es ihm da noch nicht gelingt, bekommt er von seiner Frau eine weitere Chance, sein leichtlebiges, egoistisches, unreifes Wesen hinter sich zu lassen. Wenn er auch da scheitert, werden seine Kinder zu seinem letzten Rettungsanker. Danach … hat er sein Leben verpfuscht. Was habe ich aus meinen drei Chancen gemacht? Was habe ich mit der ganzen Liebe gemacht, die man mir geschenkt hat? Ich bin ein undankbarer Sohn, ein abscheulicher Ehemann und ein schlechter Vater. Wenn ich jetzt keine Möglichkeit finde, etwas zu tun, bin ich verloren. Ich werde meine Tage allein beschließen, von meinen Lieben gehasst. Und wenn es soweit ist, werde ich die Amnesie freudig begrüßen, weil sie mir erlauben wird, den ganzen Schlamassel zu vergessen. Ich muss handeln und zu dem Mann werden, der ich immer war, der ich heute bin.‹

Das Telefon klingelte. Jeremy ging so schnell er konnte dran. Er warf einen Blick auf die Kinder. Sie schliefen immer noch tief und fest.

»Hallo? Thomas?«

»Ich bin's, Jeremy.«

»Was ist los? Wieso hast du so eine komische Stimme«, fragte Victoria beunruhigt.

»Ich rede leise, um die Kinder nicht zu wecken.«

»Seid ihr zu Hause?«

»Nein, im Krankenhaus. Der Arzt möchte, dass Simon über Nacht hierbleibt, und Thomas ist eingeschlafen.«

»Du hast gesagt, es sei nicht ernst!«, sagte Victoria verängstigt.

Jeremy gab sein Gespräch mit dem Arzt wieder und Victoria beruhigte sich.

»Ich hätte nur gern mit ihnen gesprochen«, sagte sie.

»Du fehlst mir, weißt du?«

»Ach?«

Ihr ironischer Ton kränkte Jeremy.

»Victoria, ich muss mit dir reden.«

»Das ist kein guter Zeitpunkt, Jeremy.«

»Aber es muss sein, unbedingt, heute!«

Er zögerte. Sie würde ihm nicht glauben, genauso wenig wie Pierre.

»Ich wollte dir sagen… Ich habe schon wieder eine Amnesie.«

Sie schnaufte wütend.

»Oh, bitte, Jeremy.«

»Ja, ich weiß. Auch Pierre hat mich zum Teufel gewünscht, als ich es ihm gesagt habe. Trotzdem, ich habe wieder eine Gedächtniskrise! Für mich ist es die dritte. Ich weiß inzwischen, was zwischen uns passiert ist, aus den Gesprächen mit Pierre und Thomas und aus einem Brief, den ich im Schreibtisch gefunden habe. Es ist nicht mein Gedächtnisverlust, der mir Sorgen macht, sondern das, was ich über mein Verhalten erfahren habe. Es ist, als gäbe es in mir zwei verschiedene Personen. Einen Mistkerl, der sich nicht um seine Frau und seine Kinder kümmert, der seine Eltern nicht sehen will, der nur danach strebt, sein Leben in vollen Zügen zu genießen… und einen Anderen, der dessen genaues Gegenteil ist. Aber dieser Andere erscheint nur, wenn der Erste eine Amnesie hat.

»Das ist alles, was dir dazu einfällt, Jeremy? O ja, es sind zwei Personen in dir. Die eine, die ich früher kannte, und die andere, die ich vor kurzem kennen lernen durfte.«

»Du musst es mir glauben, Victoria! Bitte! Ich werde sonst verrückt!«

»Mich hast du schon verrückt gemacht. Ich habe dir viel zu oft geglaubt.«

»Ich bin krank, hörst du? Krank!«

Wenn er nicht befürchtet hätte, seine Kinder zu wecken, hätte Jeremy geschrien.

»Das glaube ich gern, Jeremy. Du bist krank.«

»Du willst mich nicht verstehen. Das ist es also, was von unserer Liebe geblieben ist?«

»Komm mir ja nicht mit Gefühlen, Jeremy. Ich habe inzwischen verstanden, dass ich mich auf keine Gespräche mehr einlassen darf, wenn ich mich nicht komplett verlieren will. Die Kinder haben ihren Vater schon verloren. Ich will, dass sie wenigstens eine Mutter haben, die noch richtig im Kopf ist.«

Ihre Stimme war härter geworden. Und doch spürte Jeremy, dass sie gegen Zweifel ankämpfte.

»Ich kann es nicht fassen. Wie konnte es soweit mit uns kommen?«, klagte er. »Sogar Thomas hat gemerkt, dass ich heute anders war.«

»Thomas braucht einen Vater. Ich hingegen bin mir nicht mehr sicher, ob ich noch einen Ehemann brauche.«

»Du bist meine letzte Chance.«

»Nein!«, sagte sie müde. »Ich will jetzt nicht darüber sprechen. Nicht am Telefon! Nicht nach allem, was passiert ist!«

»Morgen wird es zu spät sein.«

»Die Frage ist, ob es nicht bereits zu spät ist. Sag Thomas, dass er mich anrufen soll, wenn er aufwacht. Auf Wiedersehen, Jeremy.«

Jeremy küsste Simon zum Abschied und wandte sich mit Thomas auf dem Arm zur Tür. Bei der letzten Berührung mit ihm, an die er sich erinnerte, war Thomas noch ein Baby gewesen. Er fühlte nun die gleiche Zufriedenheit, das Gefühl etwas zu besitzen, gemischt mit Stolz und Wärme.

Thomas öffnete die Augen und hob den Kopf, um seinen Vater mit schweren Lidern anzuschauen. Jeremy küsste ihn auf die Stirn.

»Wir gehen nach Hause.«

Thomas schlief sofort wieder ein.

Als er auf die Straße hinausging, strich ihm der Wind sanft über das Gesicht. Doch die Milde dieses Maiabends kümmerte ihn nicht.

Er winkte ein Taxi heran.

Zu Hause angekommen, legte er Thomas sofort ins Bett. Jeremy war erregt. Im Taxi hatte ihn ein Gedanke gepackt und nicht mehr losgelassen. Er wusste nicht, ob er gut war, aber er wollte sein Glück versuchen.

Im Arbeitszimmer fand er schnell das Scheckheft und die Brieftasche, nahm die Hausschlüssel und ging hinaus. Draußen lief er die Straße entlang bis zu einem Laden, auf dessen Schild »Foto-Video« stand. Als er im Vorbeifahren vom Taxi aus das Ladenschild gesehen hatte, war ihm die Idee gekommen. Er betrat das Geschäft und steuerte direkt die Videokameras an.

»Kann ich Ihnen helfen?«, fragte der Verkäufer.

»Ich möchte eine Kamera kaufen.«

»Möchten Sie ein bestimmtes Model?«

»Ich nehme die da«, sagte er, mit dem Finger auf eine Kamera deutend. »Erklären Sie mir nur, wie sie funktioniert.«

Thomas war tief und fest eingeschlafen. Jeremy hatte im Krankenhaus angerufen und von einer Krankenschwester erfahren, dass auch Simon friedlich schlief. Dann hatte er sich sofort mit der Inbetriebnahme und den Einstellungen der Kamera beschäftigt. Das hatte lange gedauert, nun war er müde.

Er setzte sich in den Sessel. Sein Bild erschien auf dem Fernsehbildschirm. Er überprüfte, ob er vollständig im Bild war, drückte auf den Aufnahmeknopf und begann zu sprechen.

»Victoria, diese Aufnahme ist für dich bestimmt. Sie ist vielleicht die Lösung unserer Probleme. Ich hoffe es von Herzen. Ich hab eine solche Angst, euch drei zu verlieren.

Ich möchte damit beginnen, meine Geschichte so zu erzählen, wie ich sie erlebt habe.

Am 8. Mai 2001 habe ich einen Selbstmordversuch gemacht. An meinem zwanzigsten Geburtstag. Aus Liebe zu dir. Heute finde ich diese Tat idiotisch, auch wenn sie dich paradoxerweise zu mir geführt hat.

Am 8. Mai 2002, als ich die Augen aufschlug, warst du bei mir. Welche Überraschung! Ich hatte den Eindruck, direkt nach meinem Selbstmord aufgewacht zu sein. Das war ein schwerer Schock für mich. Ein ganzes Jahr des Zusammenlebens mit dir war mir entgangen. Ein so wichtiges Jahr!

Am Abend sind wir ins Krankenhaus gefahren. Als ich im Zimmer allein zurückblieb, fühlte ich, wie mich Müdigkeit überwältigte. Mein Körper wurde taub. Ich dachte, ich würde einschlafen, aber das war es nicht. Es war mehr als Müdigkeit. Ich konnte mich nicht mehr bewegen, das Atmen fiel mir schwer. Und bei mir… Es wird dir schwerfallen, mir zu glauben, aber… bei mir war dieser betende Mann. Ein alter Mann mit einem weißen Bart. Ich hatte Angst, furchtbare Angst. Er schien so irreal und zugleich so greifbar nah. Er sprach das Kaddisch, das Totengebet, mit Inbrunst und Verzweiflung.«

Die Erinnerung an den alten Mann ließ ihn vor Bewegung innehalten. Er wusste, dass er diese Szene wahrscheinlich sehr bald würde wieder erleben müssen, und der Gedanke daran entsetzte ihn. Er schob ihn weg und fuhr fort.

»Als ich das nächste Mal aufwachte, war 8. Mai 2004. Zwei Jahre waren vergangen! Neben mir lag ein Baby, und ich kannte es nicht. Kannst du dir meine Überraschung, meine Verwirrung vorstellen? Ich habe es bald aufgegeben, mit meinem kranken Hirn eine logische Erklärung zu finden. Meine Mutter hatte immer gesagt, dass man nur mit guten Töpfen ordentlich kochen kann. Meine Mutter…«

Er lächelte traurig.

»Wie entsetzlich war es festzustellen, welches Leid ich meinen Eltern zugefügt habe! Ich liebe sie unendlich. Natürlich war mein Selbstmordversuch kein Liebesbeweis, sicher nicht. Aber besonders unbegreiflich war mein Verhalten nach dieser dummen Tat. Ich bin so grausam gewesen! Als ich Mama wiedersah, verstand ich, dass ich sie unglücklich gemacht hatte … Und Papa war nicht gekommen, wollte mich nicht einmal sehen … Ich dachte, nachdem mir all dies bewusst geworden war, könnte ich alles wieder gutmachen, könnte mich ändern, ihre Liebe wiedergewinnen.«

Seine Stimme versagte. Er atmete tief durch und fuhr fort.

»Am Abend legte ich mich hin. Ich öffnete das kleine Psalmenbuch, das du mir geschenkt hattest. Ich gestehe, dass ich nicht verstand, warum ich mich über dieses Geschenk hätte freuen sollen. Ich fühlte mich noch nie von Religion angezogen. Du warst in der Küche. Die Lektüre einiger Psalmen ermüdete mich. Mehr noch. Sie hat mich verstört und mich in einen Zustand tiefen Unwohlseins versetzt, das ich nicht mehr abschütteln konnte. Ich hatte wieder dieses Gefühl, in einen Abgrund zu gleiten. Und wieder hörte ich eine Stimme leise, aber mit Nachdruck beten. Er war da, der alte Mann, in sein Gebet versenkt, die Augen geschlossen, er unterstrich jedes Wort mit einer Geste. Wie war er ins Haus gekommen? Ich wollte dich rufen, konnte es aber nicht. Ich wurde panisch. Ich war dabei, einzuschlafen und dich mit diesem alten Irren allein zu lassen.«

Nur mit Mühe konnte er den Satz beenden. Seine Stimme wurde schwächer.

»Da siehst du's, ich fühle schon, wie es wieder anfängt. Das Atmen wird schwerer, meine Glieder werden steif. Ich schwitze. Aber ich muss es zu Ende bringen.«

Er holte tief Luft.

»Als ich wieder aufwachte … war es … heute Morgen. Keine Erinnerung an die vergangenen sechs Jahre. Ich machte mich nach und nach mit meiner neuen Realität bekannt.

Zu den guten Nachrichten gehörte die Entdeckung, dass ich Vater eines weiteren kleinen Jungen war. Es sieht so aus, als sei es das Einzige, das mir gelingt.

Die Seite der unerfreulichen Nachrichten war eine Liste, aus der man leicht ein Drehbuch für eine brasilianische Seifenoper machen könnte: Du hast mich verlassen. Du liebst mich nicht mehr. Mein ältester Sohn verabscheut mich. Meine Eltern haben sich von mir losgesagt. Mein bester Freund verachtet mich. Alles das, weil ich mich den Menschen gegenüber, die ich liebe, wie ein Schwein verhalte. Welche Verirrung! Und jetzt der Gipfel des Zynismus: Es scheint, dass ich gern Gedächtnisschwund vortäusche, wenn es für mich von Vorteil zu sein scheint!«

Er fühlte, wie ihn die Kräfte verließen, er rang um Konzentration. Er musste fertig werden! Er starrte entschlossen in die Kamera.

»Victoria, du musst mir glauben! Ich spiele dir nichts vor. Ich weiß wirklich nicht, was mit mir passiert. Wie auch immer, tu, worum ich dich jetzt bitten werde.

Ich bin krank, Victoria. Es gibt keine andere Erklärung. Ist es eine Form der Schizophrenie oder eine Art geistige Verwirrtheit? Ich weiß es nicht. Und deshalb bitte ich dich, mich einweisen und behandeln zu lassen. Als Beweise meiner Krankheit hinterlasse ich dir diese Kassette und einen Brief auf dem Schreibtisch.

Wenn ich morgen wieder zu der Person werde, die mein Leben, die unser Leben zerstört, werde ich mich sicher gegen die Einweisung wehren. In dem Fall benutze die beiden Beweise gegen mich. Tu es, ich flehe dich an! Wenn du nicht mehr an unsere Liebe glaubst, dann tu es für mich. Ich kann diesen Albtraum nicht weiter leben. Und vor allem, glaube nichts von dem, was ich dir dann sagen werde. Ich bin ein Lügner.«

Jeremy ließ sich in den Sessel zurückfallen. Vielleicht war er nicht mehr im Aufnahmefeld der Kamera, aber das war ihm gleich. Er hatte gesagt, was er zu sagen hatte. Die Befriedigung darüber wurde schon bald durch Angst abgelöst. Entsetzen, fast schon Panik, erstickte ihn. Er würde sterben, wieder einmal, und den alten Mann aus seinen Albträumen wiedersehen.

»Victoria … ich werde gleich eingeschlafen sein«, keuchte er. »Siehst du … hier hast du den Beweis meiner … Liebe. Ich tue es für dich … für die Kinder … auch für meine Eltern … Es ist ein Verrückter, der euch … weh getan hat … nicht der, den ihr … geliebt habt …«

Er fuhr zusammen, drehte den Kopf nach rechts.

Seine Worte waren jetzt kaum zu verstehen.

»Ich höre ihn … Victoria … das Gebet … er ist hier … genau vor mir.«

Er weinte wie ein kleines Kind.

»Er ist hier … Victoria … Ich habe Angst … Ich habe solche Angst … Schon wieder das Totengebet … Warum? … Warum? … Was wollen Sie von mir? Was will er, Victoria? Ich bin verrückt, Victoria … verrückt … Ich … liebe dich …«

KAPITEL 5

Es war ein kleines Appartement. Ein winziges Zimmer, einfach möbliert, mit einer kleinen Küchenzeile. Die weißen Wände nackt. Jeremy war überrascht, wie unglaublich unordentlich und dreckig alles war. Er kniff die Augen zusammen und sah Kleidungsstücke neben sich auf dem Bett auch auf dem Fußboden, Pizzareste, schmutzige Gläser, Bierdosen und Alkoholflaschen auf dem Couchtisch und auf dem Teppichboden, auf Papptellern ausgedrückte Zigarettenkippen… Er fühlte eine Enge in der Brust. Ein Unwohlsein, das sich weder aus der Beengtheit des Raums noch aus dem Chaos erklärte. Er hatte lediglich begriffen, dass dieser neue Morgen anders verlaufen würde, in einer neuen Situation, mit neuen Problemen. Er hatte vor, wieder einzuschlafen, um sich dieser Realität zu entziehen, als er aus dem ekelerregenden Geruchsgemisch aus Lebensmittelresten und kaltem Rauch ein starkes, sehr würziges Frauenparfum herausroch. Ein mit Spitze besetzter Stoff guckte aus den Falten der Bettdecke hervor. Der Anblick eines schwarzen Büstenhalters versetzte ihm einen Schock. Er setzte sich auf den Bettrand, legte sein Gesicht in die Hände und stöhnte auf.

›Es ist nicht mein Haus. Eine Frau hat mit mir in diesem Bett geschlafen, und es war nicht Victoria.‹

Er hätte am liebsten laut aufgeheult, aber er hielt sich zurück. Er wusste mittlerweile, wie er mit der Prüfung umzugehen hatte. Er wusste, dass er es sich nicht erlauben konnte, den Kopf zu verlieren. Er musste diesen neuen Tag geduldig und nüchtern auf sich zukommen lassen.

›Ich werde so tun, als lebte ich einen Traum. Einen Traum, auf den ich keinen Einfluss habe. Ich werde jedes Ereignis besonnen angehen, mich allen Launen der Geschichte beugen, mich treiben lassen. Vielleicht werde ich sogar angenehm überrascht, wer weiß?‹ Er schaute auf seine linke Hand und war erleichtert festzustellen, dass er immer noch seinen Ehering trug.

›Hatte sie mich einweisen lassen? Wenn ja, hat es nichts gebracht. Wo ist sie? Wie steht es um uns?‹

Er dachte an Thomas, an Simon, ans Krankenhaus. Wie lange sind diese Erinnerungen her?

Er stand auf und öffnete den Kleiderschrank. Er besaß mehrere Anzüge, ein Dutzend Hemden, zwei Paar Schuhe. Einige Kartons bedeckten den Boden des Kleiderschranks. Er wollte sie gerade unter die Lupe nehmen, als eine Frauenstimme ihn zusammenzucken ließ.

»Was suchst du?«

Er drehte sich um, sah Clotilde, lächelnd, mit rosigen Wangen. Sie war gerade zur Tür hereingekommen und hielt ein Baguette und eine Platte mit süßen Frühstücksteilchen in der Hand.

Er antwortete nicht, starr vor Staunen.

»Wieso starrst du mich so an? Habe ich dich erschreckt? Du siehst aus wie ein Lausebengel, den man beim Durchwühlen der Sachen seines Vaters erwischt hat!«

Sie lachte und ging in die Küche.

»Ich mache mal Frühstück, während du deine Kriegskasse begutachtest. Aber erwarte nicht zuviel, denn, wenn man bedenkt, wie sie eingepackt ist …«

Jeremy blieb wie erstarrt in der Hocke.

›Nein! Das ist unmöglich! Nicht das! Nicht sie!‹

Er schaffte es, aufzustehen und setzte sich aufs Bett. Sie kam ins Zimmer zurück.

»Der Kaffee ist aufgesetzt. Später werde ich ein bisschen aufräumen. War eine verdammt gute Party gestern, nicht?«

Er antwortete nicht, schwankte zwischen Traurigkeit und Entsetzen.

»Okay, okay. Du bist wohl noch nicht ganz bei dir. Soll ich dich vielleicht massieren?«

Sie kam näher und setzte sich hinter ihn aufs Bett. Sie schob ihn leicht und ließ ihn sich auf dem Bauch ausstrecken.

»Na komm schon, entspann dich. Ja, so. Mann, bist du verkrampft!«

Jeremy ließ es zu. Er hatte weder den Willen noch die Kraft, Widerstand zu leisten. Er fühlte sich wie eine Marionette in einem grotesken Stück.

Sie setzte sich rittlings auf sein Gesäß und ließ die Hände über seinen Rücken gleiten.

»Der besoffenste von allen war ja gestern wohl Bruno«, plauderte sie. »Der hat vielleicht einen Stuss erzählt! Also ich persönlich fand das überhaupt nicht lustig. Diese hirnverbrannten Machowitze! Der Typ hat mit Sicherheit Potenzprobleme, da kannst du von ausgehen. Hat er wirklich geglaubt, mit seinem schrägen Humor und seinem Kneipenatem Sylvie ins Bett locken zu können? Sie hat ihn in null Komma nichts abserviert! Dafür hat sie sich mächtig ins Zeug gelegt, um den schönen Charles rumzukriegen. Nur, seitdem er vom andern Ufer ist, reagiert er überhaupt nicht mehr auf Frauen. Weißt du, ich hätte gedacht, dass ein Typ nach dreißig Jahren recht aktiver Heterosexualität – was man so hört, soll er ja ein ziemlich wilder Rammler gewesen sein – zumindest bisexuell wird. Aber nein, jetzt steht er ausschließlich auf Männer! Ist es gut so? He, du könntest mir wenigstens antworten!«

Jeremy hörte Clotilde nicht zu. Er war sprachlos und unfähig, sich zu erheben. Er wünschte, sie würde schweigen und verschwinden.

Sie legte sich auf seinen Rücken.

»Möchtest du lieber eine Ganzkörpermassage? Das könnte dir vielleicht helfen, dein … affektives Potential wiederzufinden … Ich habe nicht vor, mich mit dem gestrigen Fiasko zufriedenzugeben!«

Sie küsste ihn in den Nacken und auf den Rücken.

Diese Küsse empörten ihn. Er drehte sich heftig um, und Clotilde fiel auf die Seite.

»Steh auf und verschwinde!«, schrie er und richtete sich auf.

Sie starrte ihn entgeistert an.

»Hast du sie nicht alle oder was?«, fragte sie mit einer Stimme zwischen Verblüffung und Ärger.

»Raus hier!«

»Was ist denn los? Bist du krank? Ist es, weil ich dein kleines Problem von gestern angesprochen habe? Das war nur Spaß … du warst betrunken … das ist alles … schließlich kenne ich dich gut genug, um …«

»Raus!«

Clotilde wich erschrocken zurück. Dann, durch ihre Wut über diese Demütigung angetrieben, stand sie auf und bot ihm die Stirn.

»Was glaubst du eigentlich, wer du bist?«, schrie sie in Rage. »Glaubst du, du kannst mir Angst machen? Glaubst du vielleicht, dass du mich herumschubsen kannst? Ich bin keine dieser kleinen Schlampen, die du in den Kneipen aufliest und die du bezahlst, damit sie verschwinden, sobald du mit den Fingern schnippst.«

Jeremy antwortete nicht. Diese Szene interessierte ihn nicht mehr. Clotilde sah in seinem Schweigen ein Zeichen von Schwäche.

»Du widerst mich an. Armer Irrer!«, warf sie ihm voller Verachtung an den Kopf. »Ich gehe. Deine Frau hat Recht. Du bist verrückt! Ja, komplett durchgeknallt! Und wag es ja nicht, mich anzurufen, um dich zu entschuldigen. Diesmal komme ich nicht zurück!«

Sie stürmte hinaus und knallte mit der Tür.

Jeremy ließ sich aufs Bett fallen.

›Ich habe Victoria betrogen. Mit der Frau von Pierre. Ich habe alles verloren. Alles verloren. Ich habe mich nicht geändert. Mein Plan ist schiefgegangen. Ich bin nicht geheilt. Ich bin immer noch krank. Ich bin verrückt. Ich bin verrückt.‹

Die letzten Worte schrie er laut, griff nach den Gläsern auf dem Tisch und schleuderte sie gegen die Wand.

»Ich bin verrückt, verrückt«, schluchzte er und brach auf dem Bett zusammen.

Er hörte das gurgelnde Geräusch des überlaufenden Espressokochers, es roch nach verbranntem Kaffee.

Er verspürte Hunger wie schon bei den anderen Malen. Aber angesichts seiner Tragödie erschien er ihm als bedeutungslos.

Dann lächelte er bitter, als ihm ein seltsamer Gedanke kam.

›Ich bin unglücklich, ja. Aber, schließlich bin ich nur dann und wann einige Stunden lang unglücklich, dann nämlich, wenn mir meine Krankheit bewusst wird. Den Rest meines Lebens bin ich ein glücklicher Mensch. Ein Mistkerl, ein erbärmlicher Ehemann, ein schlechter Vater, aber ein Mann, der sein Leben lebt, wie er es für richtig hält. Vielleicht sollte ich mich damit zufriedengeben? Ich brauche nur zu warten, bis dieser Tag zu Ende geht, um mein Leben voller Ausschweifung wieder aufzunehmen.‹

Aber damit konnte er sich nie zufriedengeben. Er musste Bescheid wissen. Nicht zu verstehen bedeutete Höllenqualen. Und er hatte eine Idee.

Er ging zum Wandschrank und setzte die begonnene Untersuchung fort. Ein Karton enthielt Dokumente. Auf einem Aktenordner las er das Wort »*Scheidung*« und es versetzte ihm einen Stich.

Er schlug ihn auf und fand einen Brief des Anwalts, der auf den 4. Januar 2012 datiert war.

›Wenn mein Bewusstsein wieder an einem 8. Mai wiedergekommen ist, dann war meine letzte Krise vor mindestens zwei Jahren‹, sagte er sich und suchte zwischen den juristischen Formulierungen nach Informationen.

»... Herr Jeremy Delègue ist aus der gemeinsamen Wohnung vor mehr als sechs Monaten ausgezogen. Er hat es seitdem nicht für nötig befunden, sich nach seiner Gattin oder seinen Kindern zu erkundigen ...

Wenn es auch richtig ist, dass Herr Delègue seiner Gattin einen Betrag von zehntausend Euro zukommen hat lassen, so geschah dies erst nach zu diesem Zweck eingelegten Rechtsmitteln ...

... Herr Delègue hat eine lange Behandlung in der psychiatrischen Anstalt Sainte-Anne in Paris erhalten. Die Einweisung war auf seinen Wunsch erfolgt (vgl. Anlagen 3 und 4), mit der Begründung erheblicher mentaler Störungen. Der Bericht des Arztes, der ihn aufgenommen und während dieser sechs Monate der Behandlung begleitet hat, spricht für sich. Er besagt, dass Herr Delègue ein seltenes mentales Leiden hat, das sich in einer Persönlichkeitsdoppelung manifestiert …

Er stellt ebenfalls fest, dass Herr Delègue über eine überdurchschnittliche Intelligenz verfügt, die er dazu benutzt, sein Umfeld zu manipulieren …

… Herr Delègue durfte die Anstalt am 2. Oktober 2010 verlassen, nachdem bedeutende Fortschritte festgestellt worden waren, und unter der Bedingung, die Behandlung weiter fortzusetzen …

… Seine Gattin, die ihm während seiner Behandlung beigestanden hat, nahm ihn herzlich wieder auf …

… Zwei Wochen danach setzte Herr Delègue seine Medikamente ab. Er kehrte zu seinen alten Angewohnheiten zurück: nächtliche Ausgänge, übermäßiger Alkoholgenuss, verbale Attacken …«

Die restliche Korrespondenz belegte im Detail die Prozedur der von Victoria eingereichten Scheidung.

Jeremy war am Boden zerstört. Sein Albtraum hatte die befürchtete tragische Wendung genommen.

Ihre gemeinsame Geschichte war zu Ende. Victoria wollte ihn nicht mehr. Und doch gab es etwas Positives, das er den Unterlagen entnahm: Sie hatte an seine Geschichte geglaubt, hatte versucht zu kämpfen, mit ihm zusammen, gegen die Krankheit. Aber sie hatte aufgeben müssen und heute kämpfte sie gegen ihn.

›Sie hat mich wieder aufgenommen. Sie hatte noch Hoffnung, dass ich mich ändern könnte. Zu dem Zeitpunkt liebte sie mich noch. Welch eine grausame Enttäuschung muss es für sie gewesen sein, mich in diesen Wahnsinn zurückfallen zu sehen! Und für die Kinder erst! Sie müssen mich hassen.‹

Plötzlich hörte er ein Klopfen an der Tür. Sein erster Impuls war, die Tür zu öffnen, aber, als er im Begriff war den Türknauf zu drehen, zögerte er. Was würde er noch alles in Erfahrung bringen?

Er beschloss, sich dem Schicksal zu ergeben, und öffnete die Tür.

»Na endlich! Hast du gepennt oder was?«

An den Türrahmen gelehnt, versuchte ein junger Mann gerade wieder zu Atem zu kommen. Er trug eine ausgewaschene Jeans, ein T-Shirt mit der Aufschrift *be mine* und silbergraue Tennisschuhe. Er hatte langes braunes Haar mit Spuren alter Blondierung. Er ging zum Bett und ließ sich darauf fallen. Er streckte sich aus, warf die Arme von sich und schaute zur Decke.

Jeremy war wie angewurzelt an der offenen Tür stehen geblieben.

»Was is? Mach die Tür zu! Wie lange willst du da noch rumstehen?«

Jeremy gehorchte, blieb aber an die Tür gelehnt stehen.

Der junge Mann keuchte immer noch.

»O Mann! Du wirst es nicht glauben, was mir passiert ist! Die Polizei hat mich beschattet. Irgendeiner muss ihnen was gesteckt haben!«

Er stützte sich jetzt auf den Unterarm, um seine Geschichte besser erzählen zu können.

»Stell dir vor! Ich geh aus dem Haus, cool und alles. Ich meine, wenn ich cool sage, dann heißt das, schon ein bisschen angefressen von deiner Party gestern. Ich hab sofort gemerkt, dass irgend etwas faul ist. Mein sechster Sinn, sag ich da nur. Also, ich gucke auf die andere Straßenseite und sehe zwei Typen in einem Auto. Mann! Nur Bullen warten zu zweit in einem Auto! Haben die eigentlich immer noch nicht kapiert, diese

Hornochsen, dass zwei Typen in einem Wagen irgendwie verdächtig aussehen? Okay, ich sag mir also: ›He, Marco, die wollen deinen Arsch.‹ Aber ich lass mir nichts anmerken, geh ganz cool weiter und bin am überlegen, wie ich am besten aus der Sache rauskomme.«

Aufgeregt sprang er auf und begann, die Szene darzustellen.

»Scheiße, Mann! Ich hatte für fünfzig Riesen Stoff bei mir! Kannst du dir das vorstellen? Also sag ich mir, ich hab keine Zeit zu verlieren, denn die beiden wollen bestimmt nicht freundlich nach meinen Papieren fragen. Die wollen mich drankriegen, das ist klar. Die haben einen Informanten, sag ich dir. Ich merke, wie sie in meinem Rücken den Wagen starten. Und auf einmal sag ich mir, das ist meine Chance. Die sind im Auto, und ich bin zu Fuß. Verstehst du? Wir sind in Montmartre! Alles klar? Die haben bestimmt gedacht, dass ich brav in meinen Wagen steige und sie zu meinem Kontaktmann führe. Träumt mal schön weiter! Also biege ich nach rechts ab und laufe die Treppen vor Sacré-Cœur runter. Zweihundertsechsunddreißig Stufen! Das überlegt man sich im Auto zweimal! Und nachdem ich die runtergehechtet bin, tauche ich in eine kleine Straße weg, die kenne ich wie meine Westentasche. Wenn du mich fragst, waren die da gerade erst aus ihrer Karre ausgestiegen. Mann, diese Idioten!«

Er brach in ein hysterisches Lachen aus und schaute kopfnickend zu Jeremy hinüber.

»Was ist? Du sagst nichts? Mach dir mal keinen Kopf, das ist schon eine ganze Weile her. Keiner ist mir gefolgt, da bin ich mir sicher.«

Er setzte sich wieder aufs Bett und wurde ernst.

»Ja, und wegen dieser Sache wollte ich dich um einen Gefallen bitten. Ich kann damit nur zu dir kommen. Du bist in Ordnung. Du bist ein echter Kumpel, nicht? Und du wirst mich nicht reinlegen. Jedenfalls nicht für Kohle, weil du davon ja genug hast, wie es scheint!«

Er hielt die Augen gesenkt und wartete auf ein aufmunterndes Wort, bevor er fortfuhr. Jeremy konnte nicht weiter so da stehen, ohne ein Wort. Er konnte ihm aber auch nicht sagen, dass er nichts verstand, dass er ihn nicht kannte.

Er beschloss, sich auf das Spiel einzulassen. Später war immer noch Zeit genug, das Ganze zu verstehen.

»Und was erwartest du jetzt von mir?«, fragte er gelassen.

»Na ja, ich kann nicht wieder zurück nach Hause mit dem ganzen Stoff bei mir. Wenn sie mich damit erwischen, bin ich reif für den Knast. Deshalb wollte ich das Zeug… bei dir lassen. Dann gehe ich nach Hause. Wenn sie da sind, werden sie mich mitnehmen und versuchen, mich weichzukochen. Aber da können sie lange warten. Wenn ich die Wahl habe zwischen dem Knast und den Leuten von Stako, dann gehe ich lieber in den Knast, das schwör ich dir. Und außerdem, wenn ich nichts sage und nichts bei mir habe, werden sie mich bald wieder gehen lassen müssen. Ich werde dann Stako ausrichten lassen, einen seiner Chorknaben wegen der Ware bei dir vorbeizuschicken.«

»Und warum sollte ich das alles für dich tun?«

Marco machte ein erstauntes Gesicht.

»Warum? Weil du ein Kumpel bist. Weil ich so einiges für dich getan habe, als du in der Klapse warst. Ich dachte, das wäre klar.«

Jeremy hatte also Umgang mit Kriminellen! Er war ihr Freund, ihr Komplize.

Ein leichtes Zittern durchlief ihn, und er musste sich das Lachen verkneifen. Ein Lachen, das, wenn es einmal ausgebrochen wäre, sich bestimmt bald in Schluchzer verwandelt hätte.

»Okay! Einverstanden. Lass mir den… Stoff hier«, sagte er leichthin.

»Cool. Du bis in Ordnung, Jem.«

Jeremy lächelte, als er die verkürzte Form seines Namens hörte. Ein Abbild dieses Lebens, das er gerade entdeckte. Bedeutungslos und grotesk.

Der junge Dealer schob die Hände unter sein T-Shirt und zog zwei Pakete mit weißem Pulver hervor.

»Du kannst mal probieren, der Stoff ist supergeil. Aber übertreib nicht. Nicht, dass du mir die Hälfte wegschniefst oder eine Party auf meine Kosten schmeißt! Es sei denn, du willst deine Rechnung mit Stako begleichen«, sagte er und konnte den gierigen Blick von seiner Ware nicht abwenden. »Mann, immerhin ist das Stoff für fünfzig Riesen!«

Dann riss er sich zusammen.

»Okay, ich hau ab.«

Er stand auf und reichte Jeremy die beiden Pakete.

»Versteck sie. Lass sie nicht rumfliegen. Bei dem ganzen Gesocks, das hier ein und aus geht. Morgen wird dich jemand von Stako anrufen. Ach ja, und damit du sicher bist, dass das der richtige Typ ist, wird er dich nach dem Ergebnis des Spiels Lyon gegen Paris Saint-Germain fragen«, sagte er, in hysterisches Lachen ausbrechend. »Ich liebe es. Das hat so einen Touch von schlechten Gangsterfilmen.«

Als der junge Mann die Tür wieder hinter sich geschlossen hatte, fühlte sich Jeremy furchtbar allein, inmitten einer unglaublichen Geschichte, in der er sich nur als Opfer sehen konnte.

Seinem Wahnsinn konnte er nur den Teil seines Verstandes entgegensetzen, der noch zu funktionieren schien. Er wusste, dass sein geistiges Gleichgewicht instabil war. Er hatte nicht viel Zeit. Einige Stunden nur. Einige Stunden Vernunft, um einige Jahre des Wahnsinns auszugleichen. Er konnte sich nicht damit abfinden, Victoria und die Kinder kampflos aufzugeben. Er musste seine Gedanken ordnen. Seine Geschichte wieder aufgreifen und nach Anhaltspunkten suchen. Er hatte eine Eingebung, er musste der einzigen Spur nachgehen, die er hatte. Mit deren Hilfe er sich wiederfinden oder verlieren würde.

Er war vor dem Haus angekommen. Er hatte sich die Adresse gemerkt, die Thomas ihm an dem Tag von Simons Verletzung genannt hatte.

Er lief unschlüssig einige Schritte hin und her, bevor er endlich an der Gegensprechanlage klingelte.

»Ja?«

Trotz des metallischen Klanges, wusste er sofort, dass es nicht Victorias Stimme war, sondern die einer älteren Frau.

»Ich möchte gern mit Victoria sprechen.«

Einige Sekunden verstrichen, während seine Gesprächspartnerin zu überlegen schien.

»Sie ist nicht da.«

»Ich muss mit ihr sprechen. Wo ist sie?«

»Ich weiß es nicht. Auf Wiedersehen!«

»Warten Sie!«

Die Verbindung wurde unterbrochen.

Jeremy bedauerte, keinen Wohnungsschlüssel zu haben. Victoria hatte sicherlich per Gerichtsbeschluss erwirkt, dass er ihn zurückgeben musste.

Er nahm das Handy, das er in seinem Zimmer gefunden hatte, und durchlief die Namen der Liste. Außer Clotilde und Pierre kannte er keinen einzigen. Schließlich fand er die Handynummer von Victoria.

Nach dem fünften Klingeln schaltete sich der Anrufbeantworter ein. Die sorglose Stimme Victorias brachte ihn aus der

Fassung, und er musste an die noch so präsenten Tage denken, an denen aufwachte und mit ihr glücklich war.

Er holte tief Luft, um sich zu beruhigen und eine zusammenhängende und überzeugende Nachricht hinterlassen zu können.

»Victoria, hier ist Jeremy. Ich rufe an, weil du die Einzige bist, die verstehen kann, was ich dir jetzt sagen werde. Ich habe wieder eine meiner Krisen. Eine dieser Krisen, die mich in die Lage versetzen, die Ungeheuerlichkeiten, die ich zu verantworten habe, bewusst zu begreifen. Ich weiß, dass du mir noch glauben kannst. Wie beim letzen Mal, als du meiner Bitte gefolgt bist und mich hast einweisen lassen. Ich weiß auch, dass es nicht funktioniert hat und dass ich die Behandlung abgebrochen habe. Ich habe die Briefe deines Anwalts gelesen. Ich weiß nicht, was heute noch von deinen Gefühlen und deinem Willen, mir zu helfen, übrig geblieben ist. Ich möchte bloß eine Erklärung. Ich möchte wissen, was am Tag nach meiner Videoaufnahme passiert ist. Ich möchte auch gern die Kassette zurückhaben. Es tut mir sehr leid für alles, was ich dir angetan habe. Ruf mich zurück. Oder triff dich mit mir. Nur um zu reden. Ich bin im Café gegenüber unserer Wohnung. Deiner Wohnung.

Ich werde warten. Lass mich nicht im Stich.«

Er wusste, dass Victoria sich melden, ihn nicht aufgeben würde, dass sie zwischen dem Ungeheuer, das sie leiden ließ, und dem Menschen, der er gewesen war und den sie geliebt hatte, zu unterscheiden wüsste, dass sie verstehen würde, dass sie beide das Opfer ein und desselben Mannes waren.

Er betrat das kleine Café mit der verblassten Fassade und setzte sich hin, mit Blick auf die Straße. Nach einiger Überlegung hatte er einige Zusammenhänge in das Chaos aus Bildern und

Worten hineinbringen können. Vielleicht war er auf der falschen Spur, aber dennoch war es der Mühe wert, ihr zu folgen. Und sei es nur, um weiter hoffen zu dürfen.

Er bestellte einen Kaffee. Der Cafébesitzer stellte ihn mit einem aggressiven »Bitt'schön, Herr Delègue« vor ihm ab. Offenbar gehörte er nicht zu seinen Lieblingskunden.

Jeremy schaute sich um. Der Alltag nahm keine Notiz von seiner persönlichen Tragödie. Ein älteres Ehepaar, in Schweigen gehüllt, fragte sich, womit es diesen neuen Tag ausfüllen sollte. Eine Studentin mit blonden Haaren hatte sich an ihrem Kaffee die Zunge verbrannt und fluchte leise. Eine Frau gab sich lächelnd ihren offensichtlich angenehmen Tagträumen hin, während ihr Blick an der reflektierenden Tischbeschichtung hing. Ein Mann mit einem festgefroren wirkenden freundlichen Ausdruck im Gesicht saß am Tresen und ließ seine Blicke schweifen, offenbar in der Hoffnung, einen anderen Gast ins Gespräch verwickeln zu können. Eine Frau mit einem vernachlässigten Äußeren starrte in ihr Weißweinglas. Ein leitender Angestellter in einem gutsitzendem Anzug war in die Lektüre eines Sportjournals vertieft.

Er hatte den Eindruck, ein unsichtbarer Beobachter eines Alltags zu sein, dem er nicht mehr angehörte.

Er wusste immer noch nicht, in welchem Jahr er aufgewacht war. Obwohl diese Information nicht wirklich von Bedeutung war, gab er seiner Neugierde nach, und, als er die an Holzklemmen aufgehängten Tageszeitungen sah, stand er auf, um sich eine davon zu holen.

8. Mai 2012. Er registrierte diese Information emotionslos, dann überflog er die Artikel. Er war endgültig nicht mehr von dieser Welt.

Zwei Stunden waren vergangen, als ein Taxi vor dem Café hielt. Der Fahrer trat ein und warf dem Cafébesitzer eine Frage zu: »Gibt's hier einen Herrn Delègue?«.

Mit einer Kopfbewegung zeigte dieser auf den Tisch, an dem Jeremy saß.

»Herr Delègue?«, fragte der Taxifahrer. »Ich habe hier ein Päckchen für Sie.«

Jeremy griff schnell danach. Nur sie konnte wissen, dass er hier war.

»Woher kommen Sie? Wer schickt Sie? Wo haben Sie dieses Paket abgeholt?«, fragte er fiebrig.

»Das darf ich Ihnen nicht sagen«, antwortete der Fahrer argwöhnisch. »Ich liefere aus, das ist alles. Und wenn der Auftraggeber keinen Namen auf das Paket schreibt, habe ich nichts weiter dazu zu sagen.«

»Sagen Sie mir, woher Sie kommen!«, rief Jeremy und sprang auf.

»He! Reden Sie mit mir nicht in diesem Ton!«

Jeremy bereute sogleich, seine Stimme erhoben zu haben. Er zwang sich, seine Zähne nicht zusammenzupressen, entspannte die Gesichtzüge und versuchte es noch einmal mit einer sanfteren Stimme.

»Entschuldigen Sie bitte. Es ist, weil es um meine Frau und meine Kinder geht und … Wir haben uns gestritten … Ich würde sie gern sehen, mit ihr sprechen …«

Der Taxifahrer wurde wieder milder.

»Ja, ist schon gut, aber in der Zentrale hat man mir ausdrücklich gesagt, dass ich nichts sagen soll. Auf Wunsch der Kundin, und Vorschrift ist Vorschrift. Ich werde meinen Job nicht für einen Ehekrach aufs Spiel setzen. Na denn, einen schönen Tag noch!«

Jeremy überlegte, ob er aufstehen sollte, ihm folgen, um ihn weiter auszufragen. Er hätte sie so gern einfach nur gesehen, sie aus der Ferne beobachtet. Aber er entschied widerwillig, Victorias Wunsch zu akzeptieren.

Er riss schnell das Päckchen auf. Es enthielt einen Brief und die Kassette, die er vor zwei Jahren aufgenommen hatte.

Jeremy,

dieser Brief richtet sich an den, den ich geliebt und verloren habe. Vielleicht an dich, Jeremy. Wenn es einer deiner ehrlichen Tage ist, wirst du mich verstehen. Wenn nicht, werden dir diese Worte lächerlich vorkommen. Wahrscheinlich wirst du dich sogar über mich lustig machen, über meine Vorsichtsmaßnahmen, meine Angst.

Ich möchte nicht mit dir sprechen, ich möchte dich nicht sehen. Es ist zu schwer für mich, Jeremy. Du musst wissen, allein schon diesen Brief zu schreiben, ist für mich eine Prüfung. Wem schreibe ich gerade? Was soll ich schreiben? Was soll ich dir erzählen? Soll ich alle Vorsicht vergessen? Wie wirst du diesen Brief morgen lesen? Wirst du ihn bei der Scheidung gegen mich verwenden? Du bist sehr wohl dazu fähig, mich als eine Verrückte darzustellen. Du siehst also, ich schreibe den Brief am Computer und ich werde ihn nicht unterschreiben. Ich bin dazu gezwungen, einen oder zwei Züge vorauszudenken, nicht um dich zu schlagen, denn du wirst immer stärker sein als ich, sondern um mich zu schützen.

Ich kann so nicht weiterleben. Ich kann mich nicht um deine mentale Instabilität kümmern. Es ist sicher hart für dich, das zu hören. Denn heute weißt du nichts von dem, was uns passiert ist. Du erinnerst dich nur an die glücklichen Tage und diese besonderen Geburtstage. Du kennst noch nicht einmal deine Kinder.

Meine letzte Hoffnung war diese Kassette, Jeremy. Nachdem ich sie angeschaut und deinen Brief gelesen habe, war ich hin und her gerissen zwischen der Angst vor der mir anvertrauten Mission und dem Glück, zu wissen, dass der Mann, den ich einst geliebt hatte, noch irgendwo hinter der teuflischen Maske existierte.

Am Tag nach deiner Videoaufnahme habe ich alles in die Wege geleitet, um dich einweisen zu lassen. Du hast dich erbittert dagegen gewehrt. Du erinnertest dich nicht, die Aufnahme gemacht oder den Brief geschrieben zu haben. Ich musste zu gerichtlichen Mitteln greifen, um dich gegen deinen Willen einweisen zu lassen. Die Ärzte haben viel Zeit mit dir verbracht. Dein Fall passte in keines der klinischen Modelle. Und dann begann ich, an deine Heilung zu glauben, an die Möglichkeit eines neuen Glücks. Du hast dich behandeln lassen und du wurdest wieder vernünftig, aufmerksam, liebenswürdig. Also habe ich meine Erlaubnis gegeben, dass du deine Behandlung von zu Hause aus fortsetzen konntest, so wie du es wünschtest. Auch die Ärzte dachten, dass es dir guttun würde. Du bist wiedergekommen, und wir haben neue Hoffnung geschöpft, die Kinder und ich. Du hättest sie sehen sollen, wie sie sich um dich drängten. Vor allem Simon, denn, auch wenn Thomas neugierig war, blieb er doch sehr vorsichtig. Wir lernten wieder, eine Familie zu sein. Und dann hat alles wieder von vorn angefangen. Und wurde wieder zur reinsten Hölle. Einer Hölle, schrecklicher noch als die zuvor, denn ihre Flammen züngelten über die Narben der gerade erst verheilten Wunden. Ich begriff, dass du mit uns ein schändliches Spiel gespielt hast. Mit deinem Lächeln, deinen freundlichen Worten, deinen Posen eines verantwortungsbewussten Ehemanns und Vaters hast du dir ein wenig Atempause verschafft, Zeit, um dein Leben wieder zu organisieren, ohne uns. Welch ein jämmerliches und grausames Schmierentheater! Alles wurde schlimmer als je zuvor. So schlimm, dass ich Angst bekam, ich zitterte beim Klang deiner Stimme. Ich hatte Angst vor dem Vater meiner Kinder! Und meine Kinder hatten auch Angst vor ihm. »Hat er seine Medikamente eingenommen? Welche Lügen wird er uns diesmal auftischen? Kommt er heute Nacht nach Hause? Wird er wieder herumschreien?« Jeremy, du hast dich in den Windungen deines Gehirns verirrt. Intelligent und instabil zugleich. Entschlossen und ängstlich. Unbeherrscht und schweigsam. Du hast mich manchmal vor den Augen der Kinder »geschubst«. Ich hätte nie gedacht, dass wir einmal so weit kommen würden.

Daher, falls ich heute zu dem klardenkenden Jeremy spreche, habe ich eine schwer in Worte zu fassende, aber notwendige Bitte: Bleib von mir fern. Du bist krank. Finde einen Weg, dich heilen zu lassen, aber schließe mich aus deinem Leben aus. Zum Wohl deiner Kinder. Verzeih mir Jeremy, aber ich darf nur an sie denken. Ich muss sie beschützen. Ich habe alles getan, um dir aus deinem Albtraum herauszuhelfen, aber ich habe es nicht geschafft. Ich will es nicht mehr versuchen. Dazu habe ich nicht mehr die Kraft.

Er machte sich auf den Weg zu dem Laden, in dem er vor zwei Jahren die Videokamera gekauft hatte. Ein Feuerball fraß sich durch seinen Magen. Er hatte den Brief mehrfach gelesen, bevor er das Café verließ. Er verstand Victoria, nahm es ihr nicht übel. Sie hatte ihm geschrieben und die Kassette geschickt, allein das war schon eine Ermutigung. Zwischen den Zeilen hatte sie ihm eine Botschaft geschickt: wenn du wirklich der bist, für den du dich ausgibst, dann versuch es, versuch da rauszukommen.

›Ich habe sie gequält! Ich habe Victoria vor den Kindern misshandelt! Ich habe sie unglücklich gemacht! Ich muss es stoppen. Ich muss verstehen, ich muss mein Leben wieder an mich reißen.‹

Er betrat den Laden. Als der Verkäufer Jeremy erblickte, ging er sofort auf Abstand.

»Erkennen Sie mich?«

Der Verkäufer floh ängstlich hinter die Ladentheke, bog sich leicht nach hinten zurück, als ob er mit einem Schlag rechnete.

»Ja… ja… natürlich. Sie müssen verstehen, ich habe nichts Falsches getan. Man hatte mich gebeten, einen Brief aufzusetzen, mit der Bestätigung, dass Sie die Videokamera und die Kassette gekauft hatten. Ich habe nur die Wahrheit gesagt. Ich wusste nicht, wozu es benutzt würde. Glauben Sie mir.«

»Ja, schon gut. Sie haben richtig gehandelt. Ich…«

»Ich habe richtig gehandelt?«, fragte der Verkäufer ungläubig. »Ich habe richtig gehandelt? Das letzte Mal als Sie hier waren, haben Sie mir aber was anderes erzählt!«

»Ich muss mir diese Kassette jetzt sofort anschauen«, unterbrach ihn Jeremy so schroff, dass der Verkäufer sich wieder in sich zurückzog.

»Folgen Sie mir. Wir haben eine Kabine, in der Sie sich Ihre Kassette anschauen können.«

Er war in dem winzigen Raum allein. Der Verkäufer hatte das Videogerät eingeschaltet und beim Hinausgehen diskret die Tür hinter sich zugezogen.

Als Jeremy sich auf dem Bildschirm sah, fand er sich gealtert, erschöpft. ›Wie wird das wohl heute sein, nach zwei weiteren Jahren?‹

Der Anfang seiner Ansprache war klar verständlich. Sehr emotional vorgetragen, aber deutlich. Dann kam die Stelle, wo er zu ersticken begann. Er spürte am eigenen Leib die Qualen der Atemnot und ertappte sich dabei, schwer zu schlucken und heftig zu atmen, als wollte er seinem Bild helfen. Zweifellos würden diese Symptome heute Abend wiederkehren.

Dann kam die Stelle, auf die er gewartet hatte.

Er suchte den Bildschirm mit seinen Blicken ab, verstört durch den Anblick seines vor Angst verzerrten Gesichts. Greifbare, grausame Angst. Er sah sich zittern, tränenüberströmt, Schluchzer mischten sich mit seinem hechelndem Atem, er stieß tiefe und spitze, manchmal sogar durchdringende Laute aus.

»Ich höre ihn … Victoria … das Gebet … er ist hier … genau vor mir.«

Da war nichts. Und doch war er sich so sicher, dass dieser Mann bei ihm gewesen war. Aber er konnte ihn nicht hören, er sah ihn nicht.

›Was muss Victoria gedacht haben? Ich erzähle ihr etwas von einem Mann, der nicht zu sehen ist. Und doch hat sie mir geglaubt. Der Mann, den sie geliebt hatte, war nun nicht mehr als ein verwirrter Kopf.‹

Seine Spur endete in einer Sackgasse. Er hatte gehofft, der Greis und sein trauriges Gebet wären aufgezeichnet worden. Aber auf den Bildern, die immer noch vorbeizogen, sah man nur einen schlafenden Mann.

Er hatte vorgehabt, aus seiner Geschichte hinreichend eindeutige Hinweise herauszuholen, um daraus den Anfang einer Spur zu erkennen. Einen roten Faden, den er hätte lediglich entrollen müssen, um den Sinn seines Albtraums zu entdecken. Er dachte, er hätte einen gefunden. Er beruhte zwar mehr auf Intuition als auf logischen Tatsachen, hatte aber seinen ganzen Willen in Beschlag genommen. Nichts von dem, was er jetzt gesehen hatte, bestärkte ihn in seiner Idee.

Er wollte gerade die Kassette aus dem Videorekorder herausnehmen, als er seinen Kopf auf dem Bildschirm langsam zur Seite rollen sah. Es war vielleicht nur eine unwillkürliche Bewegung im Schlaf. Aber einige Sekunden später rollte sein Kopf zur anderen Seite. Dann wieder. Und wieder, schneller jetzt. Es wurde zu einer regelmäßigen Bewegung. Dann hörte Jeremy ein Murmeln. Er drehte die Lautstärke auf, konnte aber nur ein undefinierbares Geräusch hören. Auf dem Bildschirm ging seine Kopf hin und her, sein Gesicht verzog sich zu einer Grimasse. Einer furchtbaren Grimasse! Sie drückte Qualen aus. Grausame Qualen. Das Murmeln wurde lauter, blieb aber unverständlich. Sein Gesicht hatte nichts Menschliches mehr an sich. Und plötzlich entwich ein Schrei aus seinem Mund: »Nein! Mein Gott! Nein!«. Ein Schmerzensschrei, mit einer Stimme ausgestoßen, die er nicht wiedererkannte. Dann verlosch sein Gesicht.

Die Szene ließ Jeremy wie hypnotisiert zurück. Es war sein Schrei gewesen, und er war es, der dieses Leid empfunden hatte. Er hatte daran keine deutliche Erinnerung und doch löste der Schmerz in ihm ein Echo aus. Er hatte nichts wirklich Eindeutiges gesehen. Es konnte sich auch um den Albtraum eines von Krankheit geplagten Menschen handeln. Dennoch war er jetzt überzeugt, dass seine Intuition richtig war.

Der Verkäufer steckte den Kopf in die Kabine, sein Gesicht drückte Unmut aus.

»Haben Sie so geschrien? Wissen Sie, es sind Leute hier im Laden! Sind Sie jetzt fertig?«

Jeremy stand auf, ging wortlos hinaus und ließ den Verkäufer sprachlos zurück.

Auf dem Bürgersteig hielt er kurz inne, den Blick in das nachmittägliche Treiben auf der belebten Straße getaucht.

Wohin sollte er gehen? Womit sollte er beginnen? Er musste nachdenken, sich Zeit nehmen. Er ging wieder ins Café.

Der Cafébesitzer schüttelte mit dem Kopf, ärgerlich ihn wieder zu sehen.

»Was darf ich Ihnen bringen?«, fragte er.

»Pfefferminztee.«

Er blieb noch einen Augenblick wartend stehen, dann entfernte er sich seufzend.

»Machen Sie sich nichts draus. Das ist ein Vollidiot.«

An einem Nachbartisch rechts von ihm beobachtete ihn eine Frau mit einem traurigen Gesichtsausdruck. Sie hatte aschblondes Haar, blickte düster unter ihren halbgeschlossenen Lidern hervor, ihre vollen Lippen waren geöffnet und gaben einen Blick auf ihre von Zigaretten vergilbten Zähne frei. Mit ihren zitternden Fingern hielt sie sich gerade an einer fest und führte sie zum Mundwinkel, zog den Rauch gierig ein und stieß ihn wieder nervös aus.

Alles an ihr drückte Kapitulation aus, so als hätte sie aufgehört, gegen ihre Illusionen, gegen das Alter zu kämpfen. Jeremy lächelte ihr zu.

»Warten Sie auf jemanden?«, fragte sie.

Er wusste nicht, was er ihr antworten sollte.

»Ich hab gesehen, wie Sie vorhin Ihr Päckchen bekommen haben, den Brief gelesen, geweint haben. Ich habe selten Männer weinen sehen. Dafür haben sie mich oft zum Weinen gebracht. Früher. Als ich sie noch interessiert habe.«

Sie war vielleicht vierzig Jahre alt, sah aber zehn Jahre älter aus.

»Es geht um meine Frau. Sie will nicht mehr mit mir sprechen, mich nicht mehr sehen«, hörte sich Jeremy antworten.

»So? Was ist das für eine Frau? Eine von denen, die Männer zum Weinen bringen? Lieben Sie sie denn so sehr?«

Ohne seine Antwort abzuwarten, fuhr sie fort:

»Ja, Sie lieben sie, und sie weist Ihre Liebe zurück. Wie

dumm von ihr! Wenn sie wüsste, was das für ein Glück ist, so sehr geliebt zu werden! Hat sie Ihnen dieses Päckchen geschickt?«

»Ja.«

»Ich habe mitgekriegt, wie Sie den Taxifahrer bearbeitet haben, damit er Ihnen die Adresse des Absenders gibt. Sie haben das ganz falsch angepackt. Sie haben ihn verschreckt.«

Sie schaute ihn einen Moment mit zusammengezogenen Augenbrauen an und zog an ihrer Zigarette.

»Möchten Sie diese Adresse haben?«

Jeremy blickte sie hoffnungsvoll an.

»Wie wollen Sie das anstellen?«

»Ich hab da so eine Idee.«

»Und … Warum wollen Sie …«

»Warum? Ich weiß nicht. Vielleicht, um das Gefühl zu haben, in einer Liebesgeschichte vorzukommen, auch wenn es nicht meine ist. Vor allem, weil es nicht meine ist. Oder auch, damit Sie mir ein Glas Champagner ausgeben. Ich bin es leid, mich mit billigem Wein zu betrinken.«

»Einverstanden.«

»Okay. Ich kann nichts versprechen. Geben Sie mir Ihr Telefon.«

Jeremy gehorchte.

»Das Taxi stand vor dem Café, und ich habe ein gutes Gedächtnis«, sagte sie, während sie eine Nummer eingab. »Und außerdem, Taxinummern sind leicht zu behalten. Wie heißt Ihre Frau?«

»Victoria. Victoria Delègue.« Er überlegte zwei Sekunden, bevor er hinzufügte: »Oder Victoria Kazan.«

Die Frau hob überrascht den Kopf.

»Na ja, ich weiß nicht, ob sie unseren Familiennamen oder ihren Mädchennamen benutzt hat«, erklärte Jeremy.

»So, gleich geht's los.«

Sie räusperte sich.

»Guten Tag, hier spricht Frau Delègue-Kazan«, sagte sie mit einer umwerfenden Selbstsicherheit. »Ich habe vor einigen Stunden angerufen, um ein Päckchen für das Bistrot Vert in der Rue Armand-Carrel Nummer 12, neunzehntes Arrondissement, abholen zu lassen. Ja, der Betreffende hat es bekommen, alles in Ordnung. Aber ich hätte da noch ein Paket an die gleiche Adresse. Können Sie mir einen Wagen schicken? Wunderbar! Ach, warten Sie! Vorhin, als der Fahrer das Paket abholen kam, hat er einige Hausnummern zu weit angehalten. Ich musste hinausgehen und ihn rufen. Könnten Sie bitte nachprüfen, welche Adresse Sie notiert haben? Bitte? Ja, Rue de Ménilmontant 26, Zwanzigstes? Doch doch, das ist völlig richtig. Der Fahrer wird sich vertan haben.«

Sie zwinkerte Jeremy zu, während sie noch einmal langsam die Adresse wiederholte.

»Sehr gut«, sprach sie weiter. »Wann können Sie vorbeikommen? In einer halben Stunde? Oh, das wird zu spät sein. Nun gut. Ich rufe Sie eventuell morgen wieder an, wegen eines anderen Auftrags. Danke. Auf Wiedersehen.«

»Danke! Vielen Dank!«, sagte Jeremy. »Sie waren großartig!«

»Bei solchen Dingen war ich schon immer ziemlich einfallsreich«, sagte sie und nickte zufrieden mit dem Kopf.

»Wie kann ich Ihnen bloß danken?«

»Mit einem Glas Champagner. Das war der Deal.«

Jeremy stand auf und reichte ihr die Hand.

»Sie sind wie eine gute Fee, die genau dann in die Geschichte eingreift, wenn alles aussichtslos erscheint.«

Sie lachte.

»Sehe ich etwa wie eine Fee aus?«

Das kleine, recht gewöhnliche Stadthaus stand inmitten eines Wohnviertels, dessen Ruhe nur durch gelegentlich vorbeifahrende Autos gestört wurde. Auf einem der Briefkästen stand »P. und M. Kazan«. Victoria hatte also bei ihren Eltern Zuflucht gefunden. Jeremy näherte sich der Tür, sein Herz klopfte. Er wollte die Adresse überprüfen, ohne sich zu zeigen. Er hatte den Entschluss gefasst, Victorias Willen zu respektieren, einen Moment war er versucht zu klingeln, er tat es nicht.

Er stellte fest, dass er von der Grünanlage auf der anderen Straßenseite aus eine gute Sicht auf die großen Fenster des Hauses haben würde. Er ging hin und und nutzte die Sträucher als Beobachtungsposten. Er wollte seine Frau und seine Kinder nur einmal zu Gesicht bekommen. Zu seiner großen Erleichterung war die Grünanlage menschenleer.

Die Fenster in der ersten Etage waren offen. Aber Jeremy war zu weit unten, um sehen zu können, was sich in dieser Wohnung abspielte. Die Fenster im Erdgeschoss waren geschlossen, und die Schatten, die er hin und wieder wahrnahm, waren nicht zu identifizieren.

Nach zwanzig Minuten Wartezeit fühlte er Verzweiflung aufkommen. Er vergeudete seine Zeit. Er sollte lieber seine Untersuchung fortführen, seine Recherchen vor Anbruch der Nacht so weit wie möglich vorantreiben. Aber jede Bewegung hinter den Fenstern veranlasste ihn, noch ein wenig länger zu bleiben.

Nach einer Stunde vergeblicher Beobachtung beschloss er zu gehen. Er wollte gerade aus dem Gebüsch heraustreten, als er ein Tor knirschen hörte. Er hob den Kopf und sah einen kleinen Jungen, der auf der Gittertür schaukelte. Es war Simon. Jeremy hatte gerade noch so viel Zeit, zur Seite und zurück in sein Versteck zu springen, als hinter Simon Thomas und Victoria erschienen. Sein Herz blieb stehen. Er wäre fast in Panik ausgebrochen, konnte sich aber gerade noch beherrschen. Was würde Victoria sagen, wenn sie ihn hier im Gebüsch versteckt fände, wie einen Kriminellen auf der Lauer? Sie würde nicht mehr unterscheiden können zwischen dem guten und dem bösen Jeremy, sofern sie es überhaupt noch konnte. Er duckte sich und sah Victoria näher kommen. Er war entsetzt zu sehen, wie sehr sie sich verändert hatte. Ihr Körper schien extrem zerbrechlich zu sein und versank in den Jeans und dem Sweatshirt. Sie hielt die Arme vor der Brust gekreuzt und ging gebeugt, als wollte sie sich vor einem eisigen Wind schützen. Ihre Wangen waren hohl und die Gesichtszüge traten scharf hervor. Ihr Teint war hell, zu hell. Die mit Augenringen untermalten Augen drückten nichts als Traurigkeit aus. Ihre Lippen, einst so wundervoll, waren nervös zusammengekniffen. Die Haare waren zu einem Pferdeschwanz gebunden und mit einem Gummi zusammengehalten. Sie hatte das typische Aussehen einer dieser depressiven Frauen, die auf ihre Schönheit verzichten, die Vergnügungen des Lebens aufgeben und sich einzig auf die Notwendigkeiten des Mutterdaseins zurückziehen, ihrer letzten Verbindung zum Leben.

›Mein Gott, hier ist das Ergebnis meiner Bosheit. Ich bin es, der sie so traurig gemacht hat. Sogar ihre Schönheit ist verblüht. Wie konnte ich sie nur so unglücklich machen?‹

Victoria folgte Simon, der hinter einem Ball herlief, mit ihren Blicken. Er war gewachsen. Sein Gesicht hatte sich nur wenig verändert. Er war kein Kleinkind mehr und ließ bereits die Züge des jungen Mannes erkennen, zu dem er heranwuchs.

Thomas ging neben seiner Mutter. Er hatte den ernsten Ausdruck jener Kinder an sich, die das Leben zu schnell erwachsen werden ließ. Er trug die Haare jetzt länger und seine blonden Locken bildeten einen Rahmen um sein nun härter gewordenes und noch trotzigeres Gesicht als es in Jeremys Erinnerung gewesen war. Sie waren jetzt dicht bei ihm.

Er verschlang jedes Detail dieser Szene, hielt den Atem an und versuchte das Zittern seines Körpers zu unterdrücken.

Als sie auf seiner Höhe waren, berührte Thomas ihren Arm. »Komm, Mama, wir setzen uns hierhin.«

Sie setzten sich auf die Bank vor dem Gebüsch.

Aus dem Reflex eines verängstigten Kindes schloss Jeremy die Augen, wie um zu versuchen, sich im Dunkeln aufzulösen. Er hörte ihre Schritte, das Rascheln ihrer Kleidung, ihren Atem. Als er schließlich wieder die Augen öffnete, saßen sie mit dem Rücken zu ihm, so nahe, dass er sie hätte berühren können, wenn er nur die Hand ausgestreckt hätte.

Victoria war ein einziges Häufchen Elend, sie hielt ihre Arme immer noch vor der Brust verschränkt.

»Geh nicht so weit weg!«, rief Thomas Simon zu.

»Spiel doch ein bisschen mit ihm«, sagte Victoria, »mir geht's gut, wirklich«.

»Ich geh gleich …«, antwortete Thomas. »Warum hast du vorhin geweint? Wegen ihm?«

»Ja … Er hatte mir aufs Band gesprochen.«

»Ich will nicht, dass er wiederkommt.«

»Keine Angst. Er kommt nicht wieder.«

»Das hast du schon oft gesagt. Und am Ende glaubst du ihm doch wieder.«

»Ich habe eine richterliche Anordnung erwirkt, dass er uns nicht zu nahe kommen darf, also mach dir keine Gedanken. Jetzt geh mit deinem Bruder spielen.«

Als Victoria allein zurückblieb, legte Jeremy seinen Blick auf ihren Nacken, auf ihre Haare, ihre zarten Schultern. Er atmete langsam durch die Nase ein und versuchte ihren Duft zu riechen. Da hörte er sie weinen. Sie versuchte ihre Schluchzer zu ersticken, um die Aufmerksamkeit von Thomas nicht auf sich zu ziehen.

Sie war so nah und so unglücklich. Er wäre fast aufgestanden, um sie in seine Arme zu nehmen und zu trösten. Ein Telefon klingelte. Victoria griff in ihre Tasche und holte ein Handy heraus. Sie hüstelte, um ihre Stimme wieder in den Griff zu bekommen.

»Hallo«, sagte sie mit einer Kleinmädchenstimme. »Nein, alles in Ordnung. Nein, ich habe nichts Neues gehört. Ich habe ihm geschickt, was er wollte, und habe einen Brief dazugelegt. Ja, ich weiß, was du mir sagen wirst. Du hast vielleicht sogar Recht. Aber, weißt du was, auch ich werde langsam verrückt. Welch eine Ironie, nicht wahr? Nein, keine Sorge, ich werde kein Risiko mehr eingehen. Ich sage mir, wenn es wahr ist, was er sagt, dann ist es mir lieber, dass er während seiner wenigen klaren Stunden unglücklich ist, als meine Kinder und ich das ganze Leben lang.«

Thomas war gekommen und befragte die Mutter mit seinen Blicken.

»Es ist Pierre, mein Liebling. Geh wieder mit deinem Bruder spielen.«

Der Junge entfernte sich.

»Thomas wollte wissen, mit wem ich spreche. Er lässt mich nicht aus den Augen, der kleine Engel. Er macht sich solche Sorgen um mich. Kannst du dir das vorstellen? Solche Ängste, in seinem Alter. Er will mich trösten, aber er ist selbst am Ende. Heute Nacht ist er schreiend aufgewacht. Er hat schlecht geträumt. Und er macht immer noch ins Bett. Der Arzt sagt, dass man versuchen muss, ihn so gut es geht von den Problemen fernzuhalten, ohne ihn zu belügen. Es ist die Brutalität der Ereignisse, die ihn so verstört. Simon? Nein, bei Simon ist es anders. Er sagt nichts. Er tut so, als gäbe es keine Probleme. Er schließt sich in seiner kleinen Welt ein. Aber ich weiß, dass er sehr traurig ist. Ich denke mir, er will nicht, dass ich mir auch noch um ihn

Sorgen machen muss. Auf seine Art will auch er mich beschützen. Mein Gott! Wie schwer das alles ist! Jedes Mal denke ich, dass ich es nicht schaffen werde. Aber, entschuldige bitte, ich spreche nur von mir. Wie steht's mit dir und Clotilde?«

Sie hörte aufmerksam zu und nickte immer wieder.

»Sie kam erst heute Nachmittag nach Hause? Sie war wo? Meine Güte, Pierre, du musst Erklärungen verlangen! Du kannst sie nicht einfach so weitermachen lassen, unter dem Vorwand, sie nicht verlieren zu wollen. Was ist nur aus uns geworden, Pierre? Es ist noch gar nicht so lange her, da waren wir noch glücklich.«

Pierre sprach, und Victoria hörte zu, während sie ihren Kindern beim Spielen zuschaute. Dann beendeten sie das Gespräch und Victoria steckte das Telefon wieder weg. Sie kauerte sich wieder zusammen.

Jeremy sah nun das Ausmaß des Unglücks, in das er seine Frau und seine Kinder gestürzt hatte. Hier saß sie nun, direkt vor ihm, verzweifelt, ermattet, am Ende ihrer Kräfte. Er war ein Monster.

»Thomas, Simon, wir gehen wieder rein, es ist ein bisschen frisch geworden.«

Victoria war aufgestanden und ihre beiden Söhne kamen angelaufen.

Sie gingen fort. Jeremy sah zu, wie sich ihre Silhouetten in dem sanften Licht dieses Maiabends auflösten.

Es war schon fast dunkel, als er beschloss, endlich sein Versteck zu verlassen, erschöpft, voll Trauer.

Er musste handeln. Er hatte nicht mehr viel Zeit.

Die Synagoge in der Rue Pavée war nicht weit entfernt. Seine Tränen hatten ihn in eine Art Rausch versetzt und so lief er einfach nur vor sich hin, ohne etwas zu sehen oder zu hören.

Erst vor dem Bethaus erwachte er aus seiner Benommenheit. Eine Stimme fragte ihn durch die Gegensprechanlage, was er wünsche.

»Ich heiße Jeremy Delègue und möchte mit dem Rabbi sprechen.«

»Haben Sie einen Termin?«

»Nein, aber es ist wichtig, sehr wichtig«, antwortete er entschlossen.

»Sie müssen einen Termin machen. Ich bin sein Assistent und könnte Ihnen vorschlagen, ihn ... in der kommenden Woche aufzusuchen, wenn es denn wirklich dringend ist.«

»Da kann ich nicht. Heute Abend werde ich ... nicht mehr hier sein.«

Einige Sekunden verstrichen.

»Gehören Sie unserer Gemeinde an?«

»Nein. Mein Vater besuchte vor langer Zeit hin und wieder die Gottesdienste, aber ... Ich muss einfach den Rabbi sprechen.«

»Es ist nicht möglich. Unsere Sicherheitsvorschriften erlauben es nicht, dass wir außerhalb der Besuchszeiten empfangen.«

»Ich pfeife auf Ihre Sicherheitsvorschriften!«, brüllte Jeremy. »Es ist Ihre Pflicht, Verzweifelten zu helfen!«

Er hämmerte mit beiden Fäusten an die Tür.

»Aufmachen! Aufmachen!«

»Würden Sie bitte einige Augenblicke warten, wir werden uns um Sie kümmern.«

Jeremy ließ sich an der massiven Tür entlang zu Boden gleiten und legte den Kopf zurück. Er atmete langsam.

Nach einigen Minuten sprach ihn jemand an. Jemand, den er nicht hatte kommen hören.

»Sie werden jetzt aufstehen, mit dem Gesicht zur Wand.«

Er schaute hoch, aber ein Lichtstrahl blendete ihn. Er legte seine Hand über die Augen, um zu sehen, wer zu ihm sprach.

»Machen Sie keine Geschichten. Stehen Sie ganz langsam auf.«

Er erkannte eine Schirmmütze. Dann noch eine, unmittelbar dahinter. Und ein Auto, das mit abgeschaltetem Licht direkt neben ihm zum Stehen kam.

»Was wollen Sie von mir?«, fragte Jeremy den Polizisten, der mit seiner Lampe direkt auf sein Gesicht hielt und die andere Hand auf dem Griff seiner Pistole liegen hatte.

»Ich möchte, dass Sie ganz langsam aufstehen.«

»Ich habe nichts getan. Ich wollte nur den Rabbi sehen. Ich muss mit ihm sprechen.«

»Der Rabbi ist nicht da. Sie werden mit uns sprechen müssen.«

Er war kaum aufgestanden, als ihn vier Hände umdrehten, gegen die Tür drückten, seine Hände auf den Rücken zogen und ihm Handschellen anlegten.

Eine andere, sanftere Stimme ließ sich vernehmen.

»Tun Sie ihm bitte nicht weh! Er ist wahrscheinlich nur ein verzweifelter Mensch.«

Er sah ein Gesicht in seiner Nähe, das eines jungen Geistlichen. Er hatte einen nicht sehr dichten Bart, seine großen Augen, von einer Nickelbrille mit runden Gläsern umrandet, schienen ihn um Verzeihung zu bitten.

»Es tut mir wirklich leid. Das sind die Sicherheitsvorschriften. Der Rabbi war neulich erst Opfer eines Angriffs. Ich werde darauf achten, dass man Sie gut behandelt. Es gibt auch keinen Grund, warum man es nicht tun sollte. Und wenn man mir sagt, dass alles … in Ordnung ist, gebe ich Ihnen sofort für die nächste Woche einen Termin beim Rabbi.«

»Dann wird es zu spät sein«, sagte Jeremy mit einer klagenden Stimme, »zu spät.«

Er saß allein in einem Büro, mit Handschellen an den Handgelenken. Polizeibeamte hatten ihn ohne große Überzeugung vernommen. Und sie hatten sich rasch mit seiner Erklärung zufriedengegeben.

»Meine Frau und ich haben uns getrennt. Ich war am Ende. Ich wollte den Rabbi sehen, er sollte mir helfen.«

»Und wieso war das so dringend?«, hatte der Polizist gefragt.

»Weil ich morgen … verreise.«

Er sah nicht wie ein freilaufender Verrückter aus, sondern wie ein betrogener, verlassener Mann. Also ließen sie den Verdacht auf antisemitischen Hintergrund fallen und waren nun fort, um Informationen zu überprüfen.

Gerade als er fühlte, wie die Müdigkeit langsam wieder seine Glieder betäubte, hatte er eine Idee. Eine geniale Idee, wenn auch ein wenig beängstigend.

›Gleich ist es so weit. Ich werde einschlafen, und alles geht wieder von vorne los. Aber diesmal lasse ich diese abscheuliche Seite meines Ichs keinen Schaden mehr anrichten.‹ Von Schauern geschüttelt, zählte er für sich die Symptome auf, die nacheinander auftreten würden, um gewappnet zu sein. Sich nicht überraschen zu lassen. Weniger Angst zu haben. Er würde dem Greis mit dem weißen Bart furchtlos gegenübertreten. Aber vorher musste er noch seine Idee in die Tat umsetzen. Die Idee, die seine Frau und seine Kinder vor seiner Bosheit schützen und ihm selbst Rache an seinem anderen Ich ermöglichen würde.

Er rief laut.

Ein Polizeiinspektor betrat eilig den Raum.

»Was gibt es denn hier zu schreien?«

»Ich möchte ein Geständnis machen.«

»Ein Geständnis? Was für ein Geständnis?«

Der Polizist sah überrascht und auch ein wenig missgestimmt aus. Als Jeremy gerufen hatte, wollte er gerade nach Hause gehen.

»Ich deale mit Koks. Gehen Sie in meine Wohnung, Sie werden dort einen hübschen Vorrat finden.«

Der verblüffte Inspektor starrte diesen freundlichen Mann an, der sich lächelnd selbst eines Vergehens bezichtigte, dessen ihn kein Mensch verdächtigte.

Ja, Jeremy lächelte. Innerlich lachte er sogar über diese Falle, die er seinem anderen finsteren Ich gestellt hatte. Seine Frau und seine Kinder waren ihn endlich los.

Jetzt vernahm ihn der Inspektor noch einmal. Jeremy antwortete nicht. Heiter gab er sich seiner Müdigkeit hin, konnte es nicht erwarten, ein Ende zu machen und den Auftritt dem Andern zu überlassen, auf einer Bühne, deren Bretter er gerade eingeseift hatte.

Sollen sie doch kommen, der alte Mann, die Gebete, die Qualen und das Vergessen!

Er erwartete sie mit einem Lächeln.

KAPITEL 6

Die wenigen Sonnenstrahlen, die zwischen die Stäbe der Luke geglitten waren, lösten sich gerade im weißen Neonlicht der Deckenlampe auf. Auf dem Stahlbett gegenüber, das genauso aussah wie seins, saß ein Mann mit einem Tablett auf den Knien, kaute langsam auf einem Stück Brot und schaute ihn an. Sein Blick war kalt und schwer. Seine beeindruckende Muskulatur zeugte von einer animalischen Kraft. Er hatte ein breites Gesicht und jeder seiner Züge schien mit Fausthieben geformt worden zu sein.

»Was starrst du mich so an?«, fragte der Mann mit einer heiseren und schleppenden Stimme.

Jeremy antwortete nicht. Dieses Problem hatte er während der kurzen und genialen Ausarbeitung seines Plans, der ihn hierher gebracht hatte, nicht bedacht. Auf die Befriedigung, die er nach seinem Erwachen empfunden hatte, folgte nun ein Gefühl der Ernüchterung.

»Ich rede mit dir!«, fuhr ihn der Mann an.

Jeremy hing trotz des drohenden Tons noch seinen letzten Gedanken nach. Den gleichen wie bei seinen vorherigen Morgen: Welches Jahr war es? Was hatte er gemacht? Was ist aus Victoria und den Kindern geworden? Welches Albtraumszenario erwartete ihn nun?

Nur der Ort war für ihn zum ersten Mal keine Überraschung.

Der Mann stand plötzlich auf, und Jeremy dachte, dass er sich auf ihn stürzen würde. Aber er ging zur Tür und legte sein Tablett auf das dort zu diesem Zweck angebrachte Brett.

»Ach, Scheiße, du kannst mich mal! Du bist wirklich ein komischer Kauz. Die anderen haben Recht. Du hast einen an der Waffel. Du machst nix so wie die anderen. Guck dir dein Tablett an! Alle haben hier Kohldampf bis unter die Arme, man würde den anderen für ein Butterbrot kaltmachen und du hast deinen Fraß noch nicht mal angerührt. Du schläfst selig, als wärst du im Urlaub an der Côte d'Azur, und grinst dabei wie bescheuert.«

Jeremy setzte sich auf, warf einen Blick auf sein Frühstück und fühlte auch diesmal wieder einen beißenden Hunger. Er stand auf, ging unsicheren Schrittes zum Waschbecken, ließ Wasser über Gesicht und Hände laufen. Er suchte einen Spiegel, fand aber keinen. Er setzte sich zum Essen an den Tisch. Der Mann hatte sich auf seinem Bett ausgestreckt, einen Arm im Nacken, und beobachtete ihn zerstreut. Der Kaffee war kalt, aber Jeremy trank ihn mit Genuss. Er aß die beiden Brotscheiben, die zu dünn waren, um ihn sättigen zu können. Während er kaute, dachte er über die Lage nach. Wie konnte er von dieser Zelle aus seine Nachforschungen fortführen? Es standen ihm nur wenige Stunden zur Verfügung. Nicht, dass er geglaubt hätte, die Sache abschließen zu können, er hoffte aber, wenigstens eine erste Erklärung zu finden, die es ihm erlauben würde, endlich wieder normal zu werden, sein Verhalten gegenüber Victoria zu erklären und vielleicht, vielleicht …

Er fühlte sich wie ein zum Tode Verurteilter, den man zur Hinrichtung holt: sich der Gewalt der Maschinerie, die ihn töten will, resigniert ergebend, aber immer noch hoffend, von einer plötzlich eingreifenden Macht gerettet zu werden. Er hatte immer noch Spuren, die er verfolgen, Spielsteine, die er vorrücken wollte. Er musste einen Weg finden, auch von hier aus dieses Ziel zu verfolgen.

»Also, wie sieht das Programm aus?«, fragte der Mann.

Jeremy hatte ihn fast vergessen. Was konnte er ihm antworten? Er musste Zeit gewinnen, seine Erwartungen auskundschaften.

»Was meinst denn du?«, fragte er auf gut Glück.

»Was ich meine? Was ich meine? Seit wann fragst du mich nach meiner Meinung?«, antwortete der Mann, sich auf den Unterarm stützend. »Ich bin hier nicht der Denker von uns beiden! Aber, wenn du meine Meinung hören willst: Wir müssen ihn erledigen.«

Der Mann klang entschlossen. Jeremy zog die Augenbrauen hoch. Er wagte nicht, die Bedeutung dieser Äußerung zu Ende zu denken. Er musste noch mehr Informationen herausholen.

»Und wie sieht dein Plan aus?«

»Wie mein Plan aussieht?«, wiederholte der Mann, erstaunt, schon wieder gefragt zu werden. »Du willst sehen, ob ich es kapiert habe? Okay, wir gehen in den Fitnessraum und machen ihn kalt, wird natürlich wie ein Unfall aussehen. Ich seh zu, dass ich ihm eine 150-Kilo-Hantel auf die Luftröhre fallen lasse. Da wird er aber in die Röhre gucken!«, fügte er hinzu und platzte fast vor Lachen.

Er guckte zu Jeremy hinüber, um sich zu vergewissern, dass auch er diesen Humor zu schätzen wusste. Kalt erwischt und entsetzt über die Mitteilung seines Zellennachbarn, zwang sich Jeremy zu einem unbeholfenen Lachen. Diese Person gehörte sicher zu der Sorte Menschen, die nur schlecht mit der Verweigerung von Freundschaftsritualen umgehen konnte.

›Im Gefängnis und Komplize eines Mörders! Das ist der absolute Wahnsinn! Dieser Mann ist ein Irrer. Aber glücklicherweise scheint er mich zu respektieren, ja, sogar zu fürchten. Das ist die einzige gute Nachricht. Das bedeutet wohl, dass der andere Jeremy sich hier behaupten konnte. Zumindest in dieser Zelle. Denn im Gefängnis scheint er Feinde zu haben, und einen davon will er töten. Unglaublich!‹

Jeremy startete einen Versuchsballon.

»Hör mal, ich weiß nicht so recht. Vielleicht sollten wir das Ganze anders angehen. Ich hab da so meine Zweifel.«

Der Mann sprang auf und einen Augenblick später saß er auf Jeremys Bett. Jeremy war beeindruckt von der katzenartigen Geschmeidigkeit, zu der diese Masse aus Muskeln und Fett fähig war.

»Wie? Was heißt das, du weißt nicht so recht? Willst du darauf warten, dass er dich zuerst erledigt? Mann! Wenn ich dir mal auf die Sprünge helfen darf: Du hast dich mit dem Stoff seiner Familie erwischen lassen! Und es war nicht gerade wenig. Und du hast Stakos Bruder die Fresse poliert. Du hast da so deine Zweifel? Die haben jedenfalls keine. Sie werden dich umlegen, das ist sonnenklar. Was ist das überhaupt für ein Mädchengeflenne? Scheiße, Mann, ich respektiere dich, weil du hier der härteste und der coolste unter den ganzen Idioten bist, die sich haben einbuchten lassen und die hier im Knast verfaulen. Enttäusche mich also nicht!«

Der Mann war aufgestanden und tigerte durch die Zelle, die Fäuste geballt, die Muskeln angespannt, und ließ Jeremy nicht aus den Augen. Die Wut machte ihn furchterregend. Jeremy verbeugte sich im Geiste vor der Intelligenz seines Doppelgängers, der es verstanden hatte, einen so mächtigen Alliierten zu finden. Er verstand auch, dass es ratsam für ihn war, das Verhaltensmuster der Person anzunehmen, für die man ihn hielt.

Er blieb sitzen, stierte seinen Gefolgsmann an und spannte

den Unterkiefer an, in der Hoffnung, den Klang seiner Stimme auf diese Weise härter erscheinen zu lassen.

»Rede mit mir nicht in diesem Ton! Es geht hier nicht darum, das Ganze abzublasen! Der Mistkerl ist auf jeden Fall dran! Was ich nicht weiß, ist, ob wir es heute machen sollen und auf diese Art! Ich muss darüber nachdenken, es gibt vielleicht eine bessere Lösung.«

Jeremy war über seine schauspielerische Leistung erstaunt. Die Zwangslage und die Gefahr ließen ihm keine andere Wahl, als sich auf dieses Rollenspiel einzulassen.

»Zum Beispiel?«, fragte der Koloss in einem versöhnlicheren Ton.

»Ich weiß noch nicht, ich muss nachdenken, hab ich dir gesagt.«

»Aha …«

Der Mann schien Verdacht geschöpft zu haben.

»Ist was?«, fragte Jeremy.

Die Stimme war fest, die Drohung deutlich.

»Nein … Das heißt … Mir ist gerade eingefallen, was du mir gestern gesagt hast.«

»Und das wäre?«

»Na ja, du hast gesagt, dass du an deinen Geburtstagen manchmal etwas komisch werden kannst, dass ich ein bisschen auf dich aufpassen soll und …«

Der Mann brach ab und schaute ihn an, als hätte er ihn gerade erst in seiner Zelle entdeckt.

»Wieso erinnerst du dich nicht mehr daran, was du mir gestern gesagt hast?«

Jeremy überlegte schnell. Der andere fixierte ihn und wartete auf eine plausible Antwort.

Der andere Jeremy hatte seinen Rückzug gesichert, indem er diesem Urvieh die Sorge um seinen Verstand übertrug. Er hatte ihn ausgerechnet zu seinem Geburtstag mit einem Mord beauftragt und ihn gegen den Anderen in Alarmbereitschaft versetzt, zu dem er werden konnte. Unter strategischen Gesichtspunkten war es ein gelungener Schachzug, unter taktischen aber gleichzeitig ungeschickt, denn sein Zellengenosse war nicht clever genug, um zu einer ernsten Gefahr für ihn zu werden.

»Schön, schön. Super. Ich sehe, du hast kapiert, was ich dir über die möglichen Ausfälle an meinen Geburtstagen erzählt habe. Ich kann also auf dich zählen. Aber dieses Jahr ist alles in Ordnung. Wenn ich eine Krise gehabt hätte, hättest du es als Erster gemerkt.«

Der Mann grummelte. Das, was er gehört hatte, reichte fürs Erste aus, um ihn zu beruhigen. Jeremy musste diesen Vorteil ausbauen. Ihm war klar, dass er ein gefährliches Spiel spielte.

»Worauf ich eigentlich hinauswollte, ist, dass ich gehört habe, dass im Fitnessraum in den kommenden Tagen Besuch ansteht. Die Gefängnisaufseher haben vor, eine Razzia zu machen, um nach Shit zu suchen. Es wäre ungeschickt, wenn sie es gerade dann täten, wenn …«

»Woher willst du das wissen? Du verlässt deine Zelle doch nie!«

Jeremy musste sich weiter auf dem von seinem Doppelgänger verminten Feld vorwagen.

»Ist das denn nicht offensichtlich?«

»Ah, die Wärter? Ja, stimmt, die mögen dich ganz gern, wie's scheint. Also, wie ist der Plan?«

»Wir warten ab. Schauen mal, wie sich die Dinge entwickeln, suchen eventuell nach anderen Lösungen. Und dann schlagen wir zu.«

»Okay … Aber du weißt, dass es riskant ist. Sie sind hinter dir her. Und sie werden sicher nicht abwarten.«

»Das Risiko gehe ich ein.«

»Und wie sehen deine anderen Pläne aus?«

»Ich werde sie mit dir besprechen, wenn sie ausgereift sind. Ich muss noch darüber nachdenken.«

»Das wirst du können. Ich gehe jetzt malochen. Aber wir müssen noch mal darüber reden, wenn ich wieder zurück bin.«

Jeremy war erleichtert, von der Anwesenheit dieser bedrohlichen Person vorerst befreit zu werden. Endlich würde er allein sein können, nicht mehr eine Rolle improvisieren müssen, die seine ganze Aufmerksamkeit erforderte. Sich endlich dem Wesentlichen widmen.

Nachdem der Mann abgeholt worden war, stand Jeremy auf und begann, nervös in der Zelle hin und her zu laufen. Was konnte er jetzt tun? Wie sollte er vorgehen, um in seinen Recherchen voranzukommen?

Auch wenn sein besseres Ich mit in die Falle getappt war, bereute er es nicht. Der böse Teil von ihm war gefangen worden, und Victoria und die Kinder hatten dadurch ein wenig Freiraum erhalten. Er war damit beschäftigt, seine Gedanken zwischen den weißen Zellenwänden hin und her zu wälzen, als die Tür aufging und ein großer schlanker Gefängnisaufseher eintrat. Die ausgeprägten Augenringe und der schwarze Oberlippenbart fügten sich auf seinem bleichen und ausgemergelten Gesicht zu dem Bild einer Totenmaske zusammen.

»Na, Jeremy? Wie geht's denn heute so?«

»Es geht.«

»Hast du gestern das Spiel gesehen? Nicht zu fassen, Paris hat gegen Marseille zwei Tore kassiert, und auch noch bei denen! Eine Schande ist das!«

Jeremy begnügte sich damit, eine hinreichend ausdruckslose

Kopfbewegung zu machen, um jede Interpretation zu ermöglichen.

In welcher Beziehung stand er zu diesem Aufseher? Konnte er vielleicht von der Sympathie profitieren, die er ihm offensichtlich entgegenbrachte?

»Willst du, dass ich dir die *Équipe* hierlasse?«

Jeremy nahm die Zeitung an sich und warf einen schnellen Blick drauf. 8. Mai 2018! Sechs Jahre! Er war seit sechs Jahren hier! Er verbot es sich, sich davon emotional berühren zu lassen. Er musste, so gut es ging, ruhig bleiben, um nachdenken und handeln zu können.

Ein Gedanke kam ihm.

»Kann ich dich um einen Gefallen bitten?«

Jeremy hatte seinen Gesprächspartner spontan geduzt, so wie er ihn. Der Wärter schien nichts dagegen zu haben.

»Solange du mich nicht nach den Schlüsseln fragst …«

Er lachte kumpelhaft, brach aber bald ab, als er Jeremys ernstes Gesicht bemerkte.

»Ich möchte wissen, ob es hier einen … Rabbi gibt … irgendeinen jüdischen Gefängnisgeistlichen halt.«

»Einen Rabbi? Seit wann interessierst du dich für Gott? Ist es dein Ernst?«, fragte er mit einem Anflug von Lächeln.

»Ja.«

»Mann, du machst mich fertig. Du bist so was von unvorhersehbar. Was willst du denn von dem Geistlichen? Weil, ich kann mir beim besten Willen nicht vorstellen, dass du beichten möchtest oder ähnlichen Scheiß.«

»Ich muss ihn was fragen.«

»Aha. Okay, wenn du willst. Du bist echt merkwürdig! Der jüdische Geistliche … Er kommt Freitag früh. Ich trage dich morgen ein.«

»Morgen? Nein, ich muss ihn noch heute sehen!«

»Ruhig, Jeremy, ganz ruhig! Du bist hier im Knast vielleicht zu einer kleinen Berühmtheit geworden, aber es gibt Regeln, Sprechstunden …«

»Gibt es denn wirklich keine Möglichkeit, ihn heute kommen zu lassen?«, fragte Jeremy in einem freundschaftlichen Ton.

»Nein, keine.«

Jeremy war verzweifelt. Er musste noch vor Einbruch der Nacht mit einem Geistlichen sprechen.

»Und was ist mit einem anderen Rabbi? Könnte ich denn heute einen anderen Rabbi sprechen?«

»Du stehst nicht auf der Besuchsliste. Übrigens stehst du nie drauf.«

»Kannst du mich eintragen?«

Was hatte er schon zu verlieren, wenn er diese Frage stellte?

»Natürlich«, antwortete der Wärter. »Aber, mal ganz ehrlich … Ich verstehe es nicht. Was ist bloß mit dir los? Du wolltest vorher nie einen Geistlichen sehen und jetzt kannst du keine vierundzwanzig Stunden warten? Du bist eigenartig, Jeremy. Sehr eigenartig.«

»Das macht eben meinen Charme aus!«, antwortete Jeremy und lachte gewinnend. Der Wärter beeilte sich, in das Lachen einzustimmen.

Jetzt, da der Wärter für seine Sache gewonnen war, wagte Jeremy, seine Spielsteine noch ein wenig weiter nach vorn zu schieben.

»Ich möchte, dass du einen Rabbi, den ich kenne, anrufst und ihn bittest herzukommen.«

»Was? Ist das ein Witz? Soll ich ihn vielleicht auch noch mit dem Auto abholen? He, Jeremy, jetzt übertreib mal nicht! Ich bin nicht dein Mädchen für alles! Wegen unserer … Interessengemeinschaft tue ich auch so schon genug für dich.«

Jeremy ging zum Gegenangriff über.

»Indem du mir die Sportzeitung hier lässt? Ist das deine Hilfe? Hier und heute bitte ich dich um einen echten Gefallen.«

Aus dem Konzept gebracht, überlegte der Wachmann einen Augenblick.

»Na gut. Hast du die Nummer?«, seufzte er resigniert.

»Nein. Du musst in der Synagoge in der Rue Pavée, viertes Arrondissement, anrufen und nach dem Sekretär des Rabbi fragen. Den Namen kenne ich nicht. Sag ihm, ich sei der Mann, der zu ihm am … 8. Mai 2012 gekommen ist und von der Polizei eingesackt wurde. Sag ihm, dass ich ihn heute noch sehen möchte, dass ich mit ihm sprechen muss und dass es sehr dringend ist.«

Vielleicht war der Geistliche gar nicht mehr da. Aber Jeremy musste es versuchen, musste seiner Intuition folgen. Seine letzte Karte ausspielen.

»Ist das alles, was du an Informationen hast? Gut, ich werde sehen, was ich tun kann. Wenn du nichts von mir hörst, heißt das, dass es in die Hose gegangen ist.«

Als der Gefängniswärter draußen war, lief Jeremy wieder in der Zelle auf und ab.

»Siebenunddreißig! Ich bin siebenunddreißig Jahre alt!«, wiederholte er, wie um sich selbst zu überzeugen.

Er legte die Hände auf seine Wangen, tastete die Augenpartie ab und meinte, eine neue Sprödigkeit seiner Haut wahrzunehmen. Er berührte seinen Oberkörper, hob sein T-Shirt an und entdeckte Formen, die er noch nicht an sich kannte: eine leichte Wölbung um die Körpermitte, Rundungen an den Hüften. Zum ersten Mal wurde ihm bewusst, dass er gealtert war. Und doch war es ihm, als wäre er erst vor einigen Tagen zwanzig geworden.

Er öffnete den kleinen Schrank, der neben seinem Bett stand, und brauchte nur wenige Sekunden, um dessen mageren Inhalt zu inspizieren. Einige Kleidungsstücke, Flüssigseife, ein Paar Schuhe, zwei Sportmagazine. Er suchte nach einer Verbindung zu der Welt draußen, zur Vergangenheit, zur Gegenwart. Das Durchwühlen seiner Sachen auf der Suche nach dem verlorenen Sinn wurde für ihn allmählich zur Gewohnheit.

In der Tasche der Jacke, die an der Tür hing, fand er drei Briefe. Der letzte war auf den 12. März 2017 datiert. Er stellte enttäuscht fest, dass keiner davon von Victoria war, aber letztlich freute er sich darüber: Sein Plan hatte funktioniert, und sie hatte von ihm Abstand genommen, was ihr sicher nur guttun konnte. Alle drei Briefe stammten von Clotilde. Clotilde, die er nicht kannte, die er nicht liebte. Clotilde, die Freundin von Victoria. Clotilde, die Frau seines besten Freundes. Seine Geliebte.

Jeremy,

ich habe mich entschlossen, dir zu schreiben, nachdem ich lange über die letzten Ereignisse nachgedacht habe. Dein Verhalten an deinem Geburtstag… Ich war wirklich sehr gekränkt. Du warst nicht du selbst, jedenfalls nicht der, den ich kenne und liebe. Das habe ich begriffen, als ich gehört habe, dass du dich selbst wegen Drogenhandel angezeigt hast. Wieso hast du das getan? Woher hattest du diese Drogen? Pierre hingegen war gar nicht überrascht, als er von deiner Verhaftung hörte. Er meint, sie sei die »logische Folge deines langen Abdriftens«. Er trauert dem Freund nach, der du für ihn warst und den er verloren hat.

Er kümmert sich sehr um Victoria. Sie ist ein wenig durch den Wind. Deine Verhaftung hat sie tief erschüttert. Sie sagt, dass der Jeremy, der sie an dem berühmten 8. Mai 2012 treffen wollte, sicher derjenige war, den sie einst geliebt hatte. Dass er sich selbst angezeigt hat, um ihr zu helfen, wieder klarzukommen. Das ist schon wirklich seltsam: Ich liebe den Mann, den sie verabscheut. Sie liebt den, der von Amnesie und von Attacken des guten Gewissens heimgesucht wird. Eine reine und wahrhaftige Kreatur, der es gelingt, alle paar Jahre einmal für einige Stunden zu erscheinen, indem sie die Hülle ihrer pervertierten Persönlichkeit durchbricht. Was mich betrifft, bist du genau dann krank, wenn du den leidenschaftlich Verliebten spielst, der in der Lage ist, sich selbst zu opfern.

Ich weiß nicht, worauf du deine Verteidigung aufbauen willst. Pierre sagt, dass es für dich schwierig werden dürfte, auf Wahnsinn zu plädieren. Als du in der geschlossenen Abteilung warst, hast du dich dagegen heftig gewehrt. Du hast eine Menge Zeugen herangezogen, um deine mentale Gesundheit zu beweisen. Victoria wird deren Aussagen jetzt gegen dich verwenden.

Das wird ein interessanter Prozess: Jede Partei wird die gegenteilige Position von der einnehmen, die sie während des Prozesses um deine Einweisung hatte.

Du weißt, dass du auf mich zählen kannst.

Ich denke an dich,

Clotilde

Dieser Brief trug das Datum 3. Juni 2012. Der nächste wurde zwei Jahre später geschrieben.

Jeremy,

bestimmt wirst du wütend sein, einen Brief von mir zu bekommen. Das ist mir egal, denn ich musste dir einfach schreiben. Nicht zu verstehen, warum du jeden Kontakt mit mir verweigerst, ist für mich eine Qual.

Als ich von deiner Verurteilung erfuhr, war ich am Boden zerstört. Gegen die psychiatrischen Gutachten konnte deine Intelligenz diesmal nicht ankommen. Im Gegenteil, sie wirkte auf den Staatsanwalt wie ein rotes Tuch. Er hat begriffen, dass sie eine gefährliche Waffe war, die dir erlaubte, mit den Menschen in deiner Umgebung zu spielen. In diesem Punkt werde ich ihm bestimmt nicht widersprechen. Er ging davon aus, dass dein spontanes Geständnis dazu gedacht war, dich verhaften zu lassen, um einer Abrechnung im kriminellen Milieu zu entgehen und dich bald darauf mit Hilfe deiner psychiatrischen Gutachten wieder in die Freiheit hinauszumanövrieren.
Pierre meint, dass du keine Chance hast, in Berufung zu gehen. Ich hoffe, du weißt, was du tust.
Ich habe Pierre nicht verlassen. Noch nicht. Nicht, solange ich unglücklich bin. Du wirst vielleicht denken, dass das eine sehr egoistische Haltung ist, und du wirst Recht haben. Ich habe nicht den Mut, ganz allein dazustehen. Der Deal bleibt also wie er war: für ihn Gesellschaft, für mich Komfort.
Pierre kümmert sich weiter um Victoria. Ich sehe sie nur noch selten. Ich schiebe Eifersucht vor, um sie nicht sehen zu müssen. Wahr ist aber auch, dass ich nicht mehr weiß, ob die Freundschaft von Pierre für Victoria nicht mittlerweile mehr von Liebe als von Mitgefühl geprägt ist. Es geht ihr übrigens schon viel besser. Sie konnte sich von ihren Depressionen erholen und geht wieder arbeiten. Vor einem Monat war sie mit den Kindern zu uns zum Essen gekommen. Die Kinder lieben Pierre und nennen ihn sogar Onkel. Ich für meinen Teil lehne es kategorisch ab, Tante Clotilde genannt zu werden. Und überhaupt glaube ich, dass sie mich nicht besonders mögen.
Thomas ist sehr reserviert. Er spielt den kleinen Familienvater, beschützt seine Mutter und seinen Bruder. Er ist ganz schön gewachsen und sieht Victoria immer ähnlicher. Simon ist leb-

hafter und hat von Natur aus einen fröhlicheren Charakter. Ich kann ihn kaum ansehen, so ähnlich sieht er dir. Victoria ist, wie du dir denken kannst, eine perfekte Mutter. Sie lebt für die Kinder und durch die Kinder. Pierre versucht sie zu überzeugen, ein neues Leben zu beginnen, auszugehen, Freunde zu treffen, aber sie will nichts davon hören. Eigentlich sind die beiden wie für einander geschaffen! Sie sind sich so ähnlich und so anders als wir beide.

Morgen werde ich diesen Brief bereuen. Ich weiß, dass du einen Horror vor Gefühlsergüssen hast und sicher wirst du mich noch mehr verachten, nachdem du ihn gelesen hast. Aber tröste dich, ich habe noch längst nicht alles aufgeschrieben, was ich fühle. Dieser Brief ist nur eine kleine Momentaufnahme. Es ist der Versuch, einige Bilder meiner selbst in dir lebendig zu machen ... in den Abgründen deiner Seele.

Ich denke an dich.

Clotilde

Der dritte Brief war vor zwei Monaten angekommen.

Jeremy,

dein Brief hat mich wirklich überrascht. Kaum zu glauben, dass ich nach so vielen Jahren der Gleichgültigkeit wieder auf den ersten Platz deines Sinnens und Trachtens vorgerückt bin! Deine Argumente waren überzeugend: Du hattest unsere Beziehung abgebrochen, um mir die Qualen zu ersparen, die Freundin eines Häftlings zu sein. Du hast eine so edle Seele, Jeremy! Weißt du, ich glaube tatsächlich, dass deine Intelligenz gelitten haben musst, vielleicht weil sie sich zu lange an den Gefängnismauern abgerieben hat. Hast du geglaubt, du könntest mich für dumm verkaufen? Hältst du mich wirklich für so bescheuert?

Du brauchst mich? Ich habe dich gebraucht, Jeremy. Ich hatte mich einst nur für eine Komplizin gehalten und musste doch feststellen, dass ich verliebt war. Ich mochte deine Einstellung zum Leben, wie du es als eine Kampfansage betrachtetest, die die Zeit dem Appetit des Menschen entgegenschleudert. Ich mochte deine anmaßende Art zu glauben, dass es möglich sei, vorausgesetzt, man befreit sich von allen moralischen Zwängen, jede Minute mit einer solchen Intensität zu leben, dass sie alle vorherigen in den Schatten stellt, wie schön sie auch gewesen sein mögen. Ich war diejenige, mit deren Hilfe du dich der Lasten der Freundschaft, der Treue, der gesellschaftlichen und moralischen Verhaltensregeln entledigt hast. Ich freute mich darüber, diejenige zu sein, durch die du deine rebellische Freiheit ausleben konntest. Aber ich habe mich belogen. Ich war verliebt. Klassisch und banal verliebt.

Du hattest es natürlich längst begriffen. Ein Umstand, der mir deinen jämmerlichen Brief eingebracht hat, in dem du so kunstfertig auf der Klaviatur der Gefühle spielst. Bereit, dich selbst zu verraten, um deinen Zwecken zu dienen.

Das ist es, glaube ich, was mich am meisten verletzt hat: Festzustellen, dass ich, solange ich verliebt war, nichts anderes verdient habe als all deine anderen Frauen, nämlich einen Sirup aus gekünstelter Liebe, einen Liebestrank, der dazu bestimmt war, mich zu berauschen, um mich zu benutzen.

Jetzt pass gut auf, Jeremy: Ich liebe dich nicht mehr. Es ist erbärmlich, wie du hinter deinen Gitterstäben versuchst, die Worte wie ein Seil zu flechten, um es auf die andere Seite der Mauer zu werfen.

Und gerade, weil ich dich nicht mehr liebe, werde ich dir helfen.

Als ich noch liebte, war ich froh, dich eingesperrt zu wissen, mit nichts anderem beschäftigt, als von deinen besten Erinnerungen

zu zehren, was mich, ohne mir etwas darauf einbilden zu wollen, auf die ersten Plätze deiner Fantasien eines Mannes im sexuellen Notstand hob.
Heute aber kann ich völlig gelassen deiner Entlassung entgegensehen, ohne an die Verachtung denken zu müssen, mit der du mich bedenken wirst, oder an die Frauen, die meinen Platz in deinen Armen einnehmen werden.
Wenn du in Freiheit bist, wirst du tun und lassen können, was dir beliebt. Es kann sogar sein, dass wir wieder Sex miteinander haben werden. Aber vielleicht werde ich auch keine Lust dazu haben. Es wird meine Entscheidung sein und keine Reaktion auf deine Bedürfnisse.
Du siehst also, dass ich dir heute paradoxerweise helfen kann, deinen Kopf aus der Schlinge zu ziehen.
Ich bin in der glücklichen Lage, Zugang zu wertvollen Informationen zu haben. Victoria und Pierre werden bei deinem nächsten Haftprüfungsverfahren gegen dich aussagen. Ich kenne ihre Argumente. Seit der Bar-Mizwa von Thomas sind uns Victoria und ich wieder ein wenig nähergekommen. Ich hatte ihr bei den Vorbereitungen geholfen. Sie sieht mich als ihre Vertraute an und will sogar »Mädchenkram« mit mir besprechen. Ich ertrage das alles weiter, bis ich genug Kraft gesammelt habe, endlich zu dem Schluss zu kommen, dass die Bequemlichkeit und die Faulheit nicht alles rechtfertigen können. Auch um glauben zu können, dass das Glück in einer anderen Form auch für mich möglich ist, irgendwo.
Sie zu verraten, indem ich dir nützliche Informationen gebe, ist eine gute Methode, um die Dinge ein wenig ins Rollen zu bringen. Um so mehr, da ich mittlerweile diesbezüglich keine Skrupel mehr habe. Die letzten Reste meiner moralischen Integrität habe ich irgendwo zwischen deinen zerwühlten Laken gelassen.
Ich werde über deinen Vorschlag, dich zu besuchen, nachden-

ken. Dir zu helfen oder auch nicht, werde ich nur nach meinen eigenen Erwartungen und Erfordernissen entscheiden.

Clotilde

Von diesen Gefühlsergüssen, die für Jeremy zwei fremde Personen in Szene zu setzen schienen, betrafen ihn nur drei Informationen direkt.

Victoria hatte sich nicht neu gebunden. Sie hatte nicht gewollt. Noch nicht. Er wusste nicht, ob der Trost, den er daraus zog, ehrenwert war, aber er war sehr real.

Die Tatsache, dass Clotilde seine Komplizin war und bereit, Victoria und den Kindern zu schaden, stellte ein Problem dar, das er in Angriff nehmen musste, sobald er vollends seine Denkfähigkeit wiedererlangt hatte.

Denn im Moment war diese durch ein Bild, durch ein paar Worte blockiert, die alles andere verdrängten. Thomas hatte seine Bar-Mizwa gefeiert. Er war dreizehn geworden und war nun, den religiösen Gesetzen zufolge, volljährig. Auch wenn er selbst nie ein praktizierender Jude gewesen war, betrachtete er die Bar-Mizwa als ein wichtiges Ritual, als einen sehr wichtigen Moment im Leben eines Jungen. Seine eigene war für ihn sehr bedeutsam gewesen. Er erinnerte sich, an diesem Tag das Gefühl gehabt zu haben, in die Welt der Erwachsenen einzutreten. Er stellte sich vor, wie Thomas seine Tefillin um den Arm wickelte. Er sah den stolzen Blick seiner Mutter vor sich und den neidischen und begierigen seines Bruders, der es nicht erwarten konnte, seinerseits an der Reihe zu sein. Er sah dies alles, selbst wenn Thomas in diesen halluzinierten Szenen das Gesicht eines Siebenjährigen hatte. Ein Element jedoch fehlte und reichte aus, um die Magie des Augenblicks zu stören, um den Seinen das absolute Glück zu versagen: er, der Vater. Er war bei der Bar-Mizwa seines Sohnes nicht dabei gewesen. Er war nicht da gewesen, um zusammen mit Victoria das Glücksgefühl zu genießen, eine entscheidende Etappe in ihrem gemeinsamen Leben erreicht zu haben. Diese Momente waren ihm gestohlen worden. Dann dachte er, dass auch Simon jetzt auf die dreizehn zuging. Auch er würde bald seine Bar-Mizwa feiern. Und er, sein Vater, würde wieder abwesend sein.

Er wollte sich seinem Schmerz hingeben, weinen, hier, in seiner Zelle. Gegen die Mauern rennen, bis das Bewusstsein schwand. Er suchte nach anderen Bildern, nach anderen Gefühlen, die es ihm möglich machen würden, den zugeschnürten Hals zu entspannen, um den Tränen freien Lauf zu lassen. Aber er war gebrochen, unfähig, seinen Schmerz zu äußern. Sein Leben verlosch langsam, und es fehlte ihm an der nötigen Energie, seine Verzweiflung auszudrücken.

Er hatte Seite an Seite mit seinem Zellengenossen zu Mittag gegessen. Er hieß Wladimir Bernikov und war Russe. Nach seiner Rückkehr hatte er ihm Bericht erstattet. Es gab keinen besseren Ort als den Fitnessraum, um Jeff, den Bruder von Stako, zu eliminieren. Und der geeignetste Tag war der Freitag. An diesem Tag wurde er von nur einem seiner Jungs begleitet, die anderen waren damit beschäftigt, mit der Ware zu dealen, die sie zuvor einschmuggeln konnten.

Jeremy war froh, dass er nicht zwischen einer Konfrontation mit jenem Feind und einer schwierigen Unterredung mit seinem Mitbewohner wählen musste. Er verstand nicht, wie dieser andere Jeremy eine solche Entscheidung gefällt haben konnte. Wie dem auch sei, morgen würde er dafür geradestehen müssen.

Der schnurrbärtige Wärter kam um 16 Uhr in seine Zelle.

»Besucherraum«, verkündete er und zwinkerte Jeremy zu.

Jeremy nickte dankend. Wladimir warf ihm einen überraschten und fragenden Blick zu.

Als der Wärter die Tür hinter ihnen geschlossen hatte, sagte er zu Jeremy:

»Es war nicht einfach, kann ich dir sagen. Gut, du hast Glück gehabt, weil ich ihn sofort an der Strippe hatte. Aber, als ich ihm gesagt habe, worum es ging… er war nicht wirklich heiß drauf. Er hat nicht verstanden, was du von ihm willst. Ich habe an seine christliche… na ja, seine religiöse Nächstenliebe appelliert, ich habe gesagt, es sei dringend und dass ich ihm nichts weiter dazu sagen könnte. Er hat schließlich zugestimmt. Er wusste noch sehr gut, wer du warst.«

Jeremy war aufgeregt, ängstlich, aber auch erwartungsvoll. In diese Begegnung legte er alle seine Hoffnungen.

Er wurde von einem anderen Wärter in Empfang genommen und durch lange Korridore, die wie Stahl glänzten und Langeweile verströmten, geführt. Der Raum, in den man ihn brachte, war mit Gefangenen gefüllt, die in einer Schlange warteten. Einige begrüßten ihn mit einem Kopfnicken, andere durchbohrten ihn herausfordernd mit ihren Blicken, andere wiederum mieden jeden Blickkontakt.

Er wurde schnell aufgerufen.

Man wies ihm eine Kabine zu. Er setzte sich und wartete einige Augenblicke, die Augen auf die Scheibe vor ihm geheftet, die ein zu schwaches Spiegelbild zurückwarf, um sich darin erkennen zu können. Dennoch glaubte er, dunkle Ringe unter seinen Augen auszumachen. Er war noch damit beschäftigt, dieses unzuverlässige Bild zu erforschen, als ein bärtiges Gesicht vor ihm erschien. Zwei dunkle und lebhafte Augen schauten ihn mit einer Mischung aus Neugierde, Furcht und höflicher Freundlichkeit an. Das war tatsächlich der Mann, der ihn vor der Synagoge zur Vernunft bringen wollte.

Da er nicht reagierte, grüßte ihn der Geistliche.

»Guten Tag… Ich heiße Abraham Chrikowitsch. Sie… haben mich herbitten lassen…«

»Und ich danke Ihnen, dass Sie so schnell gekommen sind.«

»Kein Problem. Aber ich muss gestehen, dass ich ein wenig überrascht war.«

»Erinnern Sie sich an mich?«, fragte Jeremy.

»Ich erinnere mich noch sehr gut an unsere… wie soll ich sagen… besondere Begegnung. Sie schienen so verzweifelt zu sein. So verwirrt. Ich habe die Polizei gerufen, und als ich erfuhr, dass Sie sich selbst wegen Drogenbesitzes angezeigt haben, hatte ich… ein schlechtes Gewissen. Ich habe mir gesagt, vielleicht waren Sie zu uns gekommen, um darüber zu sprechen, sich anzuvertrauen und einen Ausweg aus dieser üblen Lage zu finden. Es hat mich sehr beschäftigt… Aber Sie waren so… verstört, dass ich es nicht zulassen konnte, Sie in die Nähe des Rabbi zu lassen. In diesen bewegten Zeiten müssen wir unsere Vorsichtsmaßnahmen treffen. Und als ich all das während Ihrer Gerichtsverhandlung erzählt habe… ich glaube, das hat Ihnen nicht gerade geholfen.«

»Ich kann Ihr Gewissen erleichtern. Deswegen war ich nicht gekommen. Und ich habe mich freiwillig gestellt. Ich wollte den Rabbi wegen einer anderen Sache sprechen. Und genau dieser Sache wegen habe ich Sie heute hergebeten.«

Der Geistliche lächelte zunächst, erleichtert zu erfahren, dass er nicht hergekommen war, um über diesen denkwürdigen Abend zu polemisieren, dann verdüsterte sich sein Gesicht.

»Aber wenn Sie hier aus freien Stücken sind, warum haben Sie während Ihrer Verhandlung auf nicht schuldig plädiert? Das verstehe ich nicht.«

»Vielleicht können Sie mir helfen, diese Frage zu beantworten. Ich möchte vorausschicken, dass meine Geschichte Ihnen wahrscheinlich merkwürdig vorkommen wird. Ich bitte Sie daher, die Vernunft einmal beiseitezulassen, mir zuzuhören und mir nur kraft Ihrer religiösen Gefühle und Erfahrungen zu antworten.«

»Meine Vernunft ist die Frucht meiner religiösen Erfahrungen. Ich höre.«

Der Geistliche runzelte die Stirn, rückte näher an die Scheibe heran, strich sich sanft über seine Hände, bevor er sie vor seinem Mund zusammenlegte und seine gesamte Aufmerksamkeit auf die Lippen seines seltsamen Gesprächspartners konzentrierte.

Jeremy erzählte ihm seine Geschichte mit aller Präzision. Für ihn hatte sie sich in den vergangenen Tagen abgespielt und jedes Detail besaß noch die Stärke jüngster Geschehnisse. Die Gefühle vibrierten noch auf der Oberfläche seiner Haut. Fehlender Zusammenhang unterminierte jede seiner Aussagen und brachte ihn manchmal dazu, auf einen verständlichen Aufbau seines Berichts verzichten zu müssen. Doch die Aufmerksamkeit von Abraham Chrikowitsch ermunterte ihn darin, fortzufahren. Von Zeit zu Zeit schweifte sein Blick zur Seite, um einen fernen Ort zu fixieren, als wollte er einen bestimmten Punkt seiner Überlegung überprüfen, dann kam er wieder zurück und legte sich auf Jeremys Gesicht.

Als Jeremy geendet hatte, fiel die Anspannung von ihm ab und er beobachtete den Geistlichen. Dieser blieb unbewegt, als sei ihm gar nicht aufgefallen, dass Jeremy aufgehört hatte zu reden. Dann richtete er sich wieder auf, presste die Lippen aufeinander und schien um Worte zu ringen.

»Wieso haben Sie sich an mich gewandt?«, sagte er schließlich.

Jeremy hatte mehr auf eine Meinung denn auf eine Frage gehofft.

»Sie sind der einzige Geistliche, den ich kenne.«

»Ich meine, wieso wollten Sie mit einem Geistlichen sprechen?«

»Weil ich denke, dass die menschliche Logik meine Fragen nicht beantworten kann.«

»Sie sehen Glauben und Vernunft als einen Gegensatz?«

»Ich…«

Der Geistliche unterbrach ihn.

»Ich kann Ihnen nicht helfen. Ich bin kein Mystiker. Ich bin ein Mann des Gesetzes. Ich baue mein geistiges Haus auf dem festen Fundament der Tora. Ich bin kein erleuchteter Kabbalist, der sich von dem Reichtum des von ihm entdeckten Wissens mitreißen lässt und der sich in Besitz anderer Erklärungen glaubt, als derer, die uns das Gesetz gegeben hat.«

Er suchte nach weiteren Worten, zuckte dann mit den Schultern, um seine Ohnmacht zu zeigen.

»Ihre Geschichte verwirrt mich sehr.«

»Sie glauben mir nicht?«

»Ich ziehe Ihre Worte nicht in Zweifel. Vieles ist möglich in dieser Welt. Ich habe viele Geschichten gehört, die man für zusammengesponnene Märchen hätte halten können, und doch bin ich sicher, dass einige von ihnen wahr sind. Aber ich bin nicht der Mann, den Sie jetzt brauchen.«

Er unterbrach sich und fuhr langsam mit der Hand über seinen Bart, als wollte er weitere Worte aus seinem Mund ziehen.

»Wieso glauben Sie, dass die Antwort in der Religion liegen muss? Ich denke, Sie haben sich nie mit Ihrem Judentum beschäftigt?«

»Es ist eine Intuition. Meine Geschichte scheint immer wieder an Vorkommnisse zu stoßen, die mit Religion zu tun haben. Da ist dieser betende Mann, die Psalmen…«

»Reicht das denn? Vielleicht handelt es sich dabei um Träume oder Trancezustände?«

»Nein. Ich erlebe diese Augenblicke wirklich! Ich sehe diesen Mann! Ich höre ihn! Er rezitiert das Kaddisch. Und dann ist dieser Kampf zwischen dem Mann, der mein Leben zerstört, und dem, der hin und wieder aufwacht und den Schaden sichten muss, ein Kampf um jeweils sehr verschiedene Werte.«

»Auf welche Werte berufen Sie sich denn? Sie hatten versucht, Ihrem Leben ein Ende zu setzen und dies ist ein Anzeichen dafür, dass Sie nicht im Besitz dieses einen essentiellen Wertes waren, dem des Respekts vor dem Leben, das Gott Ihnen geschenkt hat.«

»Es war ein großer Fehler, ich weiß es. Der Fehler eines verzweifelten jungen Mannes.«

»Na schön. Ich würde es dennoch vorziehen, wenn Sie sich an Geistliche wendeten, die in dieser Art von Überlegungen geübt sind. Ich kenne einige. Ich kann für Sie den Kontakt herstellen, wenn Sie möchten.«

Jeremy fühlte, wie ihm die Situation entglitt. Sein Gesprächspartner, der zu Beginn interessiert war, schien jetzt das Weite suchen zu wollen.

»Ich habe nicht die Zeit dazu!«, rief er aus. »Ich weiß nicht, was morgen aus mir wird und auch nicht, wann sich mein jetziger Bewusstseinszustand wieder einstellt. Wie soll ich also einen Termin vereinbaren? Helfen Sie mir! Versuchen Sie es! Bitte!«

Abraham Chrikowitsch war bestürzt. Diese flehentliche Bitte wühlte ihn auf. Aber was konnte er tun? Er kannte nur zu gut die Wirkung eines allzu raschen Wortes und eines voreiligen Urteils, um einen schwierigen Balanceakt auf dem Seil eines Verstandes zu wagen, der nicht der seine war.

»Hören Sie, hier ist mein Vorschlag: Ich werde Ihnen ein

paar Fragen stellen, um einige Punkte zu klären. Dann werde ich, sobald ich draußen bin, mit einem Geistlichen telefonieren, der sich auf diese Art Probleme spezialisiert hat. Und dann werde ich Sie anrufen.«

»Aber wenn es Ihnen nicht gelingt, ihn zu erreichen?«

»Ja, das ist möglich. Vielleicht werde ich ihn nicht auffinden können.«

»Wenn das der Fall ist, werde ich mich wieder in dieser anderen Haut wiederfinden, ohne eine Antwort!«, rief Jeremy verzweifelt.

»Ja, in der Tat. Aber, ohne Sie enttäuschen zu wollen, ich glaube ohnehin nicht, dass seine Antworten Ihre Lage in wenigen Stunden verändern könnten. Darüber hinaus muss man in Betracht ziehen, dass er vielleicht nicht antworten will. Oder zumindest nicht sofort. Aber das ist das Einzige, was ich Ihnen anbieten kann.«

Die entschlossene Härte des Geistlichen kontrastierte mit der Sanftheit seines Gesichts. Jeremy überlegte einen Augenblick.

»Ich weiß nicht, wann ich mich wieder in dem jetzigen Bewusstseinszustand befinden werde. Wenn ich vor heute Abend keine Antwort erhalte, wie wollen Sie mit mir am Tag meines … Erwachens in Verbindung treten?«

Abraham Chrikowitsch ließ seine Blicke durch den unendlichen Raum hinter den Gefängnismauern schweifen. Er strich wieder über seinen Bart und antwortete nach einigen Sekunden:

»Ich mache Ihnen den folgenden Vorschlag: Kontaktieren Sie mich an dem Tag, an dem Sie Ihr Bewusstsein wiedererlangen. Ich werde bereit sein. Ich werde bis dahin zwei oder drei weitere Rabbiner gefragt haben, die willens und in der Lage sind, mir zu diesen Fragen ihre Meinungen mitzuteilen.«

»Einverstanden. Aber vergessen Sie nicht, dass die Zeit gegen mich arbeitet. Ich bitte Sie inständig, versuchen Sie bis heute Abend so viele Informationen wie möglich zu sammeln.«

»Ich werde mein Möglichstes tun. Nun, um meinen Mitbrüdern einen möglichst genauen Bericht Ihres … Abenteuers geben zu können, möchte ich, dass Sie mir von diesem Mann und seinen Gebeten erzählen. Wie sieht er aus? Was sind das für Gebete? Sie sprachen vom Kaddisch.«

»Es ist ein alter Mann. Er wird zwischen siebzig und achtzig Jahre alt sein. Er hat ein hageres Gesicht, einen weißen spärlichen Bart. Vorstehende Augen. Sie sind traurig, leblos. Wie übrigens sein ganzes Gesicht. Nur sein Mund scheint bewegt zu sein. Seine Stimme ist furchtbar, klagend. Ich habe ihn das Kaddisch sprechen hören, eines der wenigen Gebete, die ich kenne. Mein Vater hat es jedes Jahr zum Todestag meiner kleinen Schwester gesprochen.«

»Wann erscheint der Mann?«

»Abends, kurz bevor ich einschlafe.«

»Hat er schon mit Ihnen gesprochen?«

»Ja, beim ersten Mal. Er hat gebetet, dann hat er sich über mich gebeugt. Er hat gesagt: ›Das war nicht richtig.‹ Dann hat er mehrfach ›Leben‹ gesagt, mit einer sehr traurigen Stimme.«

Abraham Chrikowitsch hörte fasziniert zu.

»Hat er noch etwas anderes gesagt?«

»Nein. Ich bin eingeschlafen.«

»Sie sprachen auch über dieses seltsame Gefühl, das sie bei der Lektüre einiger Psalmen hatten.«

»Ja. Es scheint in der Tat eine Konstante in meiner Geschichte zu sein. Eine Verbindung zwischen mir und dem Anderen. Ich habe durch meine Frau erfahren, dass mein anderes Ich durch einen Psalter im Schaufenster eines Ladens in der Rue des Rosiers regelrecht angezogen wurde. Auf eine so besondere Art angezogen, dass meine Frau es daraufhin kaufte und mir während eines meiner Bewusstseinszustände schenkte. Als ich es aufschlug, fühlte ich mich unwohl. Als ich einige Verse las, wurde ich unruhig. Ich war verwirrt, erschreckt, ohne zu wissen warum.«

»Um welche Psalmen handelte es sich denn? Erinnern Sie sich noch?«

»Ja, ich habe den neunzigsten Psalm gelesen. Als ich sechs Jahre später mein Bewusstsein wiedererlangte, fand ich den Psalter wieder, mit einigen fehlenden, ausgerissenen Seiten. Es waren die Seiten, die ich gelesen hatte, aber auch die mit den Psalmen 30 und 77. Vielleicht auch noch andere. Was ich weiß, ist, dass das ein Zeichen dafür ist, dass ich das Unwohlsein, von dem ich sprach, mit dieser anderen Person, die ich die meiste Zeit bin, teile.«

Abraham Chrikowitsch schwieg einen Augenblick.

»30, 77, 90«, wiederholte er leise.

»Bedeutet das etwas für Sie?«

Der Geistliche antwortete nicht.

»Welcher Art waren Ihre bisherigen Beziehungen zu Gott? Wie steht es bei Ihnen mit praktiziertem Glauben?«

»Ich habe nie wirklich praktiziert. Zu Hause haben meine Eltern diesen Aspekt unserer Identität nicht sehr betont. Mein Vater hat einen Großteil seiner Familie in den Konzentrationslagern verloren. Er wollte, dass ich zu einem kleinen Franzosen würde, frei von der Last der Geschichte. Es war sein Vater, der beschlossen hatte, den Namen Weizmann gegen den unauffälligeren Delègue einzutauschen. Dennoch hatten wir so was wie Rituale an zwei oder drei großen Festen. Ich glaubte an Gott, auf meine eigene Art. Ich sprach auch zu ihm. Ich sprach zu ihm am Tag meines Selbstmords. Sehr viel sogar. Es war eine Art Konversation, sehr intim und heftig. Aber heute weiß ich, dass ich ihn eher als einen mit übernatürlichen Kräften begabten Menschen sah, von dem ich alles erwarten konnte. Eine Art Zauberer.«

»Sie sagten, Sie hätten zu ihm anlässlich ihres Selbstmordversuchs gesprochen. War Ihnen die religiöse Tragweite Ihrer Handlung bewusst?«

»Nicht wirklich. Mein Selbstmord war ein Akt der Rebellion gegen den Flaschengeist, der sich geweigert hatte, meinen letzten Willen zu erfüllen, den wichtigsten von allen.«

»Sie haben versucht, sich umzubringen… um Gott zu bestrafen?«

»Auf eine gewisse Art, ja. Ich glaube, indem ich meine Tat als eine Geste der Revolte gestaltete, wurde es einfacher für mich, den Mut zu finden, sie auszuführen. Alles das ist bei mir noch recht konfus.«

Abraham Chrikowitsch senkte den Kopf und legte seine beiden Hände an die Stirn, als wollte er Jeremys Blick ausweichen. Seine Lippen bewegten sich fast unmerklich. Jeremy fragte sich, ob er leise murmelnd überlegte oder vielleicht betete. Er schwieg, in der Erwartung eines Urteils. Aber Abraham Chrikowitsch stand plötzlich auf. Verstört machte er eine fahrige Handbewegung und bedeutete damit, dass die Unterhaltung beendet war.

»Ich werde jetzt gehen. Es bleibt bei dem, was wir besprochen haben.«

Jeremy protestierte.

»Warten Sie, was ist los?«

Abraham Chrikowitsch hatte sich umgedreht. Er schien aufgewühlt. Er schwankte und suchte den Aufseher mit den Blicken.

»Sie verschweigen mir etwas!«, rief Jeremy. »Ihnen ist etwas eingefallen, das Sie verstört hat, nicht wahr? Sie haben eine Idee, ich weiß es! Sprechen Sie mit mir!«

Der Geistliche versuchte gleichmütig auszusehen. Doch die leichten Lippenbewegungen und sein verkrampftes Lächeln verrieten seine Erregung. Er tat einen Schritt zur Seite, um zu gehen, fixierte Jeremy aber weiterhin. Auch dieser war aufgestanden, als wollte er ihn zurückhalten.

»Ist es göttliche Strafe? Ist es das, was Sie denken?«

»Ich… ich kann Ihnen jetzt nicht antworten. Ich werde Sie anrufen. Ich werde den Kontakt wieder aufnehmen. Ich habe es Ihnen versprochen.«

»Aber, um Himmels willen, sagen Sie mir Ihre Meinung! IHRE Meinung!«

Jeremy war außer sich. Dieser Mann hatte vielleicht gerade seine Situation verstanden, vielleicht ein Mittel gefunden, wie er aus seinem Albtraum befreit werden konnte. Und doch ging er weg, ohne es zu verraten! Jeremy wollte es nicht glauben.

Abraham Chrikowitsch hatte sich weggedreht, er stand vor der Tür und wartete, dass man sie öffnete. Jeremy ließ sich auf seinen Stuhl zurücksinken. Er schrie nicht mehr. Er war dieser sinnlosen Suche müde, müde zu flehen, zu weinen, zu überlegen, zu vermuten, zu hoffen.

Der Abend brach herein, und er hatte keine Antworten erhalten. Er starrte dem schwarzgekleideten Mann hinterher, der gerade den Besucherraum verließ. Er war seine letzte Hoffnung gewesen. Die Tür fiel hinter ihm ins Schloss. Hinter der kleinen Glasluke sah er nur noch seinen Nacken und seinen Hut. Dann drehte sich Abraham Chrikowitsch um und schaute ihn ein oder zwei Sekunden unverwandt an, bevor er eine kleine nickende Kopfbewegung machte. War es, um ihn zu verabschieden oder seine letzte Frage bejahend zu beantworten? Jeremy wusste es nicht. Aber eines wusste er ganz sicher: Abraham Chrikowitsch weinte.

Als Jeremy in die Zelle zurückkehrte, fand er Wladimir auf dem Bett ausgestreckt vor.

»Und, mit wem hast du dich getroffen?«

Jeremy hätte sich gewünscht, nicht antworten zu müssen. Aber die Enge der Zelle zwang ihn, seine Rolle wieder aufzunehmen.

»Mit meiner Geliebten.«

»Ist nicht geplant gewesen, oder?«

»Nein. Ich habe das Treffen heute Morgen eingefädelt. Hatte was mit ihr zu besprechen.«

»Ich finde, du solltest bei dem Wärter etwas vorsichtiger sein. Er ist irgendwie zu cool zu dir. Okay, er ist irgendwie dein Geschäftspartner, aber vergiss bloß nicht, dass du nur ein Knacki bist.«

»Mach dir mal keinen Kopf.«

»Ist gut. Und wann planen wir unsere kleine Unternehmung?«

»Nicht jetzt. Ich muss nachdenken«, antwortete Jeremy entschieden.

Er ließ sich auf sein Bett fallen und verschränkte die Hände im Nacken. Er ließ einige Sekunden verstreichen und hoffte, Wladimir habe die Lust an einer weiteren Unterhaltung verloren.

Vom Korridor drang ein Gemisch aus dumpfem Gepolter und anderen, deutlicheren Geräuschen herein, die anzeigten, dass jetzt Essenszeit war. Jeremy wurde brutal von der deutlichen Sinnesempfindung getroffen, einen Körper zu besitzen, der hier, auf diesem Bett lag. Er nahm jede Äußerung der Außenwelt wahr, spürte, wie sie mit ihm in Kontakt stand, seine Haut berührte. Nur sein Geist war abwesend. Er schwebte hier irgendwo durch diesen Raum, betrachtete sein fleischliches Pendant, sann über das Mysterium seiner Anwesenheit in diesem Raum nach. Er dachte wieder an Abraham Chrikowitsch. Er hatte offenbar eine Erklärung gefunden, die ihn zutiefst erschreckt hatte. Jeremy listete diejenigen auf, die ihm spontan in den Sinn kamen. Aber er musste aufgeben, denn die Verrücktheit der meisten seiner Ideen überforderte ihn. Und doch wusste er, dass er keine Antwort finden würde, ohne sich in das Labyrinth der Mystik zu wagen. Wenn es sich um göttliche Strafe handelte, was war deren Zweck? Rache? Erwartung von Reue? Und was war die wirkliche, die wahre Natur von Jeremy? Die, die nun wach war, oder die, die sich schon bald wieder manifestieren würde?

Sie aßen schweigend. Jeremy hatte sein Essen kaum angerührt und Wladimir zog es nach einem fragenden Blick in seine Richtung zu sich.

»Wieso redest du heute nicht?«, fragte Wladimir plötzlich.

Jeremy biss in seinen Apfel, um Zeit zum Nachdenken zu gewinnen oder um wieder Stille eintreten zu lassen. Aber Wladimir wartete auf eine Antwort. Er fand, er war heute geduldig genug gewesen. Ihre stillschweigenden Konventionen erforderten, dass sich Jeremy nun äußerte.

»Du bist echt merkwürdig heute. Sonst redest du doch die ganze Zeit ohne Punkt und Komma. Ich kann mich kaum ausruhen, so viel hast du zu erzählen: Über dein früheres Leben, dein zukünftiges, über die ganzen krummen Dinge, die du nach der Entlassung drehen willst, wie du aus diesem Loch rauskommen willst, was du tun wirst, wenn du raus bist, dass du deiner Frau die Hölle heiß machen willst, die Mädels, die du dir gönnen wirst, die dicke Kohle, die du machen wirst … Und jetzt, nicht einen Ton! Immer nur nachdenken! Was ist los mit dir?«

Die Bemerkung Wladimirs über Victoria ließ Jeremy erzittern. Was wollte er damit sagen? War Victoria in Gefahr? Oder war das nur leeres Gerede? Er wollte Klarheit gewinnen.

»Es ist wegen meiner Frau«, wagte sich Jeremy vor.

»Was heißt das, wegen deiner Frau?«

»Sie macht Probleme.«

»Die wären?«

Jeremy machte eine Geste, die seine Müdigkeit ausdrücken sollte.

»Na ja, jede Menge Theater eben. Sie ist wirklich nervig. Wie es aussieht, hat sie vor, mir ein paar weitere Jährchen Knast anzuhängen.«

»Nur keine Sorge. Bald bin ich draußen, und dann werde ich ihr schon die Lust daran nehmen, dir auf den Sack zu gehen, hab ich dir doch versprochen.«

Jeremy hatte das Gefühl, einen Schlag in die Magengrube zu bekommen. Er schnappte nach Luft. Unfähig zu sprechen, begnügte er sich damit, mit dem Kopf zu nicken. Was würde Victoria noch erleiden müssen? Wozu war dieses Monster fähig? Sie zu verprügeln? Vergewaltigen? Töten? Er konnte dieses Risiko auf keinen Fall eingehen. Er musste sich wieder fangen und etwas unternehmen, um sie zu beschützen. Aber wie? Wladimir töten? Was hatte er schon zu verlieren? Höchstens noch mehr Jahre im Gefängnis im Austausch für den Seelenfrieden und die Gesundheit seiner Frau. Die Entscheidung war leicht. Aber er wusste, dass er dazu physisch nicht in der Lage war.

Da kam ihm eine Idee. Er musste sich beeilen. In seinem Fach fand er einen Stift, Papier und Umschläge. Wem schrieb er wohl sonst, an den anderen Tagen?

»Was machst du?«, fragte ihn Wladimir.

»Ich schreibe.«

»Deinem Anwalt?«

»Ja«, sagte Jeremy, »meinem Anwalt.«

Er verfasste schnell zwei Briefe. Als er fertig war, war Wladimir eingeschlafen und schnarchte geräuschvoll. Er rief einen Wärter mit verschlossenem und missmutigem Gesicht zu sich. Jeremy überreichte ihm einen der Briefe, den an Victoria. Der Wärter machte ihn darauf aufmerksam, dass die Post morgens abgeholt würde, nahm ihn aber trotzdem an sich und steckte ihn in seine Tasche.

»Gab es einen Anruf für mich?«

»Sag mal, für wen hältst du dich eigentlich, Delègue? Du bist hier im Knast, nicht im Büro! Und ich bin nicht dein Privatsekretär!«

»Es ist nur, weil ich heute einen Anruf erwarte.«

»Jetzt hör mal gut zu: Ich bin nicht dein Kumpel. Es gibt hier zwei Mannschaften, die Aufseher und die Knackis. Und ich für meinen Teil weiß genau, zu welcher ich gehöre. Du kannst also froh sein, dass ich deinen Brief nehme. Und zum Thema Telefon: selbst wenn du einen Anruf bekommen solltest, werde ich ihn dir nicht durchstellen.«

»Danke für den Brief«, sagte Jeremy in einem neutralen Ton.

Der Wärter, der mit einer kräftigen Retourkutsche gerechnet hatte, schien überrascht. Er murmelte etwas und ging hinaus.

Die Tür fiel mit einem dumpfen Geräusch ins Schloss, das sich im Echo anderer ferner Geräusche verlor.

Jeremy ging ans Fenster. Seine Beine waren schwer. Er suchte den Hof mit Blicken ab und sah zwei Wärter, die unter einem Lichtmast standen und sich unterhielten. Er nahm den zweiten Brief, faltete ihn, wickelte ihn um ein Seifenstück und warf ihn auf die Männer. Er traf die Schulter des Größeren der beiden, der sich sofort umdrehte und zu den Fenstern hochschaute. Aber Jeremy hatte sich schon wieder geduckt. Er wartete einige

Sekunden, bevor er wieder hinausschaute. Die beiden Wärter lasen die Nachricht, die er ihnen geschickt hatte.

Jeremy ging zum Bett zurück. Er fühlte, wie ihn die Müdigkeit zu dem unausweichlichen Schlaf fortzog. Er legte sich hin und ließ desillusioniert die wenigen Stunden seines Wachzustands im Geiste an sich vorbeiziehen. Sie hatten ihm keinen Anlass gegeben, seine Situation mit Optimismus zu betrachten. Er war hier, in dieser Zelle, in einer feindseligen Umgebung, unfähig, seine Nachforschungen vernünftig zu Ende zu bringen. Er hatte sich gerade einige zusätzliche Haftjahre gesichert. Es war der einzige Liebesbeweis, den er noch erbringen konnte. Wenn Wladimir und der andere Jeremy dort im Fitnessraum in Aktion treten, werden sie von den Gefängniswärtern schon erwartet werden und die Falle wird zuschnappen. Der anonyme Brief, den er in den Hof geworfen hatte, war deutlich genug.

Der zweite Brief wird Victoria und Pierre über seine Beziehung zu Clotilde informieren und sie daran hindern, die beiden weiter auszuhorchen.

Jeremy hatte sein finsteres Gegenbild komplett in die Isolation getrieben und Victoria von der Gefahr befreit, die ihr drohte. Er hatte sich zugleich dazu verdammt, in diesem Loch zu verfaulen, und seine Chancen, eine Lösung für seinen Albtraum zu finden, zunichte gemacht.

Es blieb ihm nun nichts mehr übrig als zu warten und einzuschlafen. Er hatte gehofft, dieses Warten würde gelassen oder zumindest resigniert vonstatten gehen. Aber sein immer noch wacher Geist erweckte Erinnerungen aus seinem kurzen Leben.

Mit einem Mal überwältigte ihn Angst, so wie ein eisiger Wind mit einer Bö in ein offenes Zimmer fährt. Eine maßlose Angst. Eine Angst, die von dem bisschen Vernunft, die ihm noch blieb, nicht beruhigt werden konnte. Ganz plötzlich präsentierte ihm seine Erinnerung eine Szene, die er nicht kannte: er war ein Jahr alt, vielleicht ein wenig älter. Er stand aufrecht in seinem Gitterbettchen und weinte. Er schrie, damit ihn seine Eltern holten, ihn von den Gespenstern wegholten, die ihn aus dem Schatten heraus belauerten. Gespenster, die schon seine Schwester in Tränen ausbrechen ließen, bevor sie sie endgültig zum Schweigen brachten. Er begriff, dass die Furcht, die ihn übermannte, eine Erinnerung von gleicher Intensität heraufbeschworen hatte. Die Dunkelheit war da, bereit ihn zu verschlingen. Die Gespenster waren da, bereit ihn zu quälen. In einigen Minuten würde er einer von ihnen sein. Der alte Mann begann sein Gebet. Und zum ersten Mal war Jeremy froh ihn zu sehen, seine wohlbekannte Stimme zu hören. Dieser Mann betete für ihn. Er war zu seinem Wohl da. Also hörte Jeremy dem Gebet zu, wie er einst den Wiegenliedern seiner Mutter zugehört hatte. Um ohne Angst einzuschlafen.

KAPITEL 7

Weder Hunger noch Neugier hatten es geschafft, ihn aus dem Bett zu locken, aber als er den Spiegel über dem Waschbecken sah, stand er rasch auf und stellte sich davor. Er wagte nicht sofort, hineinzuschauen. Er ließ ein wenig Wasser in seine Handflächen fließen und benetzte sein Gesicht. Er nahm seine Haut als weicher, dünner wahr. Eine Haut, die bei der Berührung seiner rauen und steifen Hände keinen Widerstand leistete. Dann warf er einen Blick auf die spiegelnde Oberfläche und was er sah, entsetzte ihn. Seine Blicke liefen eilig über sein Gesicht, nicht recht wissend, woran sie sich festhalten sollten. Wie viele Jahre hat es gebraucht, um seine Züge so tief zu zerfurchen? Er hatte Augenringe. Neue Falten waren an verschiedenen Stellen aufgetaucht, vor allem um den Mund und auf der Stirn. Seine Haut hatte sich gedehnt, und das Oval seines Gesichts war weniger regelmäßig. Und seine Haare waren spärlich geworden und gaben den Blick auf tiefe Einbuchtungen frei, wo vor gar nicht so langer Zeit kräftige Strähnen in üppigen Wellen gefallen waren. Graues Haar schimmerte an den Schläfen.

›Ich muss an die sechzig sein‹, sagte er sich in einer Anwandlung von Mutlosigkeit.

Dann, sich zur Vernunft rufend, korrigierte er sich: ›Nein, fünfundvierzig oder fünfzig. Ich bin alt.‹

Er warf sich noch einmal Wasser ins Gesicht, wie um diesen Anblick abzuwaschen, die Rillen zu füllen und die Narben zu reparieren.

Er legte sich wieder aufs Bett und starrte unter die glatte und glänzende Decke.

›Mein Leben verrinnt. Ich bin erst nach mehreren Jahren wieder zu Bewusstsein gekommen. Ich werde alt, fern von ihr. Und sie wird ohne mich alt. So viele Jahre. So viele Jahre …‹

Er fühlte den Impuls, aufzugeben. Es gab nun keinen Grund mehr, sich an seine Gegenwart zu klammern. Das Datum, der Ort, an dem er sich befand, die Ereignisse, die ihn hierher gebracht haben … nichts interessierte ihn mehr. Er würde warten. Warten, bis er wieder einschlafen konnte, um noch älter aufzuwachen und so weiter, bis zu seinem Tod. Schließlich war er nur wenige Tage von ihm entfernt.

Das Tablett mit dem Mittagessen wurde gebracht und wieder mitgenommen, ohne dass Jeremy es angerührt hatte. Es war ihm gelungen, sich von seinem Körper zu lösen. Er lag immer noch da, ließ es zu, dass seine Gedanken nach ihren eigenen Gesetzen durch seinen Geist zogen, er sah sie emportauchen, einen Moment verweilen, dann explodieren oder leise sterben, um anderen Platz zu machen. Er sah den Film seines Lebens ablaufen, ohne zu versuchen, darin einen Sinn zu entdecken. Und Victorias Gesicht, wieder und immer wieder. Er hatte ihre Liebe besessen und sie verloren. Jedes Bild von ihr war von einer immer wieder neuen Empfindung begleitet. Ein unerschöpflicher Wärmequell, selbst wenn nach jedem Hauch des Glücks ein kalter, schmerzlicher Wind auffrischte, der die Glut seiner tröstlichen Erinnerungen auszulöschen drohte.

Die Tür öffnete sich, und ein Gefängnisaufseher trat ein.

»Bist du fertig, Delègue?«

Er schaute sich in der Zelle um und stieß wütend die Luft aus.

»Was, zum Teufel… Hast du deine Sachen noch nicht gepackt? Willst du mich verarschen? Du scheinst dich ja richtig drauf zu freuen, den Knast zu verlassen! Du hast zehn Minuten!«, brüllte er noch, bevor er hinausging.

Als Jeremy den Sinn der Worte begriffen hatte, fiel die Stumpfheit, in die ihn seine Gedanken gelullt hatten, von ihm ab.

Sollte er diese Nachricht als eine gute oder eine schlechte betrachten? Was bedeutete sie für ihn? Er erwartete nichts wirklich Positives mehr. Allein seine Heilung hätte noch eine Lösung sein können. Und das auch nur mit Fragezeichen! Viel Zeit war inzwischen vergangen. Jahre. Was konnte er noch retten? Und wozu war der andere Jeremy imstande, sobald er in Freiheit war?

Er begann seine Sachen in einen schwarzen Müllsack zu packen. Sicher würde sich dabei die Gelegenheit bieten, etwas Neues zu entdecken. Inzwischen war er ja Meister in dieser Übung. Er lächelte bei dem Gedanken, dass seine Krankheit Anlass zu Routine gab. Einige Tage hatten genügt, um neue Angewohnheiten anzunehmen. Er öffnete den Schrank und breitete den Inhalt auf dem Bett aus. Zwischen der Kleidung entdeckte er einen mitgenommen aussehenden Karton, in dem einige Papiere lagen. Er stellte ihn auf den Tisch und begann seine Recherchen.

Er fand einen Brief von Clotilde, datiert auf den 6. Juni 2012.

Mein lieber Mistkerl,

ich weiß nicht, welches Ziel du verfolgst. Vielleicht gar keins. Als Pierre mir deinen Brief an Victoria gezeigt hat, habe ich es nicht verstanden. Dumm wie ich bin, sah ich darin als Erstes einen Ausdruck deiner Liebe zu mir. O ja! Ich dachte, dass du es getan hast, um meine Beziehung zu Pierre zu zerstören, um mich ganz für dich zu haben. Dann habe ich schnell begriffen, dass dies keinen Sinn hatte. Du bist zu einer solchen Tat nicht fähig, weil du unfähig bist, zu lieben.
Pierre war am Boden zerstört. Er hat sofort verlangt, dass ich gehe. Das Witzige daran ist, dass es mich traurig gemacht hat. Ich trennte mich von einem Mann, der mich liebte, wegen eines Mannes, der mich nicht mehr liebte. Ich musste widerwillig der Beschreibung zustimmen, die Pierre manchmal von dir gezeichnet hatte: ein Verrückter, der Vergnügen daran findet, Böses zu tun. Ich hätte Pierre anflehen können, mir zu vergeben, aber ich wusste, dass alle meine Mühen vergeblich gewesen wären. Wir waren schon zu lange in zwei verschiedene Richtungen gegangen, und der Abstand zwischen uns machte es nicht mehr möglich, einander zu verstehen. Ich stehe nun allein mit meinem Hass auf dich. Ich werde einen Weg finden, es dir heimzuzahlen, Jeremy. Du hast mich gelehrt, grausam zu sein. Ich werde es sein, glaube mir.

Clotilde

Also hatte ein Teil seines Plans funktioniert. Victoria hatte offenbar seinen Brief erhalten. Es tat ihm leid zu erfahren, dass Pierre gelitten hatte. Aber er hatte ihm zweifellos einen Gefallen getan, indem er ihn von der Beziehung zwischen Clotilde und dem anderen Jeremy in Kenntnis setzte.

Er fand einen weiteren Brief, dessen Schrift er auf der Stelle erkannte. Plötzliche Erregung ergriff ihn, und er konnte das Zittern seiner Hände nicht unterdrücken. Der Brief war vom 18. März 2020.

Jeremy,

ich habe immer geglaubt, dass wir eines Tages wieder normale Beziehungen aufnehmen würden: Die eines Vaters, einer Mutter und eines Sohnes, die einander lieben, über alle Schwierigkeiten hinweg, die sich auftun könnten. Das erste Mal, als wir uns nach deinem Selbstmordversuch wiedersahen, vor nunmehr zwanzig Jahren, ließ mich noch hoffen. Du warst liebevoll, aufmerksam, sensibel. Ich war glücklich, es deinem Vater erzählen zu können, und er, seinen Stolz vergessend, hatte gelächelt, als ich ihm von den mit dir verbrachten Stunden berichtete. Ich bin sicher, dass er es sogar bereut hat, nicht mitgekommen zu sein. Aber unsere Freude war von kurzer Dauer, denn bald warst du uns wieder entglitten. Wieder hast du jeden Kontakt zu uns verweigert. Wieder haben wir es nicht verstanden. Und die Wunde wurde noch grausamer aufgerissen, denn diesmal hatten wir die verheißungsvolle Aussicht, eine neue Zukunft mit dir zusammen aufzubauen, voller Freude ins Auge gefasst. Ich habe bei dir angerufen, dich angefleht, aber nichts konnte dich zu uns zurückbringen.

Das alles ist wie ein böser Traum. Ein Traum, der an dem Tag begann, als du, in der Absicht dich zu töten, stattdessen uns getötet hast. Victoria und Pierre haben die Hypothese vorgebracht, du seiest krank und würdest von Zeit zu Zeit, an deinen Geburtstagen, aus dieser Krankheit erwachen. Vielleicht ist es wahr.

Dein Vater und ich haben uns an dieser Vermutung festgehalten, wie auch an anderen. Jede von ihnen erlaubte uns eine Zeit lang, zu hoffen, erlaubte uns, ein wenig frische Luft zu atmen. Es war so unendlich schwer annehmen zu müssen, dass unser Sohn, das einzige uns gebliebene Kind, uns verabscheute.

Dann hat sich dein Vater geweigert, weiter zu hoffen. Er hat mir verboten, über dich zu sprechen, deinen Namen zu nennen. Er wollte sich selbst weismachen, dass du nicht mehr lebtest, dass du an jenem Tag tatsächlich gestorben warst. Und damit blieb seine eigene Geschichte stehen. Er ging nicht mehr spazieren, traf sich nicht mehr mit Freunden. Selbst die Besuche seiner Enkelkinder vermochten seine Trauer nicht zu lindern. Er ist krank geworden. Ich habe mich um ihn gekümmert und hoffte jeden Tag, dass du eines Tages an unserer Tür klingeln würdest und dass deine Rückkehr ihn wie ein Wundermittel heilen würde. Die letzten vier Jahre waren entsetzlich. Er war nicht mehr bei Verstand. Ich habe mich manchmal dabei überrascht, dich zu hassen, wenn ich dich in seinen verlorenen Blicken entdeckte.

Wir hatten uns früher immer vorgestellt, dass unser Ruhestand einem einladenden Strand gleichen würde. Einem Strand, auf den wir gespült würden, nach vielen Jahren des Kampfes gegen Stürme, nach ängstlich abgewarteten Flauten. Einem endlos langen, warmen Sandstrand, weich und ruhig. Du aber machtest uns diese Jahre zur Hölle.

Dein Vater ist gestern Abend gestorben. Er hat gelitten. Und in seinen letzten Schmerzensschreien hat er deinen Namen gerufen.

Vielleicht wird er dir von dort, wo er ist, vergeben können.

Ich kann es nicht.

Myriam Delègue

Der Schrei, den Jeremy hervorstieß, zerriss den üblichen Geräuschteppich des Gefängnisses.

Die schwere Stahltür schloss sich hinter ihm. Die Sonne blendete ihn, und er kniff die Augen zu. Jeder gerade entlassene Gefangene hätte diese ersten Augenblicke der Freiheit genossen, er aber stand da, verwirrt, vom Licht betäubt.

Er war zwölf Jahre eingesperrt gewesen. Das hatte er dem Datum auf seinem Entlassungsschein entnommen.

Wohin sollte er nun gehen? Musste er wieder nach einem Mittel suchen, ins Gefängnis zurückzukehren, um Victoria und die Kinder zu schützen?

Er hatte einige Stunden Zeit, darüber nachzudenken.

Das bunte Straßengewirr, der Rhythmus, die Nervosität, die ihn umgaben, versuchten ihn mitzureißen. Aber er befand sich nicht in dieser Straße, er war kein Teil dieses Treibens. Sein eigenes Leben spielte sich woanders ab, in einer anderen Zeit.

Er schlug den Weg zu Victorias Haus ein, dorthin, wo sie gewohnt hatte, als er ins Gefängnis kam.

Er betrat die Grünanlage, von der aus er seine kleine Familie beobachtet hatte. Er setzte sich auf die Bank, auf der sich Victoria ausgeruht hatte, einige Jahre zuvor. Ein leichtes Gefühl von Wärme durchzog ihn, als hätte Victoria dort noch Spuren hinterlassen, die sein Körper jetzt reaktivieren könnte. Er dachte an die Worte, die sie damals gesprochen hatte, an ihre Tränen, an ihre Körperhaltung, die einer verzweifelten Frau. Er verlor sich in seinen Gedanken. Seine Mutter, seine Frau, seine Kinder erschienen ihm nacheinander, um ihm zuzulächeln, ihn ins Gebet zu nehmen, ihn zu umarmen, über ihn zu weinen oder ihn zu hassen.

Er wusste nicht, wie lange er dort gesessen hatte, die Augen auf die Fenster des Hauses geheftet. Wohnte Victoria immer noch dort? Sie war sicher umgezogen, um von den Orten Abstand zu gewinnen, die sie mit ihrer schmerzlichen Vergangenheit verband. Er ging zum Eingang des Hauses und überprüfte die Namen auf den Briefkästen. Der von Victoria war nicht dabei.

Er ging zum Haus seiner Mutter, in der Hoffnung, sie zu Gesicht zu bekommen. Sie musste jetzt neunundsiebzig Jahre alt sein, und das Alter und ihre Prüfungen haben sie sicher schwer mitgenommen. Er ging zu Fuß zur Rue du Faubourg-du-Temple und blieb vor dem Gebäude stehen. Die Bilder aus glücklichen Tagen waren allgegenwärtig: auf der Fassade, dem Bürgersteig, diesen Bänken, im Hauseingang. Er näherte sich dem Hausflur und stellte traurig fest, dass man ihn renoviert hatte. Die Briefkästen aus Holz, in die früher die Kinder ihre Namen geritzt hatten, waren durch Aluminiumkästen ersetzt worden und die alten Fliesen durch Marmorplatten.

Er überflog die Namen auf der Gegensprechanlage. Der von seiner Mutter war nicht darunter. Er versuchte seine Befürchtungen zu bekämpfen, indem er an den Brief dachte, den sie ihm geschrieben hatte. Das war vor vier Jahren gewesen, sie war noch am Leben! Aber diese vier Jahre hatten für einen an Amnesie Leidenden zweifellos nicht die gleiche Wertigkeit wie für eine ältere Frau.

Inmitten einer Geschichte ausgesetzt, in der er keine Rolle mehr zu spielen hatte, wollte er nun ganz für sich allein sein und seiner Trauer freien Lauf lassen.

Er bemerkte ein kleines Hotel, ein Stück weiter die Straße hinauf. Die Art von Hotel, die man nur im Notfall in Betracht zieht.

Das Zimmer war ein Dreckloch. Schmutzspuren durchzogen den abblätternden Farbanstrich. Blasses Licht sickerte durch klebrige Vorhänge ins Zimmer. Aber Jeremy war dieses katastrophale Ambiente egal.

Er streckte sich auf dem Bett aus und schloss die Augen.

Etwa eine Stunde war vergangen, als Jeremy ein Klopfen an

der Tür hörte. Er reagierte nicht. Er erwartete niemanden, er existierte für niemanden.

Einige weitere Schläge waren zu hören.

Dann bewegte sich der Türknauf. Jeremy sah, wie sich die Tür langsam öffnete, und nahm einen Schatten wahr, dann einen Blick. Ein Mann beobachtete ihn. Er zögerte hineinzugehen und blieb einige Sekunden auf der Türschwelle stehen, dann machte er ein paar Schritte vor ins Helle.

Da erkannte Jeremy den Mann, der ihn beobachtete, trotz der vielen vergessenen Jahre.

Jeremy saß auf dem Bett und sah Simon vor sich. Sie sprachen nicht miteinander. In dem harten und unerbittlichen Gesicht seines Sohnes fand Jeremy das Kind wieder, das er so wenig gekannt hatte. Er war auf eine herbe Art gutaussehend. Jeder seiner Züge war von einer perfekten Regelmäßigkeit.

Jeremy saß da, gerührt und betroffen zugleich. Wenn er auch nicht erwartete, dass sich Simon in seine Arme warf, so kränkte ihn doch die Kälte seines Blicks.

Simon ergriff das Wort.

»Ich bin gekommen, um Ihnen eine Frage zu stellen«, sagte er entschlossen.

Das Siezen verletzte Jeremy. Er wusste, was Simon von ihm wissen wollte. Seufzend drückte er seine Ohnmacht aus.

»Ich kann sie nicht beantworten.«

Simon presste die Kiefer aufeinander.

»Du bist gekommen, um mich nach meinen Absichten deiner Mutter gegenüber, euch gegenüber zu fragen«, sprach Jeremy weiter. »Ich kann dir nichts dazu sagen.«

»Sie können mir nichts dazu sagen?«, wiederholte Simon zornig. »Für mich klingt das schon nach einer Antwort!«

»Nein. Ich kann nichts dazu sagen, weil ich nur über meine heutigen Gefühle und Handlungen Garantien abgeben kann.

Morgen werde ich ein anderer Mensch sein. Ein Mensch, dessen Bosheit mir bekannt ist und auf den ich keinen Einfluss habe.«

Simon warf sich auf seinen Vater und packte ihn an seinem Hemd.

»Hören Sie mir gut zu«, sagte er, während er ihn schüttelte, wie um die Wichtigkeit seiner Worte zu unterstreichen. »Die Gefängnisverwaltung hat uns über das Ende Ihrer Strafe benachrichtigt und nun ist meine Mutter seit einigen Wochen krank vor Angst. Sie schläft nicht mehr, sie isst nicht mehr. Ich bin Ihnen seit Ihrer Entlassung gefolgt. Ich sah, wie Sie zu unserem alten Haus gingen. Ich sah auch, wie Sie zum Haus meiner Großmutter gingen. Ich weiß nicht, was Sie vorhaben, was Sie suchen, aber eines sage ich Ihnen: Wenn Sie auch nur in die Nähe meiner Mutter kommen, wenn Sie vorhaben, uns Schaden zuzufügen, schwöre ich Ihnen, dass ich nicht zögern werde, Sie … es Sie bereuen zu lassen! Meine Mutter hat genug gelitten. Ich will nicht, dass sie vor Angst stirbt oder vor Kummer wie meine Großeltern. Ich lasse nicht zu, dass Sie sie zerstören! Das schwöre ich Ihnen!«

Simon lockerte seinen Griff und schleuderte Jeremy auf sein Bett zurück. Sein Gesicht hatte wieder die regelmäßige abweisende Schönheit angenommen. Er wandte sich zur Tür.

»Warte!«, schrie Jeremy auf.

Der Ton seiner Stimme überraschte Simon.

»Was hast du gesagt? Meine Mutter, ist sie … Mama ist …«

Simon wurde unsicher, blieb aber auf der Hut:

»Das wissen Sie. Sie ist vor zwei Jahren verstorben. Ihretwegen. Sie ist vor Kummer gestorben. Sie hat ihren Mann verloren … nachdem sie ihren Sohn verloren hatte. Sie hatte sich aufgegeben. Sie aß nicht mehr richtig. Unsere Liebe hat nicht ausgereicht. Sie sehnte sich immer noch nach Ihrer.«

Jeremy ließ sich zu Boden gleiten. Er fühlte einen grausamen Schmerz in seinen Eingeweiden brennen und jeder Herzschlag schickte diese flüssige Lava in die äußersten Winkel seines Bewusstseins, in die winzigsten Fasern seiner Muskeln. Er war ein einziges brennendes Feuer, das sich bald verzehren würde, das zu Asche würde, um sich mit dem Staub zu vermischen, in dem sich seine heiseren Klagen und seine Schluchzer verloren.

Er weinte, bis er sich leer fühlte, dann stand er wieder auf und lehnte sich an die Wand.

»Ich wollte das alles nicht, Simon«, klagte er. »Ich hoffte auf ein normales Leben, zusammen mit deiner Mutter. Mein Leben hätte so schön sein können, wenn ich nicht… wenn ich nicht verrückt geworden wäre. Wenn ich nicht dieses Monster in mir hätte. Ich weiß nicht, welches Leiden dies ist, Simon. Ich weiß nur, dass ich nie ich selbst bin. Nur einige klare Stunden von Zeit zu Zeit erlauben mir, den Schaden in Augenschein zu nehmen, den ich verursacht habe.«

»An Ihren Geburtstagen?«, fragte Simon mit ruhiger Stimme.

»Woher weißt du das?«

»Mama hat es mir gesagt.«

»Sie hat mir also geglaubt.«

»Ja… das heißt… Sie hat immer gesagt, es sei schwer, Ihnen zu vertrauen, denn Sie haben immer gelogen. Aber, als Sie sich selbst wegen Drogenbesitzes angezeigt hatten, war sie sehr durcheinander. Genauso, als Sie den Brief geschickt haben, über… Pierres Frau, dann diese Warnung vor einem gewissen Wladimir. Sie hat mir das alles erzählt, und ich wollte ihr so gern glauben. Ich erinnerte mich wieder an den Tag, an dem Sie mich ins Krankenhaus gebracht hatten. An diesem Tag waren Sie anders. Sie waren nicht der Mann, den Thomas und ich gekannt haben. Selbstverständlich hat Thomas am darauffolgenden Morgen wieder begonnen, Sie zu hassen, und ich, Sie zu vergessen.«

Er sprach jedes Wort langsam und mit Bedacht.

»Ich wollte das alles nicht, Simon«, wiederholte Jeremy. Stille trat ein. Dann ergriff Simon wieder das Wort.

»Angenommen ...« Er unterbrach sich und dachte nach. »Was wird morgen sein?«

»Ich weiß es nicht. Du hasst mich, nicht wahr?«

»Ich kann nicht zwischen dem, der Sie heute sind, und dem, der Sie gestern waren und morgen sein werden, unterscheiden. Das ist zu schwer. Und es führt zu nichts.«

»Ich verstehe«, sagte Jeremy. Er stand auf und stellte sich direkt vor seinen Sohn. »Pass auf deine Mutter auf. Und ich werde diesen widerlichen Kerl, der ich bin, von hier entfernen.«

»Wie?«

»Ich weiß es noch nicht. Ich werde einen Weg finden. Vertrau mir. Manchmal ist es besser, nicht alles zu wissen, wenn man sowieso keinen Einfluss darauf hat.«

Zum ersten Mal senkte Simon den Blick.

Jeremy hätte ihn gern in den Arm genommen und gedrückt, zum einen um ihn zu beruhigen, zum anderen um aus dem Kontakt zu seinem Sohn ein wenig Liebe zu schöpfen, die er so nötig brauchte.

»Ich weiß, was du mir sagen willst. Mach dir keine Sorgen. Geh jetzt.«

Simon war schon fast draußen, als ihn Jeremy noch einmal rief. Seine Stimme war nun brüchig.

»Simon, ich wollte dich fragen ... Victoria ... Deine Mama ... Hat sie sich wieder verliebt?«

Simon schenkte ihm ein blasses Lächeln.

»Manchmal ist es besser, nicht alles zu wissen, wenn man sowieso keinen Einfluss darauf hat.«

Der Abend zog sich in die Länge. Es konnte ihm nicht schnell genug gehen, diese Welt voller Schmerz zu verlassen. Er hatte noch eine gute Stunde Zeit, um einen Plan zu schmieden, der ihm erlauben würde, sein Versprechen zu halten. Ein weiteres Verbrechen begehen, um sofort eingesperrt zu werden? Die Lösung war leicht und wirkte sofort. Ein Einbruchsversuch würde reichen.

Jeremy dachte an Simon, vor allem an ihn. Er bewunderte ihn für das, was er getan hatte. Und er war froh, den Hass ins Wanken gebracht zu haben. Er dachte auch an Victoria. Auch sie wusste, dass er von Zeit zu Zeit existierte, dieser Jeremy, der sie liebte. Sie hatte Recht, vor ihm zu fliehen. Aber an jedem seiner Geburtstage dachte sie an ihn, bestimmt.

Plötzlich hörte er, wie sich der Türknauf bewegte.

Simon kam zurück! Jeremy und sein Sohn würden miteinander reden, versuchen, einander zu verstehen, noch die wenigen klaren Augenblicke ausnutzen. Das erste Mal an diesem Tag fand Jeremy einen Grund zum Lächeln.

Die Tür öffnete sich, und drei Männer drangen ins Zimmer, ihre Waffen auf ihn gerichtet.

»Keine Bewegung, du Penner! Bleib, wo du bist, oder ich mache dich kalt!«

Es war ein Muskelprotz, der ihn anbrüllte. Sein Pitbull-Gebaren machte ihn furchterregend. Sein schwerer Oberkörper staute sich auf gewaltigen Oberschenkeln und sein riesiger Kopf, kahlrasiert, mit kleinen grausamen Augen, schien direkt aus seinen Schultern zu wachsen. Ihm zur Seite stand ein großer Blonder mit langem mageren Gesicht. Er sah aus wie der Comic-Gauner Croquignol, einer der drei aus Les Pieds Nickelés. Der Dritte war kleiner. Er hatte kurzes dunkles Haar, buschige Augenbrauen über großen schwarzen Augen und üppige Lippen. Ruhiger als seine beiden Mitakteure, begnügte er sich damit, Jeremy anzustarren.

Croquignol und Pitbull bauten sich rechts und links vom Bett auf, die Läufe ihrer Pistolen auf Jeremy gerichtet. Der kleine Braunhaarige steckte seine Pistole weg und setzte sich auf den Tisch.

»Siehst du, Delègue, jetzt haben wir dich doch erwischt!«, sagte er mit einer sanften Stimme. »Hat ein bisschen gedauert. Dachtest du, wir würden dich vergessen?«

Jeremy verstand sofort, wer diese drei Männer waren, hatte aber paradoxerweise keine Angst. Dieser Teil seiner Geschichte betraf ihn nicht. Er hätte sogar beinahe gelächelt: die Lösung, seinen Doppelgänger unschädlich zu machen, bot sich vielleicht gerade jetzt, ganz spontan.

»Du schweigst, Delègue?«, fragte Stako drohend.

Was hätte er sagen können? Diese Männer gehörten nicht in seine magere Realität. Sie hatten sich im Tag vertan.

»Du wirst es mir erklären müssen. Alles musst du mir erklären. Von Anfang an.«

Jeremy blieb stumm. Keine Erklärung hätte diesen Mann zufriedenstellen können.

»Gut, dann werde ich für dich reden. Sprechen wir zuerst von deinem Verrat, ist ein paar Jährchen her. Wieso hast du unseren Stoff den Bullen in den Rachen geworfen? Was wolltest du damit bezwecken? Die kleine Dumpfbacke Marco reinlegen? Um den haben wir uns schon gekümmert. Man spielt nicht straflos mit unserer Ware. Nein, das war es nicht, da bin ich sicher. Du hättest sicher eine andere Lösung gefunden. Du bist ein ganz Schlauer. Man hat mir gesagt, dass du im Knast das Personal und einige wichtige Knastbrüder auf deiner Seite hattest. Also … warum?«

Er schaute Jeremy an und wartete auf eine Antwort.

»Dann«, fuhr er fort, »hattest du vor, meinen Bruder zu töten. Wladimir sollte das übernehmen. Und von heute auf morgen lässt du deinen Kumpel fallen. Ich seh nicht so recht, wo da der Plan ist. Du warst dreizehn Jahre im Bau, du stehst ohne Hemd da und hast nichts, keinen, der dir unter die Arme greift, keinen Penny in der Tasche… Nein, wirklich, ich verstehe es nicht. Und ich hasse es, nicht zu verstehen. Du wirst es mir erklären müssen.«

Jeremy antwortete nicht. Er hatte sogar Mitleid mit diesem Mann, der Stunden damit zugebracht haben musste, irgendwelche unwahrscheinlichen Hypothesen zu entwerfen.

Der Pitbull schlug ihn mit dem Lauf seiner Pistole. Der Schlag betäubte ihn für einen Moment.

»Also, Delègue?«

Diesmal war es Croquignol, der ihn mit dem Griff seiner Waffe auf die Wange schlug. Er fühlte warme Flüssigkeit in seinem Mund.

Er empfand immer noch keine Angst und keinen Hass. Diese Gewalt galt seinem Doppelgänger.

Ein weiterer Schlag auf den Kopf ließ ihn das Bewusstsein verlieren.

Als er wieder zu sich kam, diskutierten die Männer miteinander. Croquignol gab Stako ein Zeichen mit dem Kopf. Er drehte sich zu Jeremy um.

»Na also! Bist du wieder bei uns? Bravo! Dann können wir uns ja weiter unterhalten.«

Er verpasste Jeremy eine ungeheuer brutale Ohrfeige. Jeremy glaubte, in Ohnmacht fallen zu müssen. Aber er begriff sofort, dass die Schläge nicht allein für seinen Zustand verantwortlich waren. Er war dabei, in den Abgrund der Zeit zu stürzen. Er erkannte jedes Symptom wieder. Sein Körper entspannte sich, und sein Schmerz schwand.

Stako betrachtete ihn mit einem bösen Lächeln.

»Du bist ein harter Knochen, Delègue. Kein Schrei, keine Reaktion … Es liegt in deinem eigenen Interesse zu reden, weißt du? Denn, wenn du mich davon überzeugen kannst, dass du meinen Bruder davor bewahrt hast, von Wladimir gekillt zu werden, werde ich gnädig sein. Wenn nicht, werde ich ein Exempel statuieren müssen und allen zeigen, dass niemand unsere Familie ungestraft herausfordern darf. Das ist meine Logik, verstehst du? Zu zeigen, dass, sogar nach so vielen Jahren, wer uns bescheißt, selbst beschissen wird.«

Er befragte Jeremy mit dem Blick. Nach einigen Sekunden seufzte er resigniert und gab seinen Folterknechten einen Wink. Mit einer unglaublichen Bestialität stürzten sie sich auf Jeremy und prügelten rücksichtslos auf ihn ein.

Jeremy schloss die Augen und versuchte wieder zu Atem zu kommen. Als die Schläge aufhörten, beugte sich Stako über ihn.

»Also, Delègue? Ich gebe dir eine letzte Chance zu reden. Weißt du, je mehr du dich widersetzt, umso mehr Respekt nötigst du mir ab und umso mehr will ich die Wahrheit über diese Geschichte wissen.«

Doch die Worte erreichten Jeremy nur noch mit einiger Verzögerung zu der Bewegung der dicken Lippen seines Henkers.

Er fühlte die Kälte kommen und seine Glieder steif werden. Bald würde er diese Szene aus einem schlechten Gangsterfilm verlassen.

Das Bild Stakos verschwamm. Er hörte die Stimmen der Männer, die etwas besprachen.

Bald vernahm er eine andere, vertraute Stimme. Das Gebet hatte begonnen. Er drehte leicht den Kopf und sah den alten Mann. Er war auf der linken Bettseite, über sein Bett gebeugt, und schwankte mit dem Oberkörper im Rhythmus der Zauberformeln.

Da sah Jeremy einen Schatten herannahen. Er konzentrierte seine Aufmerksamkeit auf diese Gestalt und, um nicht ohnmächtig zu werden, versuchte er einen tiefen Luftzug an dem Blut vorbei, das seine Kehle hinabfloss. Er erkannte die Silhouette von Stako, nur einen Meter von ihm entfernt, und sah den Lauf einer Pistole auf ihn gerichtet.

Der alte Mann verstärkte die Intensität seines Gebets und betonte jedes Wort mit einer Geste seiner geschlossenen Hand. Das Gebet, das er sprach, passte heute wirklich gut ins Bild.

Jeremy hörte einen Schuss und ein feuriger Blitz explodierte hinter seinem Blickfeld.

KAPITEL 8

»Herr Delègue, wachen Sie auf! Heute ist ein großer Tag!«

Jeremy bewegte sich nicht. Er blieb regungslos liegen, die Augen geschlossen, und hoffte, schnell wieder einschlafen zu können, um den Ablauf dieser absurden Lebensfragmente zu beschleunigen.

»Kommen Sie schon, Herr Delègue. So ein Faulpelz! Na gut, ich werde Sie jetzt waschen«, sprach die weibliche Stimme weiter.

Jeremy fragte sich, was diese Worte wohl bedeuteten. Er öffnete die Augen und sah sich lang ausgestreckt auf einem Bett liegen, komplett nackt. Eine Krankenpflegerin beugte sich über ihn und fuhr ihm mit einem Waschhandschuh über die Beine.

Er versuchte, das Laken hochzuziehen, um seine Nacktheit zu bedecken. Aber seine Hand versagte ihm den Dienst. Und als er protestieren wollte, entwichen nur zusammenhanglose Laute aus seinem Mund. Er war unfähig, auch nur die kleinste Bewegung auszuführen. Sein Körper lag da, leblos und schwer wie ein alter Holzklotz.

Entsetzt verstärkte er seine Bemühungen, aber nur sein rechter Arm bewegte sich. Mit vor Anstrengung hervorstehenden Augen sah er die Pflegerin ihn wie ein Ding handhaben.

»Na, na! Jetzt beruhigen wir uns aber wieder, Herr Delègue.

Ich wasche Sie nur, mehr nicht! Also hören Sie mit dem Theater auf! Und Sie brauchen mich auch nicht so anzusehen. Er ist wirklich speziell, dieser hier! Er kann ruhig und charmant sein und im nächsten Augenblick könnte man schwören, dass er einen umbringen will.«

Jeremy suchte mit den Blicken den Raum ab, um herauszufinden, an wen sich diese Worte richteten. Auf der anderen Zimmerseite sah er eine andere Pflegerin einen alten Mann waschen, der sich ohne Widerstand der Prozedur ergab.

»So, jetzt sind Sie ganz sauber. Ich ziehe Ihnen jetzt einen Schlafanzug und einen Morgenmantel über. Vielleicht bekommen Sie ja heute Besuch.«

Als Jeremy die Situation begriffen hatte, war er erschüttert. Eine neue Variante seines Albtraums.

Als die Krankenpflegerin damit fertig war, ihn anzuziehen, rasierte und kämmte sie ihn schnell.

»Jetzt sind Sie richtig hübsch, Herr Delègue. Ich zeige es Ihnen.«

Sie hielt ihm einen Spiegel vor das Gesicht.

Jeremy schloss fast instinktiv die Augen. Was würde er zu sehen bekommen?

Doch die Neugierde war stärker, und er warf einen Blick in den Spiegel. Er bereute es sofort. Ein alter Mann schaute ihn an. Ein Greis. Faltige Haut, die Züge tief eingegraben, die Haare fast vollständig ergraut. Und auf der Stirn, die Schwellung einer runden Narbe.

Dieser Anblick war der reinste Horror. Er erzählte ihm von seinen verlorenen Jahren, aber auch von dem Fehlen jeglicher Zukunft. Was hatte er noch zu erhoffen, gelähmt wie er war und auf immer an dieses Bett gefesselt?

In seinem Körper gefangen, versuchte er sich zu beruhigen und vernünftig nachzudenken. Bedeutete diese Situation nicht den absoluten Sieg über den anderen Jeremy? Er hatte das Duell gewonnen. Er würde die Konsequenzen tragen.

Die Pflegerin näherte sich.

»So, jetzt werden wir etwas essen«, verkündete sie und legte ihm einen Schlabberlatz um den Hals.

Jeremy hatte eine Spazierfahrt machen dürfen. Dann, nachdem er mit dem Mittagessen fertig war, wurde er von einer Hilfsschwester in den Aufenthaltsraum gebracht. Dann hatte sie einen Kuchen geholt, mit einer brennenden Kerze oben drauf.

»Alles Gute zum Geburtstag, Herr Delègue!«, hatte sie ihm zugerufen, stolz auf ihre Fürsorglichkeit. »Da kein Platz für fünfundsechzig Kerzen war, habe ich nur eine drauf gesteckt. Wir tun mal so als ob!«

Jeremy hatte diese Information vollkommen gleichgültig registriert. Fünfundsechzig Jahre, dachte er. Er sah eigentlich wesentlich älter aus. Er hatte zweiundzwanzig Jahre seines Lebens übersprungen. Zweiundzwanzig Jahre ohne aufzuwachen. Egal, er war seinem Tod näher gekommen.

Die Hilfsschwester bat um Aufmerksamkeit der im Aufenthaltsraum anwesenden Heiminsassen.

»Wir werden Herrn Delègue jetzt ein Geburtstagslied singen. Alle zusammen!«

Dann machten sich all diese alten Menschen ans Werk, die Klaren, die Verwirrten, die Fröhlichen, die Traurigen, die Verkrüppelten, die Gelähmten, und wünschten ihm singend einen frohen Geburtstag. Jeremy betrachtete sie mit Entsetzen. Das Leben machte sich über ihn lustig. Er hatte es mit Verachtung strafen wollen, sich für Gleichgültigkeit bis zum Tod entscheiden, aber es plagte ihn, erfinderisch und grausam. Er war ein junger Mann von zwanzig Jahren, eingesperrt in den Körper dieses bewegungsunfähigen Greises. Um ihn herum sangen abwesende, wohlwollende oder verzerrte Gesichter von der Zeit, die verging. Da begann er zu lachen, ein hysterisches Lachen, erstickt durch seine Unfähigkeit, den Rachen weit zu öffnen, ein irres Lachen, ein krankes Lachen, das er sich nicht erklären konnte.

›Ich bin unter den lebenden Toten. Ich bin da, wo ich hingehöre. Ich habe keine Familie mehr. Ich bin allein. Wie wird der, der mein Leben zerstört hat, kreuzunglücklich sein! In einen Rollstuhl gezwängt, wird er mit dem Löffel gefüttert und singt mit den Verrückten im Chor!‹

Er hatte nun seinen Frieden gemacht. Die Sonne streichelte seine Haut. Die Altenpflegerin hatte ihn auf eine kleine Terrasse gefahren, wo er, von einer sanften Brise umweht, diesen Moment der Stille genoss.

Er hätte jetzt gern sterben mögen, befriedet durch dieses wohlige Gefühl. Er schloss die Augen, in der Hoffnung, für immer einzuschlafen.

»Alles Gute zum Geburtstag!«, sagte eine Stimme, die er sofort erkannte.

Simon stand vor ihm und hielt ein Geschenk in der Hand.

Die Überraschung, die Wiedersehensfreude, aber auch die Scham, in dieser Hilflosigkeit zu erscheinen, bildeten eine verwirrende Mischung und brachten ihn durcheinander. Was wollte sein Sohn hier? Warum war er so freundlich? Hatte er ihn schon vorher in diesem jämmerlichen Zustand gesehen?

Simon setzte sich ihm gegenüber. Er schien verlegen zu sein, presste die Lippen aufeinander, als wollte er einen Ausdruck der Unsicherheit auffangen.

Jeremy versuchte mit ihm zu sprechen, aber er brachte nichts weiter hervor als einen erstickten Laut.

Simon wusste nicht, was er sagen oder tun sollte, also zeigte er ihm das Geschenk und legte es lächelnd auf Jeremys Knien ab.

»Wenn du möchtest, werde ich es für dich öffnen.«

Jeremy war froh, dass Simon ihn duzte.

Simon riss das Paket auf und holte eine Mütze und einen Schal hervor. Er zögerte, dann legte er den Schal um den Hals seines Vaters. Danach setzte er ihm die Mütze auf und machte einen Schritt zurück, um ihn zu betrachten.

»Steht dir ganz gut.«

Jeremy nickte kaum wahrnehmbar, um sich zu bedanken, und hob ein wenig den Arm an. Er war erfreut, Simon so aufmerksam zu sehen.

Er versuchte, langsamer zu atmen, um einige Wörter artikulieren zu können. Aber auch diesmal brachte er nur eine groteske Lautfolge heraus.

»Du möchtest mit mir sprechen? Die Schwestern sagten mir, dass du mit deiner rechten Hand schreiben kannst. Sie haben mir Papier und einen Stift gegeben.«

Es blieb ihm also doch noch ein Kommunikationsmittel.

Er griff nach dem Blatt und dem Stift und schrieb:

Warum bist du zu mir gekommen?

Simon nahm das Blatt und las die Frage. Er hob den Kopf nicht sofort, sondern blieb nachdenklich, mit einem traurigen Zug um die Lippen.

»Weil heute dein Geburtstag ist. Und weil du vielleicht heute mein Vater bist.«

Diese Worte wühlten Jeremy auf.

Mit einer Geste verlangte er nach dem Papier.

Warst du seit unserer letzten Begegnung schon mal hier gewesen?

Simon nickte.

»Ja, schon oft. Und an jedem deiner Geburtstage. Und du hast mir diese Fragen noch nie gestellt.«

Die beiden Männer wechselten einen tiefen Blick, in dem so viele Worte, so viel Zuneigung, so viel Bedauern und Freude lag.

»Bei jedem meiner Besuche hoffte ich auf ein Zeichen, auf einen Blick, der mir sagte, dass ich vor mir denselben Mann hatte, den ich in jenem Hotelzimmer verließ. Die ersten fünf Jahre weigertest du dich, mich zu empfangen. Dann habe ich dir meine Gegenwart aufgedrängt, aber du bliebst kalt, abweisend. Ich sah, wie sich deine Augen bewegten, wie du zu begreifen versuchtest, was ich hier zu suchen hatte. Jedes Mal wusste ich, dass du nicht in deinem Normalzustand warst. Dass dein anderes Ich im Innern dieses reglosen Körpers war. Heute war es anders. Es ist merkwürdig, aber ich habe es fast sofort gewusst.«

Jeremys Augen füllten sich mit Tränen. Sein Sohn hatte ihn gesucht, hatte auf ihn gewartet. Simon nahm seine Hand.

»Wie hast du es angestellt, dich in so einen Zustand zu bringen?«, fragte er leise. »Gab es keine andere Lösung?«

Vielleicht, aber ich hatte keine Wahl. Erzähl mir von dir, deinem Leben, deinem Bruder. Von deiner Mutter.

»Glaubst du, es ist eine gute Idee?«, fragte Simon und runzelte die Stirn.

Jeremy nickte.

»Mama und Thomas wissen nicht, was aus dir geworden ist. Ich habe ihnen nie von unserer Begegnung erzählt, von dem Tag, als du aus dem Gefängnis entlassen wurdest, und auch nicht, was ich über den Angriff auf dich erfahren habe, als ich am nächsten Tag wieder ins Hotel ging. Ich habe für sie eine Geschichte über einen Verkehrsunfall erfunden. Für sie bist du an einen Rollstuhl gefesselt und lebst irgendwo in Florida. Ich musste sie gedanklich von dir entfernen, sie sollten sich dich woanders vorstellen, harmlos, aber in gewisser Weise das Leben genießend. Wenn ich die Wahrheit gesagt hätte, hätte sich Mama ewig Vorwürfe gemacht. Sie hätte gedacht, dass du dich in diesen Zustand gebracht hast, um sie zu retten. Und sie hätte ihr Leben niemals genießen können, wenn sie gewusst hätte, wie nah du bist und in welcher Verfassung.

Ich war es, der dich hierher gebracht hat. Ich habe Spezialisten konsultiert. Ich habe Recherchen betrieben, um herauszufinden, ob ähnliche Fälle von Amnesie bekannt sind, aber ich habe nichts gefunden. Die Ärzte haben mir keine Hoffnung gemacht, dass du deine wahre Persönlichkeit dauerhaft zurückerlangen könntest. Aber ich gebe nicht auf…«

Jeremy drückte Simons Hand. Er, der unwürdige Vater, hatte das große Glück, einen wundervollen Sohn zu haben. Einen Sohn, der immer noch hoffte, seinen Vater wiederzubekommen, selbst in diesem Zustand.

»Ach ja«, erzählte Simon weiter, »ich habe vergessen, dir zu sagen, dass Thomas und ich verheiratet sind und Kinder haben! Ich habe einen Jungen und ein Mädchen. Mein Sohn ist zwölf. Er heißt Martin, wie… wie dein Vater. Julie ist sechs Jahre alt. Ich habe Fotos bei mir.«

Er holte seine Brieftasche heraus und klappte sie auf. Jeremy sah zwei bezaubernde Kinder, Arm in Arm, an einem Strand.

»Sind sie nicht süß?«, sprach Simon weiter. »Thomas hat einen fünfjährigen Sohn, Sascha. Er wohnt in Lyon. Er ist Verwaltungsdirektor der französischen Niederlassung einer großen amerikanischen Firma. Und ich, ich bin Künstler. Ich male. Meine Bilder verkaufen sich gar nicht schlecht. So, was könnte ich dir noch sagen? Es ist nicht so einfach, die vielen Jahre in nur wenigen Worten zusammenzufassen.«

Diese Fotos, die Kommentare von Simon, seine offensichtliche Freude, seinem Vater davon erzählen zu können, beglückten Jeremy. Er hatte eine Familie, Enkelkinder! Indem er sein anderes Ich in die Knie gezwungen hatte, hatte er dazu beigetragen, dieses Glück zu ermöglichen.

Ich freue mich sehr für euch.

Du hast mir noch nicht gesagt, was aus deiner Mutter geworden ist. Du kannst es mir sagen. Ich hoffe, sie ist glücklich.

Simon murmelte etwas verlegen:

»Sie hat nicht wieder geheiratet, aber sie lebt seit fünfzehn Jahren mit einem Mann zusammen. Er heißt Jacques. Er ist Anwalt. Sie arbeitet nicht mehr. Sie kümmert sich lieber um ihre Enkelkinder. Sie ist eine wundervolle Großmutter.«

Jeremy senkte den Blick. Victoria wird nie wieder ihm gehören. Er hatte mit ihr nur einige Stunden, nur wenige Tage verbracht.

Ich bin müde. Bring mich bitte auf mein Zimmer.

Simon schien über die plötzliche Erschöpfung seines Vaters enttäuscht zu sein.

Er schob den Rollstuhl ans Bett heran. Dann nahm er ihm seine Jacke ab, hob ihn auf den Armen aus dem Rollstuhl und legte ihn aufs Bett. Draußen hatten die Pflegekräfte begonnen, das Abendessen zu servieren.

Simon stellte sich ans Bett seines Vaters. Er streckte seine Hand zögernd vor und streichelte seine Stirn.

»Ich werde dich wieder besuchen kommen, oft. Und ich werde zu deinen Geburtstagen hier sein, Jahr für Jahr.«

Jeremy schloss seine Hand zu einer Faust und streckte sie vor. Simon betrachtete sie einen Augenblick, dann schlug er zärtlich mit seiner Faust gegen die Faust seines Vaters.

»Ich hätte dich so gern zum Vater gehabt und euch beide, dich und Mama, zusammen glücklich gesehen. Ich hätte einfach gern eine richtige Familie gehabt!«

Er hielt seine Tränen zurück, die ihm die Kehle zuschnürten, beugte sich über seinen Vater und küsste ihn.

»Bitte komm bald wieder«, flüsterte er ihm zu.

Er ging hinaus und überließ Jeremy dem Schlaf, der ihn schon erwartete.

KAPITEL 9

8. Mai 2055

Es war sein letzter Tag. Als er aufwachte, hatte er es sofort gewusst.

Jeremy hatte das Heim wiedererkannt. Dasselbe oder ein ähnliches Zimmer.

Er war alt, und sein Körper hatte aufgehört zu kämpfen.

Er schaffte es nicht, die dichten Dampfschwaden in seinem Gehirn zu zerstreuen, die einen aufkommenden Gedanken erstickten, entstehende Bilder auflösten, Geräusche schluckten.

Er war nicht dieser reglose Körper, den unbekannte Hände wuschen. Er war der Geist, der kam und ging, der ein Ziel suchte, der nicht wusste, wohin.

Die Pflegerinnen hatten ihm wie einem kleinen Kind alles Gute zum Geburtstag gewünscht. Eine von ihnen gab ihm die Information, auf die er gewartet hatte.

»In einem Jahr werden wir ihr dreiviertel Jahrhundert feiern, Herr Delègue!«

In den wachen Momenten zwischen zwei geistigen Abwesenheiten hatte er seine Berechnungen gemacht und alles, was geschehen war, den Bruchstücken seines Lebens zugeordnet.

Ein neun Tage langes Leben. Und so viel geschehen.

Neun Tage. Und so viele geopferte Hoffnungen.

Man hatte ihm einen anthrazitgrauen Anzug und ein weißes Hemd angezogen, eine bordeauxfarbene Krawatte umgebunden. Er wurde sorgfältig frisiert und mit Parfum eingesprüht. Er nahm an, eine kleine Geburtstagsfeier war für ihn vorbereitet worden.

Er fürchtete sich schon vor dem Augenblick, in dem man ihm den Spiegel vorhalten würde, aber keine der Schwestern hatte daran gedacht. Er wollte auf keinen Fall sehen, was aus ihm geworden war. Er hatte versucht, seine rechte Hand zu bewegen, aber sie war genau so steif wie der Rest seines Körpers. Ein Körper, der sich wie ein Sarg über einem Verstand geschlossen hatte, der nur zwanzig Jahre und ein paar Tage alt war.

Er war ein Körper ohne Leben.

Er war ein alter Mann, dessen einzige Hoffnung darin bestand, seinen Sohn zu sehen.

Er musste seinen letzten Stunden einen Sinn geben, sich von seinem Leben verabschieden, nicht einfach dumpf ins Nichts hinübergleiten. Er wollte nicht gehen, ohne ein letztes Mal einen geliebten Menschen zu sehen, die Zärtlichkeit einer liebenden Hand zu spüren.

Jeremy lachte sich selbst innerlich aus, bei dem Gedanken, sein Sohn könnte sich noch für dieses Wrack aus wundgelegenem Fleisch interessieren. Er war des Wartens sicher müde geworden.

Die Frühlingssonne streichelte seine Haut. Einen Moment lang ließ er seiner Fantasie freien Lauf und stellte sich vor, die Sonnenstrahlen sickerten durch jede seiner Poren und wärmten seine Zellen auf, gelangten bis zu den vitalen Funktionen und luden die verbrauchte Energie wieder auf. Noch ein paar Augenblicke, und er wäre wieder imstande aufzustehen, zu laufen, zu sprechen und zu lachen.

Eine Wolke schob sich vor die Sonne, und Jeremy grummelte. Er öffnete die Augen, um die Größe des Störenfrieds abzuschätzen.

Simon stand vor ihm. Jeremy fühlte, wie es in seinem Innern warm wurde. Eine andere Energiequelle.

Simon forschte in Jeremys Blick, und dieser verstand, was er suchte. Er ließ einige dumpfe Laute hörbar werden. Simon kam näher. Jeremy starrte Simon mit aller Intensität an, zwinkerte mit den Augen und zog die Brauen in die Höhe. Er musste ihm begreiflich machen, dass er da war.

Simon streckte die Hand aus, um sie auf die Hand des alten Mannes zu legen. Bei dieser Berührung fühlte Jeremy, wie sich seine Hand unmerklich rührte. Er konzentrierte seinen ganzen Willen auf diese Körperpartie und seine Finger bewegten sich. Er konzentrierte sich weiter und fürchtete, die dichten Nebelschwaden seines Alters würden ihn um die Früchte seiner Anstrengung bringen.

Simon verstand und schaute die Hand an, die sich bewegte.

Und seine gesamte Liebe, sein gebündelter Wille, die Energie der Sonne und das Glücksgefühl, seinen Sohn wiederzusehen, machten es möglich, dass er die Finger beugen und seine geschlossene Faust um einige Zentimeter anheben konnte.

Simon lächelte gerührt. Er legte seine Faust auf die seines Vaters und blickte ihn mit einem Ausdruck an, als habe er einen Sieg errungen.

»Dann bist du also endlich zurückgekommen?«, murmelte er. »Ich bin so glücklich darüber! Es ist wie ein Zeichen des Himmels! Ich hatte es so sehr gehofft! Heute ist die Hochzeit meines Sohnes. Ich wollte dich dabeihaben.«

Er setzte sich, nahm die Hand seines Vaters und massierte sie.

»Ich weiß, dass du alles verstehst, was ich sage. Ich weiß,

dass du dir eine Menge Fragen stellst. Ich will versuchen, darauf zu antworten. Zuerst, ja, ich war hier, sogar sehr oft. Nicht nur an deinen Geburtstagen. Unser letztes Treffen vor neun Jahren hatte mich tief bewegt. Natürlich sah ich bei jedem meiner Besuche, dass du nicht da warst. Aber, einfach Zeit mit dir zu verbringen, zu wissen, dass irgendwo hinter diesem reglosen Körper die Seele meines Vaters war, genügte mir.

Und als wir das Datum von Martins Hochzeit festgelegt hatten, betete ich, dass du anwesend sein mögest. Ich wollte dich so gern meiner Familie vorstellen.

Ich habe gestern allen von dir erzählt. Wir waren alle bei mir zu Hause versammelt. Ich sagte den Kindern, dass sie einen Großvater haben und dass sie ihn heute kennen lernen würden. Sie waren überrascht, das kannst du dir denken. Sie haben mir sogar Vorwürfe gemacht, die Wahrheit vor ihnen versteckt zu haben. Und ich habe mich gefragt, ob es richtig war, dieses Geheimnis für mich zu behalten. Zu spät, sagte ich mir dann. Alles zu spät. Und das Leben ist vorübergegangen.

Ich habe auch Mama und Thomas von dir erzählt. Sie waren schockiert. Thomas schien etwas böse auf mich zu sein, ohne richtig zu wissen, warum. Mama war irgendwie erleichtert. Ich gebe zu, allein der Gedanke, dich heute wieder zu sehen, hat sie aufgewühlt. Sie weiß nicht so recht, was sie davon halten soll. Sie glaubt, dass du nicht bei Verstand bist, und das wird ihr sicher helfen, den Gedanken an diese Begegnung zu akzeptieren.

So. Ich weiß nicht, ob ich damit alle deine Fragen beantwortet habe. Ich weiß nicht, ob du überhaupt Lust hast, mitzukommen, aber es gibt Momente im Leben, wo ein Sohn die Entscheidung für seinen Vater treffen muss.«

Jeremy bewegte die Hand, um seinen Sohn zu beruhigen.

»Du machst was her als Großvater«, sagte Simon. »Der Bart steht dir gut. Die Schwestern haben deine Sachen sicher schon vorbereitet. Ich hole dich in ein paar Minuten ab.«

Simon stand auf und verschwand. Jeremy fühlte sich erschöpft und müde.

Diese Begegnung hatte zu viel Energie gefordert, zu viele Gefühle aufgewühlt.

Er ließ es zu, dass sein Körper eindämmerte.

Sie waren vor einer Synagoge. Simon hatte ihn aus dem Auto gehoben und vorsichtig in seinen Rollstuhl gesetzt. Er schob ihn jetzt durch die Menge der geladenen Gäste, die einander auf dem Bürgersteig begrüßten. Jeremy sah viele Blicke auf sich fallen. Unterwegs hörte er ein Gemurmel von Fragen und Antworten zu seiner Person.

Ein junges Mädchen kam heran, und Jeremy glaubte einen Moment lang zu halluzinieren. Sie sah aus wie Victoria, am Tag seines zwanzigsten Geburtstags.

»Das ist Julie, meine Tochter. Deine Enkeltochter«, sagte Simon und ließ seine Blicke von einem zum anderen gleiten.

Sie hatte die Haltung und das Lächeln ihrer Großmutter, aber ihr Gesicht war noch zarter als das von Victoria. Der Blick ihrer tiefblauen Augen war von einer Sanftheit, die nur darauf zu warten schien, sich über Lebewesen und Dinge zu legen, um ihnen wohl zu tun. Ihre kleine schnurgerade Nase war ein Meisterstück der Harmonie und Balance.

Sie beugte sich zu ihm und küsste ihn.

»Guten Tag, Großvater. Ich bin glücklich, dich kennen zu lernen.«

Die Steifheit des Körpers und die Abwesenheit jeglicher Reaktion, abgesehen von einem undefinierbaren Zucken um die Mundwinkel, verunsicherten sie. Sie hob die Augen zu ihrem

Vater auf, und er beantwortete ihre unausgesprochene Frage mit einem traurigen Lächeln.

»Ich lasse dich jetzt in der Obhut von Julie. Sie wird sich während der Zeremonie um dich kümmern. Ich muss meinen Arm der Schwiegermutter meines Sohnes anbieten. Die Pflicht ruft!«, rief er noch leichthin, bevor er zwischen den Gästen verschwand.

Julie blickte ihren Großvater liebevoll an.

»Ich bin wirklich froh, dich kennen zu lernen, weißt du. Ich weiß nicht viel über dich … aber ich bin wirklich glücklich.«

Jeremy war immer noch von diesem Gesicht fasziniert, das ihn so sehr an seine verlorene Liebe erinnerte. Dann dachte er, dass Victoria genauso alt sein musste wie er. Er kam sich dumm vor, nicht früher an diese Offensichtlichkeit gedacht zu haben. Seit seiner Ankunft hatte er versucht, sie in der Menge der Gäste zu entdecken. Würde sie auch so gebrechlich sein wie er? Er schauderte: Hätte er nicht lieber das Bild ihrer Schönheit in sich bewahrt?

»Komm, wir gehen weiter nach vorne. Für die Familie sind Plätze reserviert.«

Diese Bemerkung rührte Jeremy. Er hatte eine Familie!

Julie schob den Rollstuhl ans Ende der Reihe, rechts vom Altar, vor dem das junge Paar Platz nehmen würde, und setzte sich neben ihn.

Bald darauf kamen weitere Personen, um seine Bekanntschaft zu machen, ihm nette Worte zu sagen, ihn zu küssen. Julie versuchte, sie ihm vorzustellen, aber Jeremy war bald überfordert. Großcousins und angeheiratete Neffen, Onkel, Tanten. Ab und zu glaubte Jeremy einen Namen zu erkennen, der jedoch zu schnell vom nächsten Gesicht abgelöst wurde, um den Verwandtschaftsgrad identifizieren zu können, der ihn mit diesen um ihn herumschwirrenden Frauen und Männern verband. Und doch war er glücklich, im Zentrum dieses Kommens und Gehens zu sein, ein Teil dieses sprudelnden Lebens zu sein, diese Nettigkeiten und diese freundlichen Worte zu hören.

»Es geht los«, flüsterte ihm Julie ins Ohr.

Eine Geige spielte zum Beginn der Zeremonie.

Jeremy konnte die beiden Personen, die gerade hereinkamen, nicht sehen. Sie waren noch weit weg, und er erkannte nur ihre undeutlichen Umrisse, die in dem gleichen Rhythmus vorwärtsschritten. Dem Protokoll nach musste es sich um den Bräutigam und dessen Mutter handeln. Sie nahmen vor dem Altar Platz, dann kam die Braut, von ihrem Vater geführt. Simon folgte als Nächster, mit der Mutter der Braut am Arm, strahlend vor Glück. Als er vor seinem Vater war, lächelte er ihn an und zwinkerte seiner Tochter zu.

Nun hielten die Großeltern Einzug. Als die beiden Schatten auf den Altar zu schritten, erkannte Jeremy augenblicklich die Gestalt, den Gang, die Kopfhaltung von Victoria. Blut schoss ihm in den Kopf und die purpur- und goldfarbene Kulisse der Synagoge geriet ins Wanken und drohte zu kentern. Die Emotion war zu heftig gewesen, und er fürchtete, in Ohnmacht zu fallen. Aber diesem Unwohlsein folgte ein Gefühl von Trost. Er nahm das Klopfen seines Herzens wahr und eine wohltuende Wärme breitete sich in seinem Körper aus. Er fühlte sich endlich wieder lebendig. Nur Victoria war imstande, das zu bewirken.

Als sie weniger als drei Meter von ihm entfernt war, konnte er ihr Gesicht sehen und ihre Blicke trafen sich. Sie schaute ihn lange genug an, so dass er jedes Detail ihres Gesichtes wahrnehmen, jedes Wort verstehen konnte, das sie unhörbar zu ihm sprach. Es war Zärtlichkeit in ihrem Blick, auch Ratlosigkeit, vielleicht auch ein wenig Angst. Sie war immer noch sehr schön. Das Alter hatte lediglich ihre Gesichtzüge weicher gezeichnet und einige Falten in ihre Augenwinkel geschrieben.

Jeremy wurde bewusst, dass viele Personen Zeugen dieses stillen Austauschs waren.

Julie hatte scheu ihren Kopf gesenkt, um dieses stumme Gespräch nicht zu stören.

»Da bist du also«, sagten ihm Victorias Augen. »Hier sind wir, nach so vielen Jahren wieder zusammen, um der Heiligung einer Liebe beizuwohnen, die aus unserer hervorgegangen ist. Ich erinnere mich an unsere Liebe, Jeremy. Sie hätte unbeschreiblich schön sein können, wenn nicht alles außer Kontrolle geraten wäre. Wenn du nicht versucht hättest, dich zu töten, wenn ich früher begriffen hätte, dass du der Mann meines Lebens warst, wenn man dich hätte heilen können, wenn ... wenn du ganz einfach der Mann geblieben wärst, der mir an seinem zwanzigsten Geburtstag in wenigen Worten begreiflich machen konnte, dass ich nicht existieren könnte, wenn sein Atem mich nicht tragen würde. Wir hätten weit kommen, zusammen hier ankommen können. Hand in Hand nebeneinander sitzen, unser Werk betrachten, stolz auf diese neue Flamme, die den Ehrgeiz hat, höher als unsere zu schlagen. Aber, schau uns an, Jeremy! Du, in diesem Rollstuhl, die Gesichtszüge erstarrt. Ich, eine Großmutter, die sich so viel Mühe gibt, jünger zu erscheinen. Und in deinen Augen, die allein noch lebendig zu sein scheinen, lese ich das gleiche Bedauern über dieses vergeudete Leben.«

Und Jeremy antwortete ihr.

»Ja, unser Wiedersehen. Unglaublich und nutzlos. Selbst heute, an dem Tag, an dem ich sterben werde, führt mir das Schicksal mein Scheitern und das Echo meines verzweifelten Schreis über den erlittenen Verlust vor Augen.

Ich bin gekommen, um dir Lebewohl zu sagen, Victoria, um

ein letztes Mal diesem Glück zu huldigen, das mir unbemerkt entglitten ist, zerronnen wie Wasser in der hohlen Hand, ohne meinen Durst zu stillen, lediglich meine Lippen benetzend, um mich mit einer schmerzhaften Sehnsucht zurückzulassen.

Muss ich dir wirklich sagen, wie sehr ich darunter gelitten habe, dir so viel Leid zugefügt zu haben? Wie sehr ich diesem Leben nachtrauere, das ich in deiner Nähe hätte führen können? Wie glücklich ich heute wäre, neben dir zu sitzen, um stolz die Frucht unserer Liebe zu betrachten?

Warum sollte ich dir das sagen? Um vor meinem Ende noch mehr zu leiden oder um dir als letzte Spur meiner Schritte über diese Erde Bedauern zurückzulassen?

Ich lasse nichts zurück, Victoria. Mein Leben ist ein Schlund, ein schwarzes Loch. Ein langer Tunnel, dessen viel zu seltenen Durchbrüche mich das Aufleuchten der Sonne erblicken lassen, mich den sanften Wind spüren lassen, bevor ich wieder in einen leblosen Abschnitt tauche, ohne dich, ohne mich, bis zum nächsten Durchbruch. Im Angesicht des Todes muss man, wie es scheint, Rechenschaft ablegen über den Gebrauch seines Lebens, damit entschieden werden kann, ob das Nichts sich in Fülle verwandelt hat.

Was könnte ich im Angesicht des Todes geltend machen? Die wenigen Tage meines Lebens, deren Sinn sich in den Minuten verliert, die vorausgegangen oder gefolgt waren?

Victoria, ich liebe dich immer noch wie in unseren ersten Tagen.

Denn für mich sind es unsere ersten Tage.«

Victoria setzte sich in einen Armstuhl in der Nähe des Altars, mit dem Rücken zu Jeremy. Der elegante Mann neben ihr grüßte Jeremy mit einem Lächeln, welches eher Mitleid als Freundlichkeit offenbarte.

Victoria schien sich auf ihrem Platz nicht ganz wohl zu fühlen, denn sie saß eine Spur zu gerade. Sie wusste, dass Jeremy den Mann an ihrer Seite gesehen hatte, und verstand die Gefühle, die er empfinden musste. Dann setzten sich alle Gäste hin, und Victoria verschwand aus seinem Gesichtsfeld. Jeremy fühlte seine Energie schwinden, er hatte sich schon zu lange konzentrieren müssen.

Eine Hand auf seiner Schulter brachte ihn ins Geschehen zurück.

Pierre stand an seiner Seite. Er war ein alter Mann, kahl und gebeugt. Seine Augen hatten immer noch den Glanz seiner wachen Intelligenz.

Er schien hin und her gerissen zu sein zwischen der Freude, seinen Freund wiederzusehen, und der Traurigkeit, ihn so zu sehen.

Auch wenn er für Jeremy immer noch nicht ein Freund war, so war er derjenige, der Victoria in den vielen schwierigen Jahren unterstützend zur Seite gestanden hatte, und dafür war er ihm dankbar.

»Gute Tag, Jeremy. Ich bin froh, dich zu sehen.«

Er schwieg einen Moment lang.

»Es fällt mir schwer, mit dir zu sprechen. Was soll ich dir auch sagen? Obwohl ich mir diese Begegnung viele Jahre lang ausgemalt habe. Ich hatte natürlich eine dankbare Rolle, wie du dir denken kannst. Ich schmetterte dir meine ungeschminkte Meinung ins Gesicht, fand die angemessenen Worte, um dich zu kränken.«

Er zuckte mit den Schultern, resigniert.

»Als ob ich so was könnte! Aber ich bin wirklich sehr verletzt gewesen.«

Er machte eine weitere Pause, in der er die Bilder jener Zeit, für ihn so weit entfernt, wieder vor sich sah.

»Welchen Sinn hätte das heute? Wir sind zwei alte Männer, die von der Vergangenheit geplagt werden. Na ja … in deinem Fall dürfte es schlimmer sein. Ich weiß, dass, selbst wenn du dich nur an wenige Geburtstage erinnerst, diese Erinnerungen für dich lebendiger, sicher auch schmerzlicher sind. Meine scheinen mir schon so weit weg zu sein, dass sie mir nicht mehr gehören. Und dann, ich muss es dir gestehen, hast du mir einen echten Gefallen getan. Clotilde war nicht die Richtige für mich. Danach habe ich ein neues Leben angefangen, und jetzt bin ich glücklich. Ich würde nicht so weit gehen, mich bei dem Mistkerl, der du warst, zu bedanken, aber … Ich weiß, wie viel du auf dich genommen hast, um Victoria und die Kinder zu schützen. Ich habe die Kraft deiner Liebe zu ihr verstanden. Ich finde das alles so ungerecht, Jeremy. Eine so große Liebe und als Dank ein so großes Unglück …«

Er atmete tief ein.

»Wir haben uns gerade umdrehen können, und schon ist uns der Tod auf den Fersen. Das Leben ist viel zu kurz, wie die Alten gern zu sagen pflegen. Wenn wir jung sind, verstehen wir es nicht. Wir gehen voller Hoffnung in das, was wir Zukunft nennen. Das Wort ist trügerisch, es legt den Gedanken an einen ewigen Lauf nahe. Aber das Leben nimmt ein Ende, ohne dass dies Wort jemals einen Sinn angenommen hätte. Das Leben hat keine Zukunft, aber sehr viel Vergangenheit. Meinen Reichtum heute bildet meine Würde als Mensch, Ehemann, Vater, Freund. Das ist das Erbe, das ich denen hinterlassen werde, die ich liebe, damit sie es lernen zu vermeiden, ihrer Zukunft hinterherzurennen und stattdessen daran arbeiten, sich eine Vergangenheit zu schaffen.«

Gemurmel erhob sich, um Pierre zu veranlassen, still zu sein. Der Rabbi hatte seine Ansprache begonnen.

Pierres Hand drückte Jeremys Schulter.

»Ich muss jetzt an meinen Platz gehen«, sagte er zu ihm. »Wir sehen uns später.«

Die Zeit hielt sich erneut nicht an ihren Takt, denn die Zeremonie dauerte nur eine Handvoll Sekunden.

Als die Gebete einsetzten, fühlte sich Jeremy wie vom Schwindel ergriffen. Jedes Wort, jede Intonation war ein Angriff. Sein Blut wurde zu Eis und kalter Schweiß trat ihm auf die Stirn.

»Geht es, Großvater? Warum schwitzt du so sehr? Ist alles in Ordnung?«, fragte Julie unruhig.

Sie sah, dass es ihm nicht gut ging, und nutzte die Hilfe, die ihr angeboten wurde, um den Rollstuhl so diskret wie möglich zum Ausgang zu schieben.

Sie wischte Jeremy die Stirn ab.

»Willst du, dass ich jemanden hole?«, fragte sie ihn. »Aber es scheint dir schon besser zu gehen, oder?«

Eine Stimme rief ihren Namen. Der Sprecher stand hinter Jeremys Rücken.

»Geh wieder rein, Julie. Ich kümmere mich um deinen Großvater.«

Sie war hin und her gerissen. Sie hatte große Lust, die Zeremonie bis zum Ende zu sehen, wollte ihren Großvater aber auch nicht zurücklassen.

»Nein, ich bleibe bei ihm«, antwortete sie.

»Ich versichere dir, dass du wieder hineingehen kannst«, teilte ihr die Stimme mit, die sanft und bestimmt war. »Deinem Großvater geht es schon besser. Ich bleibe bei ihm. Es ist lange her, dass wir uns sahen, und ich möchte mich gern ein wenig mit ihm unterhalten.«

Der Mann umfasste die Griffe des Rollstuhls, um damit seine Entschlossenheit zu demonstrieren.

Julie lächelte ihrem Großvater zu.

»Ist es für dich in Ordnung? Ich bin bald wieder zurück.«

Der Mann schob den Rollstuhl zu einer Bank und setzte sich Jeremy gegenüber.

Es war Abraham Chrikowitsch. Die Zeit hatte seine Haare und seinen Bart weiß gestrichen. Hinter der Brille mit dicken Gläsern waren seine lebhaften Augen zu erkennen. Er betrachtete Jeremy ernst, strich über seinen Bart und schaukelte fast unmerklich vor und zurück.

»Sie erinnern sich an mich, nicht wahr?«, sagte er.

Es war weniger eine Frage, denn eine Einleitung.

»Ihr Sohn sagte mir, dass Sie heute hier sein würden. Und vorhin hat er mir zugeflüstert, dass Sie … wirklich da sind.«

Er strich über seinen Bart und fuhr fort:

»Ich muss Ihnen etwas sagen. So lange schon …«

Er schwieg einen Moment, durch seinen Wunsch bewegt, die richtigen Worte zu finden. Jeremy empfand die gleiche Ungeduld wie während ihres Gesprächs im Besuchsraum des Gefängnisses. Er wollte es wissen, selbst wenn es für ihn nicht mehr von Nutzen war.

»Ich habe Sie nie vergessen können. Unsere Begegnung hat mich tief beeindruckt. Ihr Fall ist für mich zu einer Gewissensfrage geworden. Wie Sie damals völlig richtig bemerkt haben, war mir zu Ihrer Geschichte eine Idee gekommen. Sie haben über eine Art Abrechnung zwischen Gott und Ihnen berichtet. Über die Herausforderung, die in Ihrer Handlung lag. Über diese Mischung aus Anziehung und Abgestoßensein, die sie für alles Religiöse empfanden. Nach unserem Gespräch habe ich versucht, einen Rabbiner zu erreichen, der im Bereich der … jüdischen Mystik eine Art Autorität war. Ohne Erfolg. Der Tag ging vorüber, und ich litt unter der Vorstellung, Sie in der vergeblichen Erwartung eines Zeichens, eines Wortes zurückgelassen zu haben. Ich traf den besagten Mann einige Tage später und habe ihm Ihre Geschichte erzählt. Er hat nachdrücklich von mir gefordert, Ihren Fall nicht mehr zu verfolgen, alle Recherchen aufzugeben. Er wollte mir nichts mehr dazu sagen. Die Empfehlungen solcher Personen werden bei uns nicht in Frage gestellt. Also habe ich Sie aus meinem Geist gedrängt. Ich habe versucht, mich nicht mehr für Sie zu interessieren. Aber ich konnte Ihre Geschichte nicht vergessen. Ihr flehender Blick und die so wahr klingenden Worte verfolgten mich.«

Er hielt inne, um über das Gesagte für sich Bilanz zu ziehen. Er sah bekümmert aus.

Jeremy kämpfte gegen seine Müdigkeit, er wollte klar bleiben. Er wusste, dass Abraham Chrikowitsch im Besitz der Wahrheit war.

Abraham Chrikowitsch strich sich über den Bart und fuhr fort.

»Und dann, viele Jahre später, habe ich Ihren Sohn Simon kennen gelernt. Er hatte über Sie Nachforschungen angestellt und Sie am Tag Ihrer Entlassung aus dem Gefängnis aufgesucht. Er wusste, dass ich Sie besucht hatte, und wollte wissen, worüber wir gesprochen hatten. Sein Bericht hat meine Neugierde wieder geweckt. Also habe ich mich erneut mit Ihrem Fall beschäftigt. Und Folgendes habe ich begriffen.«

Eine starke Erregung ergriff Jeremy. Er würde endlich die Wahrheit erfahren! Er fürchtete einen Moment lang, das Bewusstsein zu verlieren oder zu sterben, bevor er zu hören bekam, was Abraham Chrikowitsch ihm enthüllen würde. Er musste noch ein wenig durchhalten!

»Sie hatten die Psalmen 30, 77 und 90 erwähnt. Sie geben wichtige Anhaltspunkte, um Ihre Geschichte zu verstehen. Der Psalm 90 warnt denjenigen, der Gott herausfordert. Im Lichte des Allmächtigen kann kein Fehler bestehen und sein

Zorn ist verheerend. ›Darum fahren alle unsere Tage dahin durch deinen Zorn, wir bringen unsere Jahre zu wie ein Geschwätz.‹ Und der Mensch, verloren, wendet sich Gott zu und bittet ihn um Vergebung. Psalm 77: ›Ich rufe zu Gott und schreie um Hilfe, zu Gott rufe ich und er erhört mich. In der Zeit meiner Not suche ich den Herrn; meine Hand ist des Nachts ausgereckt und lässt nicht ab.‹ Hören Sie mir zu, Jeremy! Als diese Worte Ihre gepeinigte Seele trafen, riefen sie ein besonderes Echo hervor. So sehr, dass sie dadurch zutiefst verstört wurden. ›Ich gedenke der alten Zeit, der vergangenen Jahre. Ich denke und sinne des Nachts und rede mit meinem Herzen, mein Geist muss forschen: Wird denn der Herr auf ewig verstoßen und keine Gnade mehr erweisen? Hat Gott vergessen, gnädig zu sein, oder sein Erbarmen im Zorn verschlossen?‹ Diese Psalmen erzählen Ihre Geschichte! Sie sprechen von Ihrem Kampf gegen Gott, auch von seiner Macht, die zu vernichten, die ihm trotzen. Sie sprechen von der Wahl, die der Mensch hat, sein Leben erfüllt zu leben … oder den Tod zu schmecken. Und da ist noch der Psalm 30. Er erzählt von der Macht Gottes, zu vergeben, der Seele aufs Neue die Möglichkeit zu geben, zu lobsingen, sich zu erbauen, in der Dankbarkeit für den Reichtum, den das Leben darstellt, zu erblühen. Gott gibt oft eine zweite Chance. Ist sie Ihnen verwehrt worden, Jeremy? Ich glaube es nicht. Die Wahrheit sieht anders aus. Na ja … die Wahrheit. Ich bin mir keineswegs sicher … nein, wirklich … gar nicht sicher«, schloss er, fast unhörbar.

Sein Gesicht verfinsterte sich plötzlich, seine Blicke verloren sich in den Gedanken und Worten, die er zu sammeln versuchte. Er schien plötzlich an der Relevanz seiner Enthüllungen zu zweifeln.

Jeremy hätte ihn am liebsten angefleht, fortzufahren, aber

sein regloser Körper ließ es nicht zu. Seine Kräfte begannen, ihn zu verlassen. Bald würde er sein Bewusstsein verlieren, für einen Moment nur oder für immer. In einem letzten Kraftakt sammelte er die letzten Bruchstücke der Energie, die noch in irgendwelchen Winkeln seines Willens verstreut waren. Er rebellierte gegen seinen Körper, versuchte zu schreien, brachte aber nur ein schwaches Stöhnen heraus. Der Rabbi hob den Kopf, und Jeremy fixierte ihn mit aller Entschlossenheit. In seinem Blick lag das ganze Ausmaß des Nichtverstehens, das sich während der langen Tage der Amnesie angesammelt hatte. Er wollte nicht aufgeben, nicht so nah vor dem Ziel. Er wollte einfach wissen, bevor er starb.

Jeremys Blick schreckte Abraham Chrikowitsch auf. Er nickte zustimmend, dann beugte er sich vor und flüsterte mit einer zitternden Stimme in sein Ohr:

»Jeremy, ich glaube, dass ... dass Sie am 8. Mai 2001 tatsächlich gestorben sind.«

Sein Körper war plötzlich ein Stück näher zum Abgrund geglitten. Er nahm nichts mehr wahr. Nur die Stimme von Abraham Chrikowitsch war noch zu hören.

»Sie sind am 8. Mai 2001 gestorben. Sie sind auch am Ende eines jeden dieser Tage gestorben, an denen Ihnen die Konsequenzen Ihrer Handlung bewusst wurden, Jeremy.

Das Leben ist ein Reichtum, den die Menschen nicht wirklich einzuschätzen wissen. Jede Wahl, die wir treffen, öffnet die Möglichkeit einer anderen Welt. Bei jedem Erwachen gibt sich das Universum uns zum Geschenk. So viele Wege! So viele Wahlmöglichkeiten! Unsere Urteilsfähigkeit ist das einzige Mittel, den Weg zu erkennen, der zu unserem Glück führt. Einer dieser vielen Wege ist immer zu sehen: der schlechteste und manchmal zugleich der verlockendste. Jener, die Wahl zu verweigern. Das Vorwärtsgehen zu verweigern. Das Leben zu verweigern.

Am 8. Mai 2001 haben Sie diesen Weg gewählt, Jeremy. Ihre Entscheidung war ein Akt des Trotzes, eine Beleidigung Gottes. Unsere Seelen sind hier auf Erden, um zu lernen. Auf ihrem Weg durchs Leben sollen sie veredelt, vollkommen werden. Derjenige, der seine Seele mit den Füßen tritt, indem er nicht an sich arbeitet, indem er nicht danach trachtet, sein Leben lang Fortschritte zu machen, ist wie ein Kadaver. Nutzlos. Unfruchtbar. Es gibt so viele Menschen auf dieser Erde, deren Seelen sich im Vergessen des Wesentlichen verloren haben. So viele an Amnesie Leidende. Im Kindesalter kennen die Menschen noch die Werte und die Gefühle, von denen sie sich leiten lassen sollen. Aber dann ziehen sie es vor, die Welt zu betrachten, wie es ihnen gefällt. Auch Sie, Jeremy, haben Ihre Werte vergessen. Ihre Tat war die schlimmste Beleidigung, die man dem Leben entgegenschleudern kann. Aber es war Gottes Wille, Sie aus Ihren Fehlern lernen zu lassen. Deshalb … deshalb hat eine andere Seele Ihren Körper in Besitz genommen, eine Seele geschaffen, um haltlos zu genießen, sich zu beschmutzen und zu zerstören. Nun, eigentlich keine andere, sondern die dunkle Seite Ihrer eigenen Seele, die durch Ihre Wahl freigelegt wurde.

Und Ihre eigentliche Seele durfte Ihren Körper einige Augenblicke, einige Tage in Beschlag nehmen, um Ihnen die Beurteilung der Konsequenzen Ihrer Tat zu ermöglichen, um Sie erkennen zu lassen, wie verheerend sich Ihre Wahl auf Ihre kleine Welt ausgewirkt hat. Einige wenige wache Momente nur, ein paar Mal auftauchen, an wichtigen Stellen dieses Lebens, auf das Sie verzichtet haben.

Indem Sie sich weigerten zu leben, haben Sie die Hölle gewählt. Denn das bewusste Erkennen unserer Fehler ohne die

Möglichkeit, sie wieder gutzumachen, das ist die Hölle. Sie wurden sich Ihres Irrtums bewusst, ohne ihn rückgängig machen zu können. Ein Feuer fraß sie innerlich auf. Vielleicht ist es Ihre persönliche Hölle, Jeremy…

Und doch, manchmal vergibt Gott. Er gibt eine zweite Chance. Hat er sie Ihnen verweigert? Haben Sie darum überhaupt schon gebeten? Haben Sie überhaupt schon um Vergebung gebeten?«

Jeremy hörte auf zu atmen, und die undurchdringliche Wolke, die vor seinen Augen schwebte, überflutete sein Bewusstsein.

KAPITEL 10

Er lag in einem dunklen Raum, sein Körper wiegte sich auf einer leichten Welle, die ihn sanft mit sich zog. In der Ferne schien ihn der Glanz eines wohltuenden Lichtes zu erwarten.

Eine Stimme ließ sich vernehmen. Vielleicht die von Abraham Chrikowitsch. Aber entfernter, tiefer.

»Dem Menschen ist die Macht gegeben, Großes zu vollbringen. Er kann sein Leben gestalten, andere Leben erschaffen oder anderen helfen, ihr Leben zu gestalten. Man lebt nie allein. Die Einsamkeit ist eine Illusion, die Verzweiflung ein Trugbild.

Allein zu sein bedeutet, dass man es ablehnt, auf andere zuzugehen. Verzweifelt zu sein bedeutet, dass man es ablehnt, Hoffnung in Betracht zu ziehen. Indem du beschlossen hast zu sterben, hast du eine Entscheidung gefällt, von der andere Menschen mitbetroffen waren, andere Leben, zu denen du gehörtest. Du hast den Sinn deines Lebens zerstört und das derer, die mit dir zusammen leben sollten. Bereust du es, Jeremy? Wie sehr bereust du es?«

Das Licht schien näher zu kommen. Oder vielleicht war er es, der sich in seine Richtung bewegte?

Simon erschien und trat vor. Jeremy hatte den Eindruck, als schwebte er in Zeitlupe über den Boden. Er beugte sich über seinen Vater und küsste ihn auf die Stirn.

Jeremy sah nur undeutliche Umrisse. Er hörte seinen Sohn reden, mit einer Stimme, die wie durch Watte drang, und schaffte es nicht, eine Lippenbewegung zu erkennen.

»Du hast mir gefehlt, Papa. Deine Abwesenheit hat mein Leben bestimmt, denn ich habe immerzu die sinnlose Anstrengung unternommen, dich zu vergessen. Als ich noch ein Kind war, warst du ein Ungeheuer, das sich im Schatten meiner Albträume versteckte. Wir haben uns davor gehütet, deinen Namen zu nennen, aus Angst, dich erscheinen zu sehen. Trotzdem empfand ich manchmal das Bedürfnis, dich mir als einen liebenden Menschen vorzustellen, so wie du an dem einen Tag zu sein schienst, an dem deine Liebe sichtbar wurde. Als ich dich fand, war es zu spät, die Geschichte neu zu schreiben. Vielleicht gerade noch früh genug, um einen Absatz mit einem Schlusssatz zu beenden, der den vielen Jahren der Hoffnung einen Sinn geben würde.

Ich habe dich nur wenige Stunden gekannt. Aber sie waren so wertvoll… So reich, dass sie in mir ein Bedauern zurückließen, all die vergangenen Jahre damit verschwendet zu haben, dich zu hassen und auf dich zu warten.

Du hast mir so sehr gefehlt.«

Dann verschwand Simon, und Thomas trat herein.

Er blieb in einigen Metern Entfernung stehen.

»Welche Ironie! Erst auf diesem Sterbelager hat dein Gesicht einen menschlichen Ausdruck angenommen. Du bist ein Trickbetrüger, ein Sinndieb. Du hast mich meiner Unbekümmertheit beraubt und hast meine Kindheit gestohlen, und damit die Quelle meiner Träume ausgetrocknet. Albträume leuchteten meine Nächte mit ihren schmutzigen Farben aus. Ich fürchtete mich davor, dich auf meinem Weg zu finden, bereit, meine Mutter ins Verderben zu stürzen und unsere Hoffnungen auf eine bessere Zukunft zu zerstören, eine Zukunft ohne dich.

Da, wo du jetzt hingehst, wird ein Mensch danach beurteilt, was er zurückgelassen hat: Liebe, Hass, Tugend, Laster, Größe, Niedertracht … Im Augenblick des Gerichts werden der Schmerz und die Gebete zu seinem Plädoyer.

Ich nehme dein Erbe an und lege es zu den Akten.

Und ich trete auf als Zeuge der Anklage.«

Jeremy wollte sich den Visionen entziehen, diese Stimmen nicht mehr hören müssen. Sie waren die reinste Folter.

Seine Seele suchte einen Ausgang, sehnte sich nach Ruhe. Konnte er diesen Körper verlassen? Zum Licht gehen? Trost in jener Wärmequelle finden?

Doch es erschienen seine Eltern. Sein Vater hielt ein kleines Mädchen im Arm, dessen Gesicht er nicht erkennen konnte. Er warf Jeremy einen kühlen Blick zu.

»Ich vergebe dir nicht.«

Dann trat seine Mutter vor. »Was haben wir falsch gemacht, Jeremy?«, flüsterte sie.

Sie zogen sich zurück.

Plötzlich wurde seine Seele unruhig. Das Licht rief nach ihm.

Aber dann kam Victoria herein. Sie beugte sich über ihn und lächelte. In ihrem Blick war Liebe.

»Ich liebe dich«, sagte sie zu ihm.

Sie war so wunderschön! Allein ihre Gegenwart war wie eine zarte Berührung, die ihn wieder besänftigte. Also floss Jeremys Seele zu ihr hin, umschwebte sie, berauschte sich an ihrer sanften Energie.

Plötzlich erklang ein Gebet, von mehreren Stimmen gesprochen. Sein Vater, Simon und Abraham Chrikowitsch erschienen erneut an seinem Bett. Die drei Männer schaukelten vor und zurück um seinen ausgestreckten und reglosen Körper. Sie sprachen das Totengebet. Jeremy wurde sich seines Endes bewusst. Alle Leiden, die ihn während seines kurzen Lebens bewohnt hatten, erwachten und stürzten sich zusammen auf seine Seele. Er suchte mit Blicken nach dem alten Mann, der so innig für ihn gebetet hatte, jedes Mal wenn er zu sterben glaubte. Dieses Wesen, inzwischen vertraut geworden, wäre imstande, seine grausame Angst zu lindern. Aber er war nicht da. Und doch spürte er seine Gegenwart, ganz in der Nähe. Jetzt war der Zeitpunkt gekommen, zu weinen, zu flehen und zu beten. Also erhob sich seine Seele und machte sich auf die Suche nach ihm. Sie schwebte im Raum, streifte beinahe die Gesichter der psalmodierenden Männer, ohne sie je zu berühren. Dann stieg sie noch ein wenig höher und betrachtete die Szene. Und da sah Jeremy den alten Mann. Er lag auf dem Bett, die Augen geschlossen, und drei Männer standen betend um seinen Körper herum.

Jeremys Seele wollte vor der Horrorvision seines eigenen Gesichts fliehen und so ließ sie sich von dem Licht anziehen, das so viel versprach und das dennoch, am Ende des Abgrunds, in den sie glitt, unerreichbar zu sein schien. Aber allein schon diese Anziehung war eine Quelle der Kraft und wirkte beruhigend auf seine Seele. Sie war der Treffpunkt aller seiner Freuden und Leiden. Ein mögliches Gleichgewicht, ein friedlicher Korridor zwischen zwei entgegengesetzten Kräften.

Aber Klagen und Weinen störten ihre Bewegung. Laute, die in seiner erregten Seele so zerstörerisch wirkten wie Messerstiche. Jeremys Seele hielt inne, um auf die Geräusche zu lauschen, auf die Worte, deren einziger wahrnehmbarer Sinn der Schmerz war. Sie blieb in der Schwebe, zögernd.

Die Schreie wurden durchdringender. Jeder war ein Hieb, der seine Seele traf, sie zurückweichen ließ, bis sie wieder in ihren Körper zurückgetrieben wurde. Aufs Neue fühlte Jeremy die Konturen seiner fleischlichen Hülle, dort, an den Rändern seiner Seele.

Augenblicklich wurde er von einem kalten Hauch durchdrungen. Und wieder von Angst.

Die Klagen wurden mehr, die Kälte durchdringender, die Dunkelheit dichter. Da hörte er die Stimme seiner Mutter.

»Was haben wir falsch gemacht?«, fragte sie schluchzend. Andere Geräusche erreichten ihn, aus größerer Ferne. Dann löste sich eine andere Stimme aus dem ihn umgebenden Tumult. Victorias Stimme. »Ich liebe dich«, sagte sie ihm. Und die beiden Stimmen trafen sich und hallten wie ein Echo nach. Seine Mutter und seine Frau riefen ihn, zusammen. Die Worte, nun so nah, hämmerten auf seinen Geist mit einer unerhörten Wucht ein. Er hätte am liebsten laut gebrüllt.

Seine Seele versuchte aufs Neue, den kalten und gepeinigten Körper zu verlassen, um wieder ans Licht, in die Wärme zu gelangen.

In diesem Moment wurde ihm das Grauen seines Selbstmords bewusst. Jedes seiner Erwachen zog im Geiste an ihm vorüber. Jeder Augenblick, alles Gesagte, alle Gefühle dieser Tage waren präsent. Und jeder Tag war wie eine scharfe Lebensscherbe, die seiner Seele Schnitte zufügte.

Da begriff er, dass die Wärme, die ihn anzog, nur ein Trugbild war. Nichts erwartete ihn dort drüben. Nur das Echo dieser Klagen.

In Panik versuchte er sich an die Wände des Abgrunds, in den er hinabglitt, zu klammern. Aber alle Anstrengung schien ihm zwecklos. Er bäumte sich auf. Er hatte seine zweite Chance noch nicht bekommen! Er hatte dieses ganze Leid nicht verdient! Er hatte es doch jetzt verstanden! Wozu sollte es gut gewesen sein, ihm seine Fehler aufzuzeigen, wenn er sie nicht wieder gutmachen konnte? War dies seine Hölle, wie es Abraham Chrikowitsch gesagt hatte? Nein, unmöglich, er war doch jetzt gerade dabei zu sterben! Wo war der Sinn dieses Albtraums? Konnte er daraus erwachen? Er hatte seine zweite Chance noch nicht bekommen!

Er wandte sich an Gott, dort, im Licht. Er bat ihn um Vergebung. Ja, er hatte ihn beleidigt! Ja, er hatte seinen Eltern, seiner Frau, seinen Kindern wehgetan! Aber jetzt hatte er den Wert des Lebens begriffen! Wie sollte er seine Bitte um Vergebung in Worte kleiden? Wie konnte er es ausdrücken, wie sehr er litt? Wie sollte er seinen innigen Wunsch formulieren, leben zu wollen, seine Familie glücklich zu machen? Sie würden ihm vergeben, er wusste es. Sie würden dem vergeben, der er vor dem Selbstmord war. Aber Gott?

Worte, die von einem zerrissenen Blatt kamen, wurden in seinem Geiste wach. Ungeordnete Sätze, seinem Gedächtnis entrissen. Und er schrie.

»Zu Dir rufe ich, Gott, zu Dir geht mein Flehen. Was hast Du davon, wenn mein Blut vergossen wird? Wenn ich zu Staub werde? Gibt Dir der Staub Ehre? Verkündigt er Deine unendliche Güte? Höre mich, Herr, und sei mir gnädig!«

Plötzlich nahm er wieder seinen Körper wahr. Der Geschmack des Alkohols und der Medikamente erschienen wieder auf seiner Zunge und Übelkeit überkam ihn.

Er fühlte, wie sich seine Kehle öffnete, um das Gift auszuspucken, und schrie: »Victoria!«.

Eine Hand hielt seine fest.

DANKSAGUNG

Zu schreiben bedeutet, allein zu sein, aber von vielen Personen bewohnt.
Doch sobald der Text geschrieben ist, öffnet sich das Abenteuer für andere Personen, die des wahren Lebens. Die Männer und Frauen, die die Fähigkeit besitzen, einen zu tragen, zu beraten, zu ermutigen und einen Augenblicke im Leben erleben lassen, die des schönsten Romans würdig sind.
Um mich bei den Ersteren zu bedanken, dafür, dass sie mir meine Geschichten eingegeben haben, gebe ich ihnen eine Rolle in meinen Texten.
Um mich bei meinen Lieben zu bedanken, dafür, dass sie bei mir sind, habe ich nur diese eine Seite.

In der Reihenfolge ihres Erscheinens in meinem Abenteuer:

»Mächtige Wasser sind nicht in der Lage, die Liebe auszulöschen, und Ströme schwemmen sie nicht fort.« *Das Hohelied Salomos.*
Gyslène, meine Frau, meine erste Leserin.
Meine Kinder Solal, Jonas und Yalone, meine ersten Fans.
Meine Schwester Sabrina Sebban, meine erste Korrektorin, aufmerksam und passioniert.

Mein Bruder Bruno. Enthusiastischer Leser, er hat mir meine Arbeit abgenommen, damit ich schreiben konnte.

»Die Gunst ist eine wahre Feengabe. Ohne sie vermag man nichts, mit ihr alles.« *Charles Perrault.*
Jessica Nelson. Ihr verdanke ich den ersten, magischen Anruf eines Verlages. Danach hat sie mich ermutigt, beraten und den Traum wahr werden lassen.

»Die Nächstenliebe braucht Dichter, die ihren letzten Mantel wegzugeben vermögen.« *Albert Cohen.*
Meinen Freunden, Michel Bensoussan, Franky Chriqui, Bruno Merle und Samy Dreyfuss, für … so Vieles.

»Du bist meine Familie, vom selben Stall, vom selben Schlag.« *Jean-Jacques Goldman.*
Für ihren Enthusiasmus, ihre Hilfe und ihre Ratschläge, die es mir ermöglichten, vorwärtszukommen: Corinne Cohen, Laurette Cohen, Liliane und Ahava Cohen, Remy Atlan, Isabelle Bayle, Charles Chemla, Arnaud Cholley, Sylvie Cochet, Didier Dahan, Boris Gonzales, Olivier Gormand, Moïse und Yvonne Hadjadj, Amandine, Vanessa und Fabien Hazot, Catherine Paris, Jean-François Piscione, Virgonie Siksik, Cristiana Spataru.